나무,
흔들리다

나무, 흔들리다

초판 1쇄 찍은 날 | 2015년 8월 19일
초판 1쇄 펴낸 날 | 2015년 8월 25일

지은이 | 문희
펴낸이 | 예경원

편집 | 유경화

펴낸곳 | 예원북스
등록번호 | 제396-2012-000132호
등록일자 | 2012. 7. 25
YRN | 제1-0113호

주소 | 경기도 고양시 일산동구 무궁화로 8-28 삼성메르헨하우스 1118호 (우) 410-837
전화 | 031-819-9431 팩스 | 031-817-9432
http://cafe.naver.com/yewonromance
E-mail | yewonbooks@naver.com

ISBN 979-11-5845-010-6 03810

나무, 흔들리다

YEWONBOOKS ROMANCE STORY

문희 장편 소설

❖
목
차
❖

300년 전 달밤

여인의 수줍은 가슴처럼 하얀 보름달이 달무리로 하얗게 번져 있었다. 태산은 한참을 누워 자신의 앞에 앉아 있는 여인의 농염한 자태를 말없이 바라보고 있었다. 적삼의 투명하리만치 얇은 천이 그녀의 하얀 타락(駝酪)과 같은 피부를 감싸고 있었다. 그녀의 몸을 달빛이 묘하게 감싸서 그의 검은 눈동자를 흔들리게 만들고 있었다.

"서방님~"

5년을 넘게 품어온 여인의 몸에 그는 아직도 걷잡을 수 없는 욕망을 느끼고 있었다.

"가만히 있으시오, 부인."

늘 저녁에 동침을 하게 되면 그는 이렇듯 자신의 부인의 몸을 한참이나 보고 있었다. 어렵게 얻은 귀한 보물이다 보니 아까워서 만질 수가 없었다. 혹시 손을 대기라도 하면 닳을 것 같았다. 동문 수학(同門受學)을 하던 죽마고우의 여동생인 그녀를 보았을 때 그는 심장이 뜯겨 나가는 충격에 사로잡혔다. 그렇게 첫눈에 반해 그녀를 손에 넣기까지 그는 3년이 넘는 세월을 그녀를 그리며 뜬 눈으로 밤을 지새웠다.

그래서 이렇게 눈으로 보고만 있는 것도 몹시 아까운 그였다.

"서방님, 지금 잠자리에 드셔야 내일 새벽에 늦지 않게 일어나 실 거여요."

이런 그의 마음을 아는지 모르는지 그녀는 그가 내일 할 일을 걱정하고 있었다.

"부인은 내가 이렇게 부인을 보는 것이 싫으시오?"

"그런 것이 아니오라……."

그녀의 얼굴이 빨갛게 익은 오디의 색으로 물들었다. 참으로 곱 디고운 얼굴이었다. 태산이 그녀의 수줍은 모습에 이끌리어 다소 곳이 앉아 있는 그녀의 옆으로 가 앉았다. 적삼 아래로 그녀의 크 고 봉긋한 가슴이 마치 작은 언덕을 이루듯이 봉긋하게 솟아 있었 다. 가슴에 있는 그녀의 붉은 점이 오늘도 그의 시선을 사로잡았 다.

작은 손톱만한 크기의 붉은 점은 특이하게도 입술 모양이었다.

그 붉은 점에 입을 맞추면 마치 여인에게 입을 맞추는 듯 너무나 자극적이었다. 투명한 속곳아래에는 그녀의 매끈한 다리가 다소곳이 앉아 있는 모습과는 대조적으로 요염하게 비치고 있었다.

"부인의 몸은 나를 위해 세상에 나온 것 같소."

"서방님, 어찌 그리 부끄러운 말씀을 하시어요."

"싫은 게요?"

"아닙니다."

아들을 낳은 여인이라고 믿기 어려울 정도도 그의 부인은 아직도 수줍음이 많았다. 태산은 그녀의 얼굴을 가까이서 한참을 내려다보았다. 언제 봐도 매혹적인 여인이었다. 그의 시선이 부끄러웠는지 아니면 그녀의 몸이 욕정을 기대하며 달아올랐는지 갑자기 그녀가 깊은 숨을 내쉬었다.

"아~"

그녀의 봉긋한 하얀 가슴이 들썩거리자 그도 거친 호흡을 내뱉으며 그녀를 세게 자신의 품으로 당겨 안았다.

"부인."

그의 품에 쏙들어온 그녀의 몸이 그를 흥분시키고 있었다.

"옆방에 환이가 자고 있습니다."

그랬다. 그의 네 살배기 아들은 부모의 금실을 질투라도 하듯이 가끔 그녀의 달뜬 소리에 놀라 깨어나 그들의 방을 찾아와 부부를 당황스럽게 하곤 했다.

"그야 부인이 소리를 참으면 되질 않소."

"서방님."

"내 오늘은 부인의 소리를 막아드릴 것이오. 그러니 걱정하지 마시오."

태산의 단단하고 고집스러운 입술이 그녀의 탐스러운 사과같이 붉은 입술을 삼키었다. 거칠 것이 없는 그의 행동에 그녀의 달뜬 소리가 입속에서 맴돌고 있었다.

"부인, 어찌 이리도 못 참는다는 말이오?"

그의 놀림에 그녀가 놀라 그를 살짝 밀어 내었다.

"제가 못 참는 것이 아니오라, 서방님께서 자꾸 저의 몸을 탐하시니 그러는 것이 아니옵니까?"

그녀의 목소리는 잔뜩 골이 나 있었다.

"지금 화를 내는 것이오?"

"아닙니다. 자꾸 저도 모르게 소리가 나는지라……."

그의 손이 그녀의 가슴을 부드럽게 잡았다. 자신의 한 손에 담지 못할 만큼 큰 가슴에 그의 물건이 단단해졌다.

"참으로 요사스러운 물건이오. 나의 대물이 단단해지고 있질 않소?"

"서방님."

"아니란 말이오?"

그가 가슴을 잡고 있던 손에 힘을 주자 그녀가 자신의 입을 손으로 막았다.

"허허, 또 소리가 나오려고 하는 것이오."

그녀가 입으로 손을 가리고는 고개를 끄덕였다. 그 모습이 마냥 사랑스러운 태산이었지만 얼굴을 굳히고는 이번에는 그녀의 유실을 손가락으로 희롱했다.

"참으로 이상한 일이지 않소. 싫다고 하지 말라고 하면서도 이렇게 단단해지다니. 혹시 싫어서 이러는 것이오?"

그녀가 고개를 끄덕였다. 마지막 자존심인 것이다. 부부지간의 합에는 자존심이란 없어야 하는 법, 짓궂은 그가 그녀의 속곳 속으로 손을 집어넣었다.

"어허, 또 젖었구려."

그녀의 눈에 맑은 물이 차올라 금방이라도 흘러내릴 듯했다.

"오호, 부인. 내 그만 농을 그치리다."

그가 그녀를 품에 꼭 안았다.

"부인이 어여뻐 그러는 것이니 마음이 상하셨다면 푸시오."

"서방님, 진정 너무하십니다."

그의 풀어진 저고리 사이의 맨가슴에 그녀의 눈물이 흘러내렸다.

"우시는 게요?"

"모릅니다."

그가 그녀의 눈물에 젖은 작은 얼굴을 감싸 자신을 바라보게 했다.

"이리도 어여쁘게 우니 자꾸 울리고 싶어지는 것이 아니오."

"농이 심하십니다."

"아니오. 어여쁘오, 너무나 어여뻐서 하루 종일 당신의 얼굴을 떠올리느라 정신이 없는 나요."

"그러시면 아니 되옵니다. 서방님이 바깥일을 신경 쓰셔야지 저같이 미천한 계집을 떠올리시다니요. 아니 될 말씀이십니다."

"허허허, 내 잘못했소이다. 그럼 내일은 생각나지 않도록 이 밤에 당신을 다 보여주시면 되겠구려."

"네?"

"뭘 그리 놀라시오. 매일 밤 서로를 탐하는 우리 사이에."

태산은 그녀의 얼굴을 잡아 보드라운 그녀의 입술에 자신의 단단한 입술을 눌렀다. 그리고 자신의 입을 벌려 그녀의 아랫입술을 빨아들였다. 입술에서 천상의 과일 맛이 났다.

"어찌도 이리 맛있는 것이오."

"왜 자꾸 농을 하십니까?"

그녀의 눈에서 눈물이 흘러내렸다. 여리디여린 사람이었다. 부끄러움도 많고 단아한 여인이었다. 하지만 그의 품에 들어오면 그녀는 거뜬히 그의 대물을 받아들이는 요부로 변했다. 하지만 오늘은 그의 농이 지나쳤는지 벌써 두 번이나 그녀의 눈에서 맑은 물이 나오게 만들었다.

"내 이제 그만하리다. 울음을 그치시겠소?"

그녀가 수줍게 고개를 끄덕였다. 그 모습이 너무나 사랑스러워 태산은 자신의 부인을 꼭 끌어안았다.

"은애하오."

그의 맨가슴에 얼굴을 댄 부인의 머리를 만지며 그는 자신의 심장 소리에 그녀가 놀라지 않을까 걱정이 되었다. 미친 듯이 뛰는 녀석이 그녀의 얼굴을 칠 것 같다는 느낌이 들 정도였다.

태산이 이부자리에 그녀를 눕히고는 몸에 걸쳐진 적삼과 속곳을 단숨에 벗겨내고는 창호지를 뚫고 들어온 달빛에 비친 그녀의 아름다운 몸에 입술을 가져다 대었다.

봉긋하게 솟은 두 개의 하얀 봉우리를 손으로 살며시 잡고는 그 부드러움과는 상반되게 성을 내며 솟아 있는 단단한 유실을 입에 물고는 어린아이가 젖을 빨 듯이 세차게 빨다가 혀로 그 끝을 더욱더 성나게 만들고 있는 태산이었다.

"아 흣."

어김없이 너무도 민감한 그녀의 입에서 소리가 흘러나왔다. 그는 슬며시 미소를 지으며 입술을 오목하게 들어간 뱃길을 따라 참외 모양의 배꼽으로 점점 아래로 이동시키고 있었다. 그리고 배꼽의 깊은 골에 혀를 밀어 넣고는 한참을 희롱하다가 그녀의 검은 터럭으로 내려왔다.

그의 수염인지 그녀의 터럭인지 서로가 엉켜서 구분할 수가 없자 그가 손으로 그녀의 숲을 벌려 숨어 있는 분홍색 콩알을 찾아냈다.

"요망하게도 숨어 있구나."

태산의 하루가 다르게 짙어지는 애무에 그녀는 적응을 할 사이가 없었다. 그냥 매번 신랑의 머리를 밀어내며 부끄러운 짓을 더이상 하지 말아달라는 아주 작은 행동을 하지만 오늘도 그의 대담한 행위에 묻히고 말았다.

"서방님."

그의 입술이 그녀의 분홍색 콩알을 단번에 빨아들였다. 놀란 그녀가 그의 머리를 밀어내 보지만 소용이 없었다. 어제까지도 입을 살짝만 대보는 정도였는데 오늘 그의 행동은 대담하기 그지없었다.

태산의 색스러운 행동에 그녀의 샘물이 넘쳐흐르고 있었다. 한참을 그녀의 숲을 빨아들이던 그가 더 이상은 버티기가 힘들었는지 바지춤을 내리고는 그의 거대한 대물을 꺼내어 그녀의 밑구멍에 밀어 넣었다.

"아!"

연을 맺은 지 5년이 지났지만 그의 부인의 밑구멍은 처녀의 그것과 같아 항상 들어갈 때는 너무나 힘이 들었다.

"아 흐."

그녀의 입에서 오늘은 더 요란한 신음 소리가 나서 그는 입술로 그녀의 입을 막았다. 아들 녀석이 깨기라도 하면 낭패였다.

"그리도 좋소?"

한창 절정에 오른 그녀의 눈빛이 풀어져 있고 얼굴은 온통 상기되어 있었다.

"멈추지 마시어요."

태산은 이 말을 듣기 위해 이제껏 그녀를 안고 있었던 것처럼 갑자기 힘차게 허리 짓을 하였다. 그의 힘찬 허리 짓은 마치 물레방앗간의 방아와도 견줄 만큼 아주 찰진 소리가 나는 기운찬 몸짓이었다.

그녀가 태산의 목을 잡고 절정을 맛보고 있을 때 태산 또한 어제보다도 더 자극적인 경험을 하였다. 벌써 내일이 기대가 되었다. 한차례 짐승 같은 격정의 시간이 끝나고 그의 부인은 이부자리에 알몸으로 기절한 듯이 누워 있었다.

태산은 그녀의 머리를 자신의 팔에 누이고는 행복한 잠을 청했다.

타그닥 타그닥 타그닥.

말발굽 소리가 새벽을 가르고 있었다. 관동지역의 해괴한 소문의 근원을 찾으라는 포도대감 나리의 명이 있었다. 무과에 장원급제하여 얻은 그의 첫 번째 관직이었다. 관직에 크게 관심은 없었지만 부인과 자식을 위해 잘한 일이라 생각하고 있는 그였다.

얼른 일을 처리하고 싶은 마음에 새벽같이 집에서 나왔다. 이렇게 하지 않고서는 하루를 바깥에서 묵어야 하기에 그는 서둘러 집을 나섰다. 그의 아내와 자식을 두고 외박을 할 수는 없었다.

"종사관(從事官) 나리, 오늘 이렇게 서두르시는 이유가 있으십니까?"

그의 뒤를 따라 말을 타고 가면서도 하품을 연신하는 부하가 태산에게 물었다.

"오늘 하루에 일을 다 보려면 어쩔 수가 없구나."

"정말 못 말리십니다. 결혼하신 지도 벌써 다섯 해나 지나셨는데 아직도 좋으십니까?"

"네 이놈, 쓸데없이 말이 많구나."

부하를 야단치기는 하였으나 그의 말이 틀린 것은 아니었다. 그는 아직도 그의 아내가 너무나도 아리따웠다. 한시도 그녀의 곁을 떠나고 싶지 않은 마음이었다. 그런 그의 마음을 주위 사람들도 알고 있었다.

그런데 요즘 관동지역과 영서지역 일대에 해괴한 소문이 돌아 이를 조사하러 가는 그는 이런 어수선할 때에 집을 비우는 것이 몹시도 마음에 걸렸다.

"그 소문 들으셨습니까?"

"……."

"금강산에 요즘은 사람들이 지나지도 않는답니다. 관동지역으로 가려면 아예 한양 쪽으로 돌아간다고들 합니다."

"……."

"구미호가 나타나서 사람의 간을 빼먹는다는데 그렇게 해서 죽은 사람이 한둘이 아니라고 하던데, 저희도 돌아가야 하는 거 아닙니까?"

"예끼, 가만히 놔두었더니 신소리만 하는구나."

"진짜입니다. 소인이 아는 사람이 이대호 대감님 댁 따님의 가마꾼이었는데 이번에 죽었습니다."

"그건 산적들의 소행이 아니냐."

"아이고, 그 산적들이 이대호 대감 손에 잡혔을 때 기억하십니까? 그렇게 잔인하게 고문을 해서 자백한 얘기들 아닙니까? 가슴에 구멍이 뚫린 계집종 얘기 말입니다."

"어허, 네 이놈."

그도 익히 들어서 알고 있는 얘기였다. 외동딸이 사라지고 나자 이대호 대감은 거의 미친 사람처럼 관원들까지 풀어 산적들을 잡아들였다.

이대호 대감은 잡아들인 산적들을 포도청이 아닌 자신의 집 마당에서 문초했다. 포도대장도 어찌 손을 쓸 수 있을 만한 사람이 아니었다. 그의 집 앞에는 연일 산적들의 비명 소리와 살 타는 냄새로 진동을 했었다.

산적들은 하나같이 종년의 죽음과 딸의 행방을 모른다고 했었다. 하지만 이대호 대감은 포도대장에게 말하여 산적들 모두를 교수형에 처해 마을의 입구에 그들의 시체를 걸어두어 모두에게 자신의 분노를 알렸다.

비단 이대호 대감댁의 종년만이 아니었다. 가슴이 뚫려 죽은 이들이 한둘이 아니었다. 얼마지 않아 사라진 딸의 뒤를 이대호 대감과 그의 아들도 따랐다. 그들의 처참한 시체는 그의 기억에서 지워지지 않았다. 나는 새도 떨어트린다는 이대호 대감이 가슴이 뚫린 채로 죽었다니 아무도 믿지 않을 그 사건은 몇몇은 직접 보았다.

함구령(緘口令)이 내려진 까닭에 이대호 대감 집안의 사건은 비밀로 해야만 했다. 나라님께서 민심의 동요를 막기 위해 이 대감의 일은 입 밖으로 발설치 말라고 함구령을 내리셨기 때문이었다. 하지만 함구령이 아니더라도 그들은 너무나 두려워 입 밖으로 사건을 꺼내기도 두려워했고 기록도 남기지 않았다.

"이대호 대감님과 아드님도 똑같이 구미호에게……."

"이놈, 내가 관아로 들어가면 네놈의 주리부터 틀 것이야."

"죄송합니다, 소인 다시는 그러지 않겠습니다."

"어험."

함구령이 내려졌다 해도 소문은 일파만파 퍼져 꼬리가 아홉 개 달린 구미호가 사람들을 홀려 간을 빼먹는다는 얘기가 여기저기서 나오고 있었다.

"저기, 종사관 나리. 제가 나리의 칼 솜씨를 믿고 따라가기는 하지만 금강산으로 가시지 말고 저희도 돌아가면 안 되겠습니까?"

"어허, 점점 더 하는구나."

"죄송합니다. 하지만 소인은 정말 무섭습니다."

"나만 믿어라."

항간에 떠도는 소문을 다 믿을 수는 없었지만 이번 소문은 조선 전체를 뒤흔들고 있었다. 입을 닫는다 하여 막을 수 있는 것이 아니었다.

"참으로 괴이한 일이로다."

금강산 초입에 들어서자 그의 부하는 벌써 덜덜 떨기에 바빴다. 서두르지 않으면 오후를 넘길 것 같아 그는 서둘러 말을 재촉했다. 마음이 급하니 금강산의 아름다운 경치도 그의 눈에는 들어오지 않았다.

서두른 덕분에 구미호가 자주 출현한다는 마을에 들러 그들의 이야기를 듣고 기록한 태산은 잠시도 지체하지 않은 채 다시 산을 넘었다. 그래서 해 질 녘에 집 근처까지 도착한 그들이었다.

"엉덩이가 아파 죽겠습니다."

헉헉거리며 뒤를 쫓는 부하의 투덜거림은 태산에게는 노랫소리와 같았다. 조금만 있으면 집에 도착할 수 있었다.

"종사관 나리."

"왜 그러느냐?"

"저기 저 앞에 움직이는 것이 무엇입니까?"

"어디를 말하는 것이냐?"

그가 포졸이 가리키는 방향으로 시선을 돌리자 한 남자가 여인을 범하고 있는 모습이 보였다.

"해괴한지고."

태산은 걸음을 빨리하여 남자가 있는 곳으로 갔다. 복잡한 일에 휘말리고 싶지는 않았으나 포도청 근처의 야산에서 여인을 범하다니 상상을 할 수 없는 일이었다.

"네, 이놈."

태산의 목소리에 놀란 남자가 여인의 옷고름을 풀다가 멈추었다.

"그냥 가거라. 그리하면 내 목숨은 살려줄 것이다."

너무나 당당한 남자의 말이 태산의 화를 부추겼다.

"목숨은 네가 구걸을 해야 할 것이야."

태산이 칼을 뽑아 그에게 달려들었다. 남자는 빛과 같은 속도로 피하기를 반복하고 있었다. 보통의 녀석이 아니었다. 그런데 보아하니 녀석은 누군가에게 벌써 당했는지 피를 흘리고 있었다. 언뜻 보니 여인의 손에 은장도가 쥐어져 있었다. 그의 빠른 솜씨도 태산의 칼날에 무너졌다. 그가 팔을 베자 남자가 무릎을 꿇었다.

이때 옆에서 강 건너 불구경을 하듯이 보던 포졸이 처음으로 알아서 자신의 소임을 다하였다. 남자를 포승줄로 결박을 한 것이다.

"괜찮으십니까?"

"네, 괜찮습니다."

겁에 질린 여인이 고개를 끄덕였다.

"저와 함께 포도청까지 가주셔야겠습니다."

여자와 범인을 데리고 포도청에 간 그는 오늘은 집으로 돌아갈 수 없음을 알았다. 녀석의 죄를 문초해야 했고 기록을 하고 가면 아무래도 삼경에 가까운 시간이라 곤장 30대를 맞지 않으려면 포도청에서 밤을 지새워야 할 듯했다.

"저놈을 매우 쳐라."

곤장을 때리는데도 놈은 아무런 내색도 하지 않고 그대로 맞고 있었다.

"아직도 여인을 겁간하려 한 것을 이실직고 안 할 것이냐?"

독한 놈이었다. 그러니 여인을 겁간을 하려던 것일 테지만 그렇게 수많은 곤장을 맞고도 끄떡도 하지 않는 녀석이었다.

"오늘은 이만 문초를 할 것이다."

그가 자리에서 일어섰다. 통금의 시간이 지나 집에 돌아갈 수도 없으니 그는 답답하기 그지없었다.

안타까움과 그리움으로 밤을 지새운 태산은 이른 아침 집으로 향할 준비를 하였다.

"집에 다녀올 것이다. 의복도 챙겨야 하고."

"네."

포졸이 웃으며 대답했다.

태산의 발걸음이 바빴다. 집까지 그리 멀지는 않았지만 마음이 급했다. 그의 집은 약간 외진 곳에 있어서 주위에 이웃이 없어 어찌 보면 이런 흉악스런 범인을 잡고 나면 집에 있는 부인이 걱정이 되는 것이 당연했다.

멀리 그의 집이 보였다. 초가라서 볼품은 없었지만 그래도 따뜻함이 넘치는 곳이었다.

"여보, 나 왔소."

잠깐 빨래터에 갔는지 아무런 소리가 없었다.

"환아~"

아들의 이름을 불러도 대답이 없었다. 그때였다.

"도망가……."

분명히 아내의 목소리였다. 그가 안방 문을 열려고 하자 갑자기 방문이 활짝 열렸다. 그리고 어제 그가 잡은 사내가 방에서 나왔다. 그의 입에는 피가 잔뜩 묻어 있었다.

"내가 말하지 않았느냐. 참견하지 말고 가라고."

태산의 눈이 안방을 향했다. 그의 아내와 어린 아들의 가슴에서 피가 뿜어져 나오고 있었다.

"네 이놈, 용서치 않을 것이다."

태산의 눈이 뒤집혔다. 그가 칼을 뽑아 여태껏 보여준 적이 없는 현란한 솜씨로 앞에 서 있는 남자를 공격했다.

"너는 나를 이길 수가 없다, 아비의 오지랖 때문에 어린것까지 죽었구나."

"닥쳐~!"

태산은 미친 사람처럼 칼을 휘둘렀지만 그를 당할 수가 없었다.

"히히히."

남자가 이렇게 웃고는 마치 축지법을 사용하는 도사처럼 눈 깜짝할 사이에 사라졌다. 태산은 그놈을 쫓아가기를 그만두고 안방으로 들어갔다. 바닥이 피로 물들어 있었다. 그리고 자신의 아내와 아들을 안고는 하염없이 울었다.

"부인, 환아~ 억, 억, 억."

가슴속에서 피눈물이 흐르고 있었다. 심장이 뜯겨 나가도 이리 아프지는 않을 것이다. 그는 아들과 부인의 시신을 선산에 묻고는 그놈이 사라진 금강산으로 향했다.

몇 날 며칠을 찾아 헤매어 다녔지만 그는 그놈의 모습을 볼 수가 없었다. 죄스러운 마음과 아내와 아들의 그리움으로 그는 벼랑 끝에 서서 생을 마감하려 하였다.

"여보, 환아. 우리 저승에서 만나자꾸나."

그가 벼랑 아래로 떨어졌다.

하지만 순간 밝은 빛이 그를 감싸더니 그의 눈에 자신이 벼랑 아래로 떨어지는 것이 보였다. 자신의 몸은 떨어지고 영혼은 빛의 속도로 어딘가에 빨려 들어가는 느낌이었다.

눈을 뜨니 상당히 눈이 부신 곳이었다. 저승에 온 듯하였다. 아무런 고통이 없이 이렇게 죽다니 죽은 부인과 아들에게 미안한 마음이 드는 태산이었다. 이제 그들을 찾아 나설 것이다. 저승의 끝에서라도 그들을 꼭 만날 것이다.

"억, 억, 억."

죽으면 그들이 옆에 있을 줄 알았는데 여기서도 그들을 찾아야 하다니 그의 팔자는 죽어서도 기구했다. 저승도 이승처럼 숲이 있었다. 아름다운 숲은 이승의 것과 같았다. 얼마나 걸었을까. 저승의 해가 지고 달이 떴다.

며칠을 아무것도 못 먹은 탓에 그의 몸이 흔들리고 있었다. 그때였다. 그의 앞에 너무나도 아름다운 여인이 나타났다. 그는 사람을 본 기쁨과 영양실조로 그녀를 본 순간 기절을 하고 말았다.

"괜찮으십니까?"

기절했다가 눈을 떠보니 아름다운 여인의 얼굴이 희뿌연 시야를 맑게 하고 있었다.

"괜찮으십니까?"

꼬르륵.

그의 뱃속에서 소리가 났다. 그러자 여인이 그에게 사과를 건넸다. 천상의 열매여서일까. 어찌나 단지 눈물이 날 지경이었다. 그때였다. 눈부시도록 하얀 남자가 다른 남자 하나를 데리고 나타났다.

"여기가 천상입니까?"

"아니다."

"그럼 어디입니까?"

"여기는 네가 낭떠러지에서 떨어진 금강산이니라."

"네? 그럼 제가 죽지 않았다는 말씀이십니까?"

그는 어이가 없었다. 분명히 자신은 낭떠러지로 몸을 날렸었다.

"내가 너를 구했느니라. 너의 영혼은 나무에 숨겨두었다. 그래야 귀찮은 저승사자들이 찾지 않을 것이기 때문이다. 그들도 가끔은 자신들이 데려갈 영혼들을 못 찾기도 하지. 그래서 악귀들이 구천을 헤매는 것이니라."

"저는 분명히 제 몸이 바닥으로 떨어지는 것을 보았습니다."

"그때 내가 너의 영혼을 빼내었던 것이니라. 영혼이 나와야 네 몸 전체를 볼 수 있는 것이 아니더냐. 지금은 해가 저물어 사람의 모습이지만, 너는 낮에는 나무로 밤이 되면 사람의 모습으로 변하느니라."

"싫습니다. 제가 이제 낮에는 나무, 밤에는 사람이라니요."

"……."

"저는 살고 싶지 않습니다."

"안다. 너의 부인과 아이가 죽은 것을. 하지만 그들을 위해 복수를 하는 것이 더 좋지 않겠느냐?"

"……."

태산의 눈에 눈물이 가득 찼다. 부인과 아이 얘기만 나와도 그는 바로 눈물을 흘렸다.

"너의 원수는 여우령(靈)이니라, 내가 너를 도울 터이니 세상에 나가 그들을 잡아라. 그래서 너의 식구들의 복수를 해라. 이들이 너를 도울 것이다."

"여우령이라 하셨습니까?"

"그래. 여우령이라 하였다. 여우구슬을 지키기 위해 옥황상제가 만든 수호자였지만 지금은 여우구슬을 더욱 강하게 만들려고 18세 여인들의 순결한 간을 먹지."

자신을 산천지령이라 소개한 남자는 아름다운 여인을 묘(猫)라 소개하였고 남자의 이름은 수(水)라고 얘기해 주었다.

"더구나 여우령에게 가족을 잃은 사람은 너뿐만이 아니니라. 여기 있는 묘는 아버지와 오라비를 잃었고 수는 사랑하는 여인을 잃었다."

"아버지와 오라비를 잃었다고 말씀하셨습니까?"

"그렇다."

"그렇다면 혹시 이대호 대감댁 따님이십니까?"

"어찌 저희 아버지와 오라비를 아십니까?"

여인의 눈에 눈물이 맺혔다.

"제가 두 분의 시신을 거두었습니다."

"감사합니다. 이제 보니 은인이셨습니다."

"아닙니다."

"여우령들의 힘이 막강하다. 묘는 영혼을 보는 눈을 가졌고 나무는 인간 세상에 있을 때 최고의 검객이었다. 그리고 수는 최고의 궁사니라. 이제부터 너의 이름은 나무이니라."

"나무?"

"너는 나무 령(靈)과 비슷한 능력을 가질 것이다. 너의 팔을 보거라."

그의 팔이 점점 길어지더니 나무의 줄기가 되었다.

"그리고 이 보검을 받아라. 이것만이 여우령(靈)을 벨 수가 있다."

산천지령은 그에게 칼을 주고는 사라졌다. 이렇게 묘, 나무, 수는 언제나 함께했고 그렇게 300년이 지나갔다. 평범하던 그들은 이제는 사람도 그렇다고 정령도 아닌 또 하나의 령(靈)으로 인간들과 섞여 복수의 칼을 갈고 살아갔다.

제1장 환생

"으~ 음~"

도서관의 구석진 자리에서 어울리지 않는 신음 소리가 새어 나왔다. 커다란 남학생의 몸과 책장 사이에 있는 여학생의 모습은 거의 보이지 않았다. 뒤에서 봐도 남학생의 모습만이 보일 뿐이었다.

"아파~!"

"잠깐만."

남학생의 서투른 입맞춤과 조절하지 못한 힘 때문에 여학생의 입술에서 피가 새어 나왔다. 억세게 다가오는 남학생의 힘에 못 이겨 여학생은 오징어처럼 납작하게 눌려 있었다. 남학생의 입술을 간신히 피해 여학생이 흥분해 있는 남자친구에게 말했다.

"아프다고."

"미안해, 살살 할게."

남학생은 1년을 사귄 여자친구와의 첫 키스에 몹시도 흥분해 있었다. 마른 몸매의 여자친구의 가슴을 만지자 자신의 큰 손에도 꽉 찼다. 그동안 얼마나 만져 보고 싶던 가슴인가? 그의 흥분지수는 최고치를 갱신했다. 사실 오늘 이 키스를 하고자 그는 한 달이 넘게 기회를 엿보고 있었다. 1년을 사귀면서 키스 한번 못해봤다는 얘기는 정말로 남자의 자존심을 긁어내리고 있었다.

그래서 학생들이 거의 찾지 않는 금요일 그것도 저녁에 갑자기 도서관의 자리를 잡은 이유이기도 했다. 선배들의 조언과 도서관 사서 아르바이트를 하는 친구의 도움을 받아 그는 최적의 시간과 장소 섭외에 성공을 거두고 지금 그녀의 입술을 차지하고 있었다.

사법고시를 패스하고 사법연수생인 미래의 법조인 여자친구는 언제나 그의 어깨를 으쓱이게 했다. 그도 물론 잘나가는 의사가 되겠지만 단순히 여자친구 이상의 감정을 그녀에게 느끼고 있는 그였다.

그의 키스가 부드러워지자 처음에 강하게 거부하던 그녀도 점점 그의 키스에 호응을 하고 있었다.

"봄아~"

공부만 잘하는 여자가 아니었다. 큰 키에 날씬한 몸은 법대생임에도 불구하고 미스한국대가 될 만큼 그녀는 아름다웠다. 물론 축제 때 재미로 나간 것이었지만 그녀의 모습에 그가 반해 그들이 사귀게 된 계기기도 했다.

그의 키스를 받아들이는 그녀는 쑥스러워하기보다는 오히려 그를 리드하고 있었다. 확실히 뭐든지 잘하는 여자였다. 서로의 혀가 얽히고 타액이 오가고 있었다. 그의 손이 그녀의 티셔츠 속으로 들어가 브래지어 속에 감추어진 그녀의 가슴을 어루만졌다. 그는 오늘 계를 탄 게 틀림없었다. 어렸을 때 섭렵한 빨간 잡지의 여자들보다 그의 여자친구의 가슴이 확실히 더 훌륭했다.

남자친구의 노력이 가상해서 그의 첫 키스를 응해주기로 결심한 봄은 다 알면서도 도서관으로 쫓아왔다. 공부에 오히려 방해가 돼 도서관에는 잘 가지 않는 그녀였지만 오늘은 특별히 그에게 호응을 해줄 생각이었다.

하지만 의외로 그의 키스는 어설펐고 그녀는 흥분이 되지 않았다. 이건 가족 간의 가벼운 스킨십 같은 느낌만이 들 뿐이었다. 속으로 내심 기대가 컸던 만큼 실망도 큰 그녀였다.

'그래, 내가 너랑 헤어지기 전에 키스란 무엇인지 가르쳐 주마.'

그녀가 그의 목에 팔을 감고 키스를 되돌리기 시작했다. 흥분해서 힘으로만 밀어붙이는 그와는 다른 스킬을 가진 그녀였다. 키스에 천부적인 소질이 있는 그녀였다.

그때였다. 남자친구의 어깨 너머로 새하얀 소복을 입은 남자아이가 서 있었다. 마치 지금 그녀의 행동이 옳지 않다는 표정이었다. 분명히 세상에 존재하지 않는 사람의 모습이었지만 잘생긴 어린아이임에는 틀림없었다.

그렇게 서 있는 아이의 모습에 놀란 그녀는 키스를 하다 말고 그대로 얼어붙어 있었다. 놀란 남친이 뭐라고 그녀에게 말을 하는데도 그녀의 귀에는 들리지 않았다.

"봄아! 왜 그래?"

아마도 이렇게 말하는 것 같았다.

가만히 서서 그녀를 바라보고 있던 아이의 하얀 소복이 갑자기 붉은 피로 물들기 시작했다.

그리고 아이가 무언가를 말하기 위해 그녀에게로 다가왔다.

"어머니."

아이는 분명히 그녀에게 어머니라고 했다. 여러 번 나타났음에도 아이는 한 번도 말을 한 적이 없었다. 하지만 오늘 아이가 처음으로 입을 열었는데 그녀에게 어머니라고 했다.

아이는 슬픈 표정이었다. 언제나 그녀를 바라볼 때면 마음이 아파오게 만드는 슬픈 표정이었다. 아이는 왜 자꾸 그녀에게 나타나는 것일까?

아이의 몸에서 갑자기 빛이 나더니 도서관 전체에 퍼졌다. 엄청나게 밝은 빛에 눈을 감았다가 뜨자 그녀의 눈앞에 보이는 건 도서관이 아닌 꿈에 자주 등장해서 이제는 익숙한 초가집이었다.

그리고 그 옆의 소나무에 그네를 매달아 타고 있는 한 남자와 아이, 멀리서 보고 있었지만 행복해 보였다. 그때였다. 그네를 밀던 남자가 그녀에게 오라고 손짓을 했다. 그녀는 자신을 부르는 손짓에 조금은 당황스러웠다. 저 사람이 왜 나를 부르지? 라는 생각을 하고 있을 때 남자가 그녀를 보며 소리쳤다.

"여보, 이리 오시오."

남자가 분명히 그녀에게 여보라고 했다. 순간 그녀는 웃음을 터트릴 뻔했다. 여보라니. 시집도 안 간 처녀에게 말이다.

개꿈을 꾸고 있는 것일까? 자꾸만 이리저리 끌려 다니는 기분인 봄이었다. 이번에는 초가집 안에 그녀와 아이가 있었다. 자고 있었는지 아이와 나란히 누워 있는데 웬 사내가 방문을 열고 들어왔다. 아까 그네를 밀던 남자가 아니었다. 그러더니 남자가 갑자기 괴물로 변하고는 아이의 몸을 손으로 찔렀다. 완전한 공포영화였다. 이게 대체 뭐지? 정신을 차리기도 전에 이번에는 괴물이 그녀에게 다가왔다.

"오지 마!"

봄이 목이 터져라 소리를 질렀다.

"오지 마, 오지 말라고!"

"검사님!"

"어억!"

이 계장님이었다.

"검사님? 아니, 얼마나 피곤하셨으면 잠꼬대까지 하시면서 주무십니까?"

그녀는 이마의 식은땀을 닦았다. 매번 반복되는 꿈이었다. 이제는 지겨워서라도 안 꿀 법도 한 꿈이었다.

조금씩 상황이 다르기는 했지만 행복한 가족의 모습이 그려졌고 그 뒤에는 항상 괴물이 나타나서 아이를 죽이고 그녀 또한 죽이려 했다.

"괜찮으십니까?"

"네."

"어제 밤새 근무하셨으니 피곤하실 만도 하죠. 휴게실이라도 가셔서 조금 눈이라도 붙이십시오."

"아닙니다."

"피곤하셔서 안 좋은 꿈도 꾸신 겁니다."

요즘 총장님이 따로 의뢰하신 살인 사건 때문에 계속해서 밤을 새웠더니 몸이 허해진 것 같았다.

"커피 한잔 마시고 오겠습니다."

"네."

찬바람이 필요했다. 자판기 커피를 들고 1층으로 나온 봄은 자꾸만 나타나는 남자아이의 혼령 때문에 힘이 들었다. 그녀에게 뭔가를 말하고 싶어하는 것 같았다.

"도대체 나에게 원하는 게 뭐야?"

봄은 한참 동안 검찰청과 법원을 왔다 갔다 걸으며 마음을 달래고 있었다.

책상만 덩그러니 놓여진 취조실에 서류 더미와 노트북만이 범인과 형사 사이의 유일한 장애물이었다.

탕!

서류 더미를 책상에 집어 던진 남자의 표정이 시베리아의 그것보다 더 차가웠다.

"말 안 하지?"

"……."

"너랑 김창욱이랑 11일 날 만난 게 맞아?"

이번에는 서류가 남자의 머리통을 사정없이 후려쳤다.

"네."

"야, 대답을 빨리빨리 해야 너랑 나랑 마주하는 시간이 짧아질 것 아니야? 그래서 물건을 김창욱에게 줬어?"

"네."

"그 안에 뭐가 들어 있었는지 확인은 안 해봤다는 거지?"

"네."

"야, 거짓말을 하려면 똑바로 해야지. 참새가 방앗간을 그냥 지나가지 마약쟁이가 그냥 마약을 전달만 해줬다는 걸 누가 믿나?"

"진짜예요."

"김창욱이가 다 불었어, 5kg 중에 100g 정도가 빈다고."

"저는 모르는 일이에요."

남자가 서류로 부채질을 했다. 한여름의 취조실은 말도 못하게 더웠다.

"잠깐만 있어봐. 김 형사!"

취조실 밖에서 김 형사가 들어왔다. 밤샘 조사를 할 예정이었다. 이렇게 형사들만 릴레이로 들어가고 범인은 계속해서 같은 질문에 대답을 해야 하기 때문에 피의자 입장에서는 고문이 따로 없었다.

"왜?"

"나 물 좀 먹고 들어와야겠어."

"알았어요. 이제부터는 내가 하지 뭐. 형, 안 그래도 반장님이 찾으셔."

"그럼 수고."

마약 사범들은 대부분이 초범들이 아니기 때문에 뺀질거렸다. 뭐가 자신들에게 유리한지 형사보다도 잘 아는 놈들이었다.

이럴 때 보면 조선시대의 형벌이 가장 마음에 들었다. 형틀에 묶어 주리를 틀어 뼈마디가 오도독 소리가 나도록 틀어야 이실직고를 하지 이렇게 살살 어르고 달래서 무슨 말을 범인들이 하겠는가.

살기도 좋아졌지만 너무 솜방망이 처벌이었다. 300년 동안 범인들만 좋아진 세상이 된 것 같았다.

"넌 300년 전 같았으면 주리를 틀거나 곤장에 맞아 뒤졌어."

나무는 혼자서 구시렁거리며 취조실을 나왔다.

"나 형사, 이리 좀 와봐."

반장님이 아주 부드럽게 부르셨다. 이럴 때는 분명히 이유가 있었다. 예를 들어 검찰에 들어가 보라던가 아니면 국과수에 가서 사체 확인을 하라던가. 이유 없이는 이렇게 부드러운 소리를 하는 반장이 아니었다.

"네, 부르셨습니까?"

"응, 이거 들고 검찰에 좀 다녀와."

나무의 예상이 적중했다.

"안 갑니다."

"왜?"

"저는 최 검사와 마주치기 싫습니다."

나무는 최 검사가 싫었다. 검찰청의 여자 검사가 그 여자만 있는 건 아니지만 한 번에 일을 처리하지 않고 얼마나 꼼꼼히 따지고 살피는지 검찰청에 송치한 서류가 한 번에 끝난 적이 없었다. 바쁠 때는 너무나 짜증이 났다. 그리고 검사라고 사람을 오라 가라 어찌나 하는지 진짜로 최 검사가 담당하는 사건을 맡으면 짜증이 났다. 한마디로 남자 검사들처럼 유도리가 없었다.

"왜? 예쁘잖아?"

"아, 거참, 직접 가십시오."

"너, 지금 나한테 반항하냐?"

"이건 반칙입니다. 제가 얼마나 그 여자를 싫어하는지 아시지 않습니까?"

"싫어도 이건 일이잖아."

"반장님도 최 검사 근처에도 안 가시면서 그러십니까?"

"그야, 나는 새파랗게 어린 여자한테 고개 숙이는 게 싫으니까."

"아~ 참."

"갈 거야? 말 거야?"

"가요, 가."

서류를 손에서 **뺏다시피** 하고는 나무는 강력계 사무실을 나왔다. 나무가 300년 넘게 살면서 이렇게 짜증나는 여자를 만난 건 처음이었다. 최봄 검사는 이름같이 봄바람이 산들산들 부는 여자가 아니었다. 볼 때마다 사람을 무시하는 눈빛과 딱딱 끊어지는 명령 투의 말이 그의 귀에 거슬렸다.

검찰청의 문을 열고 들어가니 낯익은 얼굴들이 많았다. 이곳에 올 때마다 드는 중압감은 범인들의 심리를 압박하기에 충분했다.

삑!

"나 형사, 뭐 안 뺐어?"

검문대를 담당하는 문지기 오 수사관이었다. 다른 때는 형사들은 옆의 다른 직원 출입구로 들어갔지만 요즘 사건이 터졌는지 형사들도 검문대를 통과해야 했다.

"총."

"뭐?"

나무가 주머니에서 열쇠고리를 뺐다.

"뭐야?"

"총 맞잖아."

묘가 사준 열쇠고리였다. 총 모양의 라이터인데 그가 아끼는 물건이었다. 차에 두고 온다는 걸 깜박한 나무였다.

"라이터야."

"하여튼."

나무가 사라지자 검문대의 신입 여직원이 누구냐고 물었다.

"나 형사?"

"네."

"멋있지?"

"진짜 연예인같이 잘생겼어요."

"아직 여자친구 하나 없는 것 같은데 미스 손이 한번 대시를 해보지 그래?"

"너무 잘생긴 사람은 부담스러워요. 그냥 보는 걸로 만족할래요."

여직원의 눈길은 여전히 나무를 쫓고 있었다. 190㎝에 가까운 키에 근육질의 몸, 여자들의 로망인 검게 그을린 피부가 시선을 압도했다. 이걸로도 차고도 넘치는데 그의 얼굴은 잘생기기까지 했다. 아마도 당분간은 그를 머릿속에서 지울 수는 없을 것 같았다.

　"근데 어디서 근무하시는 분이세요?"

　"관심 없다며?"

　"그냥도 못 물어보나요?"

　"서초 강력계."

　"아~"

　엘리베이터를 기다리고 있던 그가 다시 그녀를 힐끗 보았다. 역시 잘생겨서 그런지 그의 무심한 시선에도 신경이 쓰이는 그녀였다. 당분간 출근할 때 외모에 신경을 좀 써야겠다고 생각한 그녀는 검문대에 다른 사람이 오는 바람에 그에게서 시선을 거두었다.

　"안녕하십니까?"

　우렁찬 소리로 검사실의 문을 열고 들어간 나무는 싸늘한 시선과 눈이 마주쳤다. 검은색 안경테에 머리카락 한 올도 흐트러지지 않게 단단히 하나로 묶은 최 검사는 한 치의 오차도 허용치 않을 것 같은 깐깐함을 불러일으키고 있었다.

　"김 사무관님, 서류 받으세요."

목소리마저도 절도가 있었다. 그렇게 각을 잡으려면 차라리 군대로 갈 것이지 답답하게 검사를 하는 게 나무는 이해가 되질 않았다.

"네."

사무관이 서류를 받으려고 하자 나무가 서류를 들고 검사의 앞으로 갔다.

"여기 있습니다. 검사님, 반장님께서 최 검사님께 직접 주라고 하셔서요."

그리고는 다소곳이, 아니, 보란 듯이 서류를 최 검사 앞에 놓고는 웃으며 사무실을 나가는 나무였다.

"……."

최 검사의 눈빛에 빛이 났다. 항상 이런 식으로 검찰에 대한 불신을 온몸으로 보여주는 사람이었다. 어디서나 눈에 띄는 외모에 실력까지 출중한 나무를 검사들도 함부로 대하지 못했다.

예전에 한번 부패 검사 하나가 뒷배를 믿고 나 형사를 건드렸다가 옷을 벗은 일이 있었다. 그 일로 검찰총장의 조카라는 둥 말도 안 되는 얘기까지 나왔었다.

그가 항간의 얘기로는 엄청난 재산의 소유자에 처남이 국제건설의 오너 고호 회장이라는 얘기가 있었다. 하도 뻣뻣하게 굴기에 직접조사를 해봤더니 다 사실이었다. 공무원재산신고에서 그가 1위였다.

하지만 그렇다고 그의 무례한 행동을 그냥 넘길 최 검사가 아니었다.

"나 형사는 항상 이렇게 호전적인가요?"

그녀의 말에 사무실을 나가려던 나무가 걸음을 멈추었다. 그리고는 그 잘생긴 얼굴을 뒤로 돌려 최 검사를 쳐다봤다.

"상대가 누구냐에 따라 다르겠죠?"

"내가 나 형사님에게 호전적인 상대가 될 이유는 없을 것 같은데요?"

"바빠 죽겠는데 일하다 말고 여기까지 와야 하는 게 호전적이 될 이유겠죠."

"알았어요. 나중에는 한꺼번에 여유가 될 때 가지고 와요. 그러면 우리도 한꺼번에 여유가 될 때 처리할 테니까."

한 번을 지지 않는 여자였다.

"네, 생각해 보도록 하죠."

나무가 가볍게 목례를 하고 검사실을 나왔다. 오늘도 한 방을 먹고 가는 길이었다. 남의 일에는 조금도 관심이 없었다. 인간들의 일에는 더더욱 관심이 없는 그였다. 항상 최 반장님께서 인간미가 없다고 말할 정도로 그는 일하는 데는 냉철했다.

얼마나 많은 성과를 냈는지 윗사람들의 시기 질투에 그는 승진을 제대로 하지 못했다. 지금은 경사의 직위를 얻고 있었지만 나이와 경력에 비한다면 초라하기 그지없었다.

여우령의 행방을 쫓느라 갑자기 사라지기 일쑤니 근태가 좋을 리가 만무했다. 그나마 성과가 좋으니 이렇게라도 붙어 있을 수 있었다.

하지만 이렇게 검찰에 종처럼 끌려 다니는 건 정말로 그의 적성에 맞지 않았다. 특히 담당이 얼음마녀 최 검사일 경우에는 더더욱 싫었다. 무슨 여자가 바늘 하나 안 들어갈 것처럼 깐깐하기 그지없었다. 아무리 일을 철두철미하게 한다고 해도 밑에 사람이 숨을 쉴 틈을 주어야 하는데 최 검사 담당사건은 바로 해야 하니 나무뿐만 아니라 모두가 버거워했다.

윙~

묘의 전화였다.

"어."

[어는 무슨. 그렇게 무뚝뚝해 가지고 애인이나 만들겠어?]

요즘 묘는 신혼의 재미에 빠져서 언제나 싱글벙글이었지만 혼자 있는 그가 신경이 쓰였는지 전화를 할 때마다 이렇게 말을 하곤 했다. 그가 나무로 변하듯이 여동생인 묘는 흑묘로 변했다. 300년을 같이해 온 가족 같은, 아니, 가족보다 더 끈끈한 사이였다.

"왜?"

[그냥 했지. 요즘은 여우령도 없고 우리 오빠 심심할까 봐.]

"고맙다."

[왠지 목소리가 둥한 것이, 깨졌어?]

"아니."

[그럼, 검찰청?]

"넌 역시 눈치가 빨라."

[그 여자 검사 아직도 오빠네 담당이야?]

"응."

[그래도 실력은 있나 봐. 오래 버티네.]

"그러게."

[다른 게 아니고 오늘 수 오빠네 커피숍에서 모이기로 했으니까 오빠도 와.]

"싫어."

[좋은 말로 할 때 와.]

묘가 이럴 때면 할 말이 없었다.

"알았어."

[8시야.]

"그래."

모두들 나무의 눈에는 행복해 보였다. 이렇게 서로 각자의 시간을 갖고 있는 건 진짜로 300년 만에 처음 있는 일이었다. 산천지령이 여우구슬에 욕심을 부려 그들과 12령을 이용해 음모를 꾸몄다가 결국 그 간악함이 드러나 호에 의해 처참하게 봉인이 되는 사건이 있었다. 그 후 그들에게는 여우령을 잡아야 하는 부담이

줄어들었고 각자의 생활을 할 수 있었다.

　묘는 여우령과 사람 사이에서 태어난 호와 결혼해서 지금 신혼의 재미에 빠져 있었고 수는 자신의 카페에 착실히 나가고 있었다. 묘에게는 호가 있고 수에게는 수지가 있어서 이젠 각자의 삶을 사니 조금은 외롭다는 생각이 드는 나무였다.

　"아이고, 내 신세야."

　서류를 전달하고 서로 돌아온 나무는 저녁이 될 때까지 마약 사건에 매달렸다. 그때였다. 외근 나간 최 반장에게서 전화가 왔다.

　윙~

　"그래, 나에게는 최 반장이 있구나."

　한숨이 절로 나왔다.

　"네. 반장님."

　[빨리, 서초동 폐주차장으로 가봐.]

　"폐주차장이 어딘지 제가 어떻게 압니까?"

　[조 형사가 살인 저질렀던 장소야. 비슷한 사건이 터졌어.]

　조 형사가 살인 저질렀던 장소라니! 조 형사는 얼마 전까지 그와 같이 근무했던 말수가 적고 얌전한 형사였는데 알고 보니 여우령을 위해서라면 연쇄 살인도 마다 않는 열렬한 광신도였다. 그가 어떻게 여우령을 접하게 되었는지, 여우령이 그를 선택한 건지 그가 여우령을 불러들인 건지 아직도 풀리지 않는 미스터리였다.

　하지만 확실한 건 그가 여우령을 위해 노숙자들을 죽였고 그 간을 꺼내 여우령에게 바치기까지 했다. 다행히 더 많은 희생자가 나오기 전에 나무가 묘의 도움을 받아 그를 잡았고 지금 그는 무기징역을 선고받고 청송교도소에 수감 중이었다.

나무의 머리털이 빳빳하게 섰다. 이제 와 그 이름을 다시 들을 줄이야. 그렇다면 몇 개월도 지나지 않아 여우령이 또 등장했다는 얘긴데 그럴 수는 없었다. 몇 개월 전에 벌였던 국제여자 외국어고등학교에서의 결전에서 분명 12령의 우두머리를 산천지령이 없앴고 그의 졸개들은 나무, 수, 묘 그리고 호가 말끔히 처리를 했다.

하지만 분명 비슷한 사건이라고 했다. 여우령의 경우 사람의 간이 필요했기에 이런 유의 살인은 여우령이 저지르지 않고는 일어날 수 없는 사건이었다. 그렇다면 잔존하는 여우령이 있다는 말이었다.

"여우령 중에 살아 있는 녀석이 있었단 말인가?"

나무는 급하게 차를 몰아 예전 사건 현장인 주차장으로 향했다. 현재 주차장은 공사 현장으로 바뀌어 있었다. 안전사고를 막기 위해 사방이 담으로 막혀 있었다.

그리고 그 주변을 경찰차와 앰뷸런스 그리고 어디서 소식을 듣고 왔는지 기자들 한 무더기가 굶주린 하이에나처럼 폴리스라인 뒤로 장사진을 치고 있었다.

"좀 지나갑시다."

몰려 있는 기자들을 뚫고는 사체가 있는 공사현장으로 들어갔다. 오늘은 웬일로 국과수의 대표 베테랑인 오 박사가 나와 있었다.

　"박사님, 안녕하십니까?"

　"나 형사 왔나?"

　"뭐, 찾으신 거라도 있으십니까?"

　"이제는 하도 이런 시체만 보니까 별로 놀라울 것도 없어. 사인은 조 형사 때와는 조금 달라."

　"왜요?"

　"결과는 똑같고 언뜻 보기에도 비슷하긴 한데⋯⋯."

　"근데요?"

　"조 형사는 목을 졸라서 죽이고 장기를 적출했는데 이번에는 살아 있는 상태에서 장기를 빼냈어. 자세히는 부검을 해봐야 알겠지만 사인은 쇼크사야."

　"⋯⋯."

　"한마디로 놀라서 죽은 거지."

　"놀라서 죽어요?"

　"그래, 장기 적출 사건이 그동안 계속 있었잖아. 그것들을 세분화하자면 첫 번째로는 사이코패스들의 무자비한 살인 행위 중 하나의 방법이고 둘째는 원한에 의한 분노의 표출이고 세 번째는 식인의 방법이고 또 하나는 우리도 알 수 없는 제3의 무언가에 의한 공격이야."

"이번은 어떤 것과 가깝죠?"

"글쎄, 부검을 해봐야 알겠지만 묘한 게 많아."

나무가 담배를 하나 건네고는 라이터 불을 당겨 담배에 불을 붙여주었다.

"후~ 이 중독적인 맛에 끊지를 못하지."

"뭔데요?"

"급하긴. 예전에 이런 비슷한 시체를 본 적이 있었어. 18살 먹은 여자였는데 사체에서 동물의 DNA가 발견이 되었어."

"어떤 동물의 것이었나요?"

"오늘 너무 급한 거 아냐?"

"제가 담당이니까요."

"아닐걸."

"네?"

"이번에 죽은 피해자가 누군지 알고 왔어?"

"아니요?"

"검찰총장의 딸이야."

"네?"

"아마 경찰이 아닌 검찰에서 조사를 할 모양이던데……."

그래서 베테랑 중에 베테랑인 오 박사가 직접 현장 감식을 왔고 검찰의 수사관들이 이렇게 쫙 깔린 것이었다. 그리고 꼴도 보기 싫은 최 검사도 언뜻 보였다. 하루에 두 번을 보는 건 그것도 아침 저녁으로 보는 건 진짜 싫었다.

"골치 아픈 사건이 될 것 같아. 누가 걸릴지는 모르지만 아마 다른 사건은 손도 못 댈걸. 이거 해결하기 전에는."

현직 검찰총장의 딸이었다. 그것도 아들 셋에 어렵게 얻은 딸로 총장의 사랑을 한 몸에 받고 있던 남부러울 것이 없는 아이였다. 오 박사가 아이를 덮고 있는 흰색 천을 걷어 올렸다.

"성폭행의 흔적이 없어. 그리고 정확하게 빛의 속도로 가슴을 뚫었지. 이 정도로 정확히 뚫으려면 엄청난 힘과 속도가 필요하지. 그리고 뚫었다기보다는 뜯어냈다고 표현하는 게 맞아. 뭐 생각나는 거 없나? 그리고 비밀 하나 알려줄까? 이 사건이 첫 번째가 아니야."

연쇄살인 사건이라는 의미였다. 그것도 비밀에 붙여진.

"……."

"이건 몇 달 전에 조 형사 사건과 여고생들과는 차원이 달라. 이 학생은 서 있는 채로 순식간에 당했어. 10년 전에 그 여학생들처럼."

"그럼 범인이 동일인이라고 생각하시는 겁니까?"

"동일한 그 무엇이라고 생각을 하지. 사람은 아니야."

"이거 기자들이 알면 난리겠는데요."

"이건 그냥 단순히 살인 사건으로 나갈 거야. 그때처럼."

"뭔가 알고 계시는 듯한데요."

"나중에 부검하고 나서 부르지. 자네와 얘기를 해야 내가 미친 놈 취급을 안 받거든."

작은 키에 두꺼운 안경과 붉은색 나비넥타이를 매고 있는 그리고 폭탄 맞은 머리처럼 빠글거리는 그의 머리는 그의 범상치 않은 비주얼을 보여주고 있었다. 나무가 보기에는 귀여운 사람이었지만 다른 사람들이 보기에는 공무원으로서 적절치 않은 사람이었다.

오 박사님의 출중한 실력은 누구보다 나무가 잘 알고 있었다. 하지만 여우령 사건을 맡았을 때 그는 사건의 잔인함보다는 신기한 점을 부각해서 얘기하는 바람에 그의 놀라운 실력보다 가당치도 않은 령의 세계만을 얘기하는 미친 박사라는 평을 받았다. 사람의 짓이 아닌 제3의 무언가라고 말하는 박사의 말을 그 누가 믿겠는가.

그렇게 10년 전 여우령 사건 이후 달라진 사람들의 시선을 힘들어 하던 오 박사는 이런 유의 사건에는 손을 대지 않는 분이셨다. 하지만 이번에는 사건이 큰지 국과수에서 가장 뛰어난 오 박사가 직접 사건을 맡고 있었다.

"나중에 연락함세."

"네."

국과수로 가는 그의 발걸음이 오늘따라 신이 나 보였다면 그건 나무의 착각일까. 이 사건은 그가 조사하지 않더라도 오 박사를 통해 많은 정보를 들을 수 있을 것 같았다.

한참을 주위를 서성이며 증거자료를 수집하던 나무의 눈에 여우령의 털이 보였다. 그는 핀셋을 들지도 않고 얼른 그것을 주워 주머니 속에 넣었다. 들켜봐야 좋을 것이 없었다. 사람들이 여우령의 존재를 안다면 진짜로 세상은 공포로 물들 것이다.

"나무 형사님, 지금 뭘 주머니에 넣으셨죠?"

듣기도 싫은 최 검사의 목소리가 등 뒤에서 들렸다.

"총이요."

"네?"

"빵, 총이요."

주머니에서 라이터를 꺼내 최 검사를 향해 쐈다. 불이 번쩍하고 나자 최 검사가 어이가 없다는 표정을 지었다.

"여긴 무슨 일이시죠?"

"제 관할 구역입니다."

"이 사건은 이제부터 검찰이 맡습니다."

"그럼, 갈까요?"

"네, 여기서부터는 저희들이 알아서 하겠습니다."

"네, 네."

이렇게 말하고는 나무는 뒤도 안 돌아보고 현장을 빠져나왔다. 볼수록 재수가 없는 여자였다. 사사건건 부딪치니 더욱 마음에 들지 않았다. 하기야 이번은 총장의 딸이 죽었으니 어쩌면 저들이 저러는 게 당연한 걸지도 몰랐다.

"아무래도 경찰보다야 브레인 집단이니까 낫겠지. 그래도 수사는 우리의 몫인데……."

아직도 검찰은 경찰이 자신들의 아래라고 생각하고 있는 게 문제였다. 세상이 변해도 계급과 신분은 뿌리 깊이 존재하고 있었다. 300년을 살아오면서 느낀 것이지만 이런 불평등함이 국가의 발전을 저해하는 요소인 것이다.

"어린것들이 뭘 알겠어."

가끔은 이렇게 넘어가야 마음이라도 편했다. 현장은 잘나신 검찰이 포진하고 있었고 관할구역의 담당 형사인 나무는 그렇게 씁쓸하게 물러날 수밖에 없었다.

자신의 차에 오른 나무는 궁금하기도 하고 약도 오르는 마음을 달랬다. 그리고 차에 시동을 걸고 경찰서로 출발을 했다. 강력반에 도착하자 내용을 언제 들었는지 최 반장이 쪼르르 나무의 옆으로 왔다.

"나도 최 검사가 사건을 맡게 될 줄은 몰랐지."

"……."

"최 검사가 와서 지랄했어?"

"……."

"자기도 뭐 총장 딸이 그렇게 된 거니까 신경이 더 쓰여서 그런 걸 거야."

나무가 최 반장을 갑자기 쫙 째려보며 언성을 높였다.

"둘이 사귀나 봐요?"

모두의 시선이 두 덤 앤 더머 콤비에게로 꽂혔다.

"뭐?"

"뭘 그렇게 감싸고 그러세요. 최 검사 싫어서 검찰에도 안 가는 분이."

"야, 상황이 그런 걸 설명해 준 거지."

"어? 수상하게 발끈하시네."

"미친놈, 최 검사랑 내가 몇 살 차인 줄이나 알아?"

최 반장의 얼굴이 붉으락푸르락해졌다.

"됐고요, 전 7시에 나갑니다."

"안 돼!"

"왜요?"

"말대답 따박따박하는 놈 뭐가 예뻐서."

최 반장의 말이 맞았다.

"너 오늘 당직 아니야?"

"내일입니다."

그래도 당당한 나무였다.

"너는 결혼도 안 하고 애인도 없는 놈이 맨날 칼퇴근이냐?"

"죄송합니다. 오늘 가족 모임입니다."

"야, 국제건설 회장도 오냐?"

"그야 그렇겠죠. 가족인데."

"부러운 놈."

"부러운 건 김 형사죠. 처제가 걸 그룹 아닙니까?"

김 형사를 보며 엄지손가락을 척 세워주었다.

"그럼 뭘 하냐. 구경도 못하는데."

"우리 처제 바쁩니다."

"그래도 우리 나 형사 처남은 지난번 명절에 통 크게 한번 쐈잖아."

"한번이면 됐습니다."

"있는 것들이 더하다니까."

"반장님이나 술 한잔 사십시오."

"난 대학 다니는 녀석들이 아직 둘이나 남았어."

"그러게 그렇게 줄줄이 낳으셨습니까?"

"그래도 낳아봐라. 얼마나 예쁜데."

"다섯은 그래도 너무하신 거죠."

"그래도 큰 놈들 셋이 좀 보태니까 힘은 돼."

"좋으시겠습니다. 오늘은 약속이 있고 내일 제가 술 한잔 사죠."

"이거 매번 고마워."

"저도 끼워주십시오."

"그래. 내일 삼겹살에 소주 한잔합시다."

열 명이 넘는 식구들이었지만 너무나 좋은 사람들이었다. 최 반장은 짠돌이라 그렇지 참 인간적인 사람이었다. 나무가 배울 게 많은 그런 사람이었다.

"오빠~"

카페 문이 열리자마자 묘가 손을 흔들며 나무를 불렀다. 수의 카페 '도사'는 숲을 옮겨다 놓은 듯한 인테리어로 굉장히 유명한 곳이었다. 큰 소나무가 가게에 드문드문 기둥처럼 자리를 잡고 있었고 바닥은 시냇물이 흘러서 징검다리를 건너는 즐거움이 있었다.

이곳의 가장 좋은 점은 시끄러운 음악 소리가 아닌 새소리 벌레 소리가 음악을 대신해서 좋았다. 물론 그게 CD이기는 했지만 나무는 이곳이 너무나 좋았다. 징검다리를 건너 묘와 호가 앉아 있는 테이블까지 단숨에 도착했다.

"잘 지냈나?"

"그럼, 자네는 묻지 않아도 묘가 잘해주는 것 같군."

"그래 보이나?"

"형, 커피 줄까?"

언제 왔는지 수가 그들의 테이블로 와서 주문을 받았다.

"아니, 냉수."

"커피숍에 왔으면 커피를 마셔야지."

"알았어, 아무거나 줘."

"그래야지."

수가 커피를 가지고 올 동안 세 사람은 오랜만에 만나 서로의 얘기를 하느라 바빴다.

"요즘은 별일 없지?"

"뭐, 별일이랄 게 있나?"

그때 수가 커피를 가지고 와서 앉았다.

"커피 대령이오. 이거 진짜 정성을 들여 로스팅한 거니까 맛있을 거야. 이따가 집에 갈 때 조금씩 싸줄게."

"수 오빠, 요즘 무슨 일 있어?"

"아니."

오랜만에 만나 간단한 안부 인사를 나누는 그들을 바라보다 나무가 말문을 열었다.

"사실은 오늘 살인 사건이 있었어. 지난번에 조 형사가 여우령 흉내 내며 벌였던 사건과 비슷한 사건이야."

모두들 놀란 얼굴을 하고 있었다.

"그런데 하필 녀석이 검찰총장의 딸을 죽여서 검찰에서 특별 수사본부를 만들어 조사 중이야."

"시끄럽겠군."

나무의 말에 호가 심각한 얼굴을 하고 말했다.

"그걸 노리는 건지 어쩌다 보니 그 여학생이 걸린 건지는 모르 겠지만 여우령이 죽인 건 확실해."

"여우령은 그때 우리가 다 죽인 것 아냐?"

"이걸 봐."

나무가 테이블 위에 놓은 건 분명한 여우령의 털이었다.

"근처에서 발견했어. 다른 사람들은 그냥 동물의 털 정도로 생 각하고 수집하지 않은 것 같아."

"아직 남아 있는 녀석이 있어."

불안한 얼굴의 묘가 그들에게 욕실에서 만났던 12령 두목의 환 영에 대해서 말을 했다.

"사실은 12령의 우두머리를 보긴 했는데……."

묘가 말끝을 흐렸다.

"뭐?"

"그게 꿈인지 현실인지 확실치가 않아서 말이야. 몸이 없는 영 혼으로 돌아다니던 그가 내가 목욕하고 있는데 나타나서 경고를 하고 사라졌었거든."

"왜, 이제야 말을 하지?"

호가 화가 난 목소리로 말을 했다.

"확실하지 않아서 얘기하지 않은 것뿐이에요. 하지만 여우령이 나타났다는 얘기를 들으니까 혹시나 하는 생각이 들어서 말하는 거예요."

"일단은 내가 어떻게든 알아볼게."

"몇 달 편하게 쉬었지 뭐, 이제는 다시 일할 땐가 보네."

수가 푸념 섞인 말을 했다.

"근데 오늘은 왜 모이라고 한 거야?"

"그게……."

묘의 얼굴이 붉어졌다.

"묘가 아기를 가졌네."

"뭐?"

나무와 수의 표정이 가관이 아니었다.

"너 어쩌려고?"

"괜찮겠어?"

나무와 수의 의외의 반응에 호는 어리둥절했다.

"기뻐해 줘야 되는 것 아닌가?"

"기뻐!"

둘이 동시에 호의 말을 가로막았다.

"잠깐만 자리 좀 비켜주겠나?"

"뭐?"

"묘와 할 얘기가 있네."

나무의 진지한 얘기에 호가 어쩔 수 없이 자리를 피했다.

"너, 열 달이나 몸속에 아기를 가지고 있으면 고양이로 변할 수
없다는 걸 알기나 해?"

"알아."

"어떻게 열 달을 견뎌."

"여우환이 있잖아."

여우환은 여우령들이 죽으면 생기는 재를 가지고 있는 여우 주머니에 넣으면 만들어지는 청심환만 한 환이었다. 그들이 그것을 먹으면 수명이 연장이 되고 더 좋은 건 에너지가 왕성하게 되어 낮에도 사람으로 버틸 수 있는 힘을 주었다.

"그래도 열 달은 무리 아닐까? 혼자 몸이면 견디다가 아무 때나 변해서 휴식을 취할 수 있지만 열 달을 버틴 적은 아무도 없어."

"그래도 한번 낳아보고 싶어. 호의 아이를."

"미쳤어."

"알아."

"묘야, 오빠들은 너를 생각해서 하는 말이야. 서운하게 듣지 말았으면 한다."

수가 말을 했지만 묘의 눈에는 눈물이 가득했다. 묘는 오빠들이 자신을 걱정하는 마음이 크다는 걸 알았다. 그래서 뭐라 말 못하고 울 수밖에 없었다.

하지만 하늘이 주신 아이였다. 낮에는 검은고양이로 밤엔 인간으로 살아가야 하는 자신은 여자로서의 평범한 삶은 꿈꾸지 말아야 한다고 항상 생각했었다. 그런데 너무나 자상한 남편과 그의 아이가 생겼다.

설사 그녀가 위험하다 하더라도 아이만 무사할 수 있다면 그녀는 어떠한 고생도 참을 수 있었다. 오빠들이 걱정해 주는 건 알지만 그래도 축하해 주고 응원해 주리라 믿었는데 묘는 서운했다.

"그렇다고 지울 수는 없잖아. 오빠들이라도 이해해 주면 안 돼?"

묘가 많이 힘들어 보였다. 호에게 말하면 아마도 당장 지우라고 말할 게 분명했다. 호가 목숨을 걸고 묘를 지켜낸 것을 모두가 알기에 나무와 수도 더 이상은 말을 하지 않았다.

"호는 네가 고양이로 변하는 거 알아?"

나무가 울고 있는 묘에게 중요한 말을 물었다.

"아니."

"언제까지 숨길 건데?"

"사실은 저 사람도 애기를 갖는 걸 싫어했어. 자기 같은 돌연변이가 나올까 봐. 그래서 처음에는 속이다가 어제 말했는데 의외로 기뻐해서 다행이었어. 그런데 내가 고양이로 변한다고 해봐. 아기를 낳지 말자고 할 거야. 그래서 말 못했어."

"우리도 조카가 생긴다니 기쁘긴 하지만 마냥 기뻐할 수는 없는 것 같아. 우리에게는 네가 더 소중하니까."

"조심할게."

"그래, 알았어. 그리고 축하한다."

"고마워."

"호, 삐치겠다. 내가 들어오라고 할게."

나무가 바깥에 홀로 서 있는 호에게 다가가 담배를 건넸다.

"내가 이상한 놈이라 아기가 이상하게 태어날까 봐 걱정인가?"

담배를 받아 물며 호가 물었다.

"아니, 그냥 묘가 약해서 잘 견딜 수 있을까 걱정한 것뿐이야."

"그래? 정말 그것뿐인가?"

"응."

둘은 서로 건너편의 건물을 보며 담배 연기를 길게 내뿜었다.

"이번에 여우령은 수와 내가 상대할 테니 너무 걱정하지 말게."

나무가 이렇게 말하고는 호의 어깨를 두드리고 조용히 카페 안으로 들어갔다. 그 뒤를 호가 따랐다. 호는 울었는지 눈이 부어 있는 묘를 걱정 어린 눈으로 보았다. 하지만 더 이상 아이에 대해서는 얘기하지 않았다.

집으로 돌아오는 내내 차 안에서 말이 없는 호를 보며 묘가 물었다.

"그래도 오빠들이 축하해 줬어요."

묘가 눈치를 보며 말했다.

"알아."

"화났어요?"

"아니, 나도 묘의 건강이 제일 걱정이야. 그리고 아기의 상태도."

"전 건강해요. 아기도."

"내가 더 잘할게."

그의 말이 묘에게 한없이 위로가 되었다.

아침부터 부산스러운 강력계였다.

"박 형사, 너는 정신을 산에다 두고 다니니? 지금 몇 달째야!"

웬만해서는 화를 안 내는 김 형사가 어지간히 뚜껑이 열린 것
같았다.

"그게……."

김 형사 옆에서 두 손을 모으고 서 있는 박 형사였다.

"나무 형, 애 좀 데리고 가."

"싫다."

"야, 너 이거 다시 해와. 아직도 조서를 이따위로 꾸미면 어떻게
해. 이거 검찰에 가면 다시 빠꾸야."

나무는 이빨로 볼펜을 물어뜯으며 김 형사와 박 형사를 번갈아
보고 있었다. 개그 프로도 이보다 재밌지는 않았다. 박 형사가 처
음 발령받고 왔을 때를 생각하자 그나마 지금은 많이 용이 됐다는
생각이 들었다.

"나 형사!"

"네, 반장님."

"검찰에서 호출이다."

"네?"

"몰라. 너 빨리 보내래."

"이유를 알아야 갈 것 아닙니까?"

"걔들이 언제 이유를 말하디?"

"못 갑니다."

"속 썩이지 말고 빨리 튀어가. 내 속 썩이는 건 저기 박 형사 하나로 족하다."

"저 처리할 것 많습니다."

"야!"

"아이 씨, 진짜!"

"빨리 안 가!"

"가요, 가."

투덜거리며 검찰에 도착한 나무는 최 검사실로 향했다. 하지만 최 검사는 없었다.

"나 형사, 최 검사님이 나 형사 오면 바로 검사장실로 오라고 말해달라고 했어."

이 계장이 말했다.

"왜요?"

"나도 자세한 건 모르겠고 검사님도 연락받고 바로 가셨어. 뭐 급한 일인 것 같던데 가보면 알겠지. 안 그래?"

검사실에서 나온 나무는 검사장실로 향했다.

"뭐야, 큰 사건이야?"

나무는 영문도 모른 채 검사장실에 도착했다. 그가 문을 열고 들어가자 다짜고짜 검사장의 욕설이 다발로 나오고 있었다.

"야, 이 새끼야, 오라면 빨리 올 것이지."

검사장의 이런 발바닥 매너에 웃음이 나오는 나무였다.

"웃어?"

주변에 있던 검사들도 놀란 표정이었다. 그중에 최봄 검사도 있었다. 아니, 바로 오라고 미리 최 반장에게 얘기했으면 될 문제를 저 여자가 사단이었다.

"제가 죄를 지어 이곳에 불려온 것도 아니고 아무 이유도 없이 욕을 들으니 어이가 없어서 그만."

"뭐, 이 새끼야!"

그때였다. 그의 뒤로 누군가 들어왔다.

"나 형사 말이 맞아. 여기로 부른 건 도움을 청하기 위해서고 그럼 손님 대접을 해줘야지."

검찰총장이었다. 모두가 자리에서 일어나 총장을 맞이했다. 나무도 자리에서 일어나 예를 갖추었다.

"앉지. 나 형사도 앉아."

"네."

대답을 하고 빈자리를 찾으니 하필 최 검사의 옆자리였다. 자리에 앉아서 검사들을 보자 모두들 그가 검사들만 들어오는 회의에 들어온 것이 못마땅한 눈치들이었다. 하긴 경찰에게는 그냥 지시만 하면 된다는 생각이 그들에게는 뿌리 깊이 박혀 있을 테니.

"음."

총장이 목소리를 가다듬자 모두들 자리에 앉아 앞에 있는 총장을 바라보았다.

"오늘 여러분들을 모이라고 한 건 내 딸의 죽음 때문만은 아니야."

그가 무겁게 말을 떼자 모두들 숙연해진 분위기로 자식을 잃은 검찰총장을 위로했다. 그의 뒤에 있는 스크린에 피살자들의 주검이 슬라이드로 나타났다.

"이건 일주일 전부터 하루에 하나씩 죽은 아이들의 사진이다."

사진에는 어제와 똑같은 모습의 사체들이 각기 다른 장소에서 찍힌 모습들이었다.

"나는 이 주일 전부터 의문의 꿈에 시달렸다. 자신을 12령이라고 하는 귀신이 나타나 아이들을 죽이겠다고 협박을 했다. 언제 죽일지 어떻게 죽일지도 나에게 말을 해줬다. 일단 악몽을 꿨을 뿐이라고 생각하고 무시를 했는데 일주일 뒤에 정말로 그 장소에서 아이가 죽었다."

그의 눈가에 눈물이 맺혔다. 자신의 잘못이라고 생각하는 것 같았다.

"나는 비밀리에 최 검사에게 이 사건을 맡기고 외부에 새어 나가지 않게 철저히 단속을 했고 그가 죽일 대상의 아이를 보호했지만 그는 어떻게 하는지 우리가 보는 앞에서도 아이를 죽였다."

총장의 눈에서 눈물이 흘러내렸다.

"마지막 나의 딸은 내 눈앞에서 죽었다."

갑자기 웅성거리는 소리가 났다. 모두들 너무나 놀랐고 나무조차도 어떤 말도 할 수가 없었다. 한참을 패닉 상태에 빠져 있는 사람들 사이로 나무와 최 검사의 눈이 마주쳤다. 남자들도 총장의 딸 얘기에 울먹이는데 그녀는 너무나 냉철하게 슬라이드를 보고 있었다.

"요구 사항이 있었습니까?"

나무가 갑자기 침묵을 깨고 물었다. 12령이 살아 있다면, 정말 검찰총장의 꿈에 나온 게 12령이라면 큰일이었다. 게다가 이번에는 살인까지 예고하고 있었다. 분명 뭔가 큰 것이 아니고서야 자신을 세상에 드러내는 존재가 아니었다.

그의 질문에 정곡을 찔린 듯 검찰총장이 한동안 말을 잇지 못하다 입을 열었다.

"그건, 내가 해줄 수 있는 것이 아니었다."

"뭡니까?"

"조창원과 박수민의 석방."

"네?"

모두가 웅성이고 있었다. 희대의 살인마들이었다. 그리고 나무가 잡아들인 범인들이었다. 나무의 입에서 한숨이 나왔다.

　　"다음 희생자는 누구입니까?"

　　"아직 몰라. 일주일 뒤에 알려준다고 했어."

　　나무가 입을 열었다.

　　"절대로 살인자들을 내보내선 안 됩니다."

　　"지금 이걸 내 입으로 말하자니 믿어줄 것 같지도 않고 요즘 세상에 귀신의 얘기를 믿고 살인자를 풀어줄 수도 없으니 막막해서 여러분들의 의견을 듣고자 이 자리를 마련한 것인데 나도 이 상황을 어찌 이해시켜야 할지 모르겠군."

　　총장은 딸을 잃었음에도 슬퍼할 사이도 없이 이곳에 와서 다음 희생자를 막고자 노력했다. 아무도 믿어줄 것 같지 않은 이 이상한 사건을 처리하기 위해서 말이다.

　　"총장님이 직접 나오셔야 한다고 했습니까?"

　　"그래, 날더러 그 폐주차장으로 오라고 하더군. 조창원과 박수민과 함께."

　　"혼자만 가셨군요."

　　"몇 명 동행하기는 했지만 솔직히 인간이 아닐 거라는 생각은 못했었네."

　　"12령이라고 한 귀신은 어떤 모습을 하고 있었습니까?"

　　나무는 지금 죽은 줄 알고 있었던 12령이 어느 정도나 회복이 되었는지 알고 싶었다.

"형태가 있다기보다 유령처럼 투명했어. 하지만 그는 항상 내 목을 졸랐지. 손이 굉장히 차가웠고 커다란 발톱이 있었네."

"다음은 일주일 후에 나타난다고 했는데 다른 말은 없었습니까?"

"그때까지 둘을 풀어주는 게 더 큰 희생을 막는 방법이라고만 했어."

최 검사의 수첩에서 종이 한 장을 찢은 나무는 총장의 말을 열심히 적었다. 졸지에 종이와 펜을 빼앗긴 최 검사의 표정을 보지 못한 것이 천만 다행이었다.

"더 질문이 있나?"

"……."

"나 형사는 최 검사를 도와 특별수사대에 합류해 주게."

"네."

"내가 이 자리를 마련한 건 또 다른 검찰의 직원이 이 같은 협박을 받은 사실이 없나 하는 우려 때문이기도 하네. 그러니 무슨 일이 있으면 최 검사와 상의하게. 그러면 도와줄 것이야. 사실, 오늘 여기에 모인 사람들은 하나의 공통점이 있네."

"18살 여고생을 둔 아버지."

나무가 무덤덤하게 말하자 모두들 나무가 어떻게 자신들의 공통점을 알았는지 궁금했지만 만일 사실이라면 딸들의 안전이 걸린 문제였다. 모두들 긴장하는 빛이 역력했다. 특별수사팀을 제외한 우리나라에서 한 끗발 하신다는 지청장과 대검사장들이었다. 살인자를 풀어줄 만한 능력이 있는지는 모르겠지만 눈이 뒤집힌다면 무슨 일이든 할 수 있는 능력자들이었다.

이들의 동요를 어느 정도 막아야 한다고 생각했다. 자신의 가족을 지키고 싶어하는 가장들의 마음을 노린 12령이 지금 살인자들을 빼내려 하고 있었다.

사람들이 웅성거리는 틈을 타서 묘에게 아이들을 보호해 줄 부적을 새겨줄 것을 부탁하는 문자를 보냈다. 그리고 모여 있는 검찰의 높은 분들에게 말했다.

"지금부터 여섯 분들의 따님들을 이곳으로 보내십시오. 100명의 경호원이 지키는 것보다 나은 부적을 새겨 드릴 겁니다."

카페 도사의 전화번호였다.

"아, 무슨 일이 있어도 오늘 중으로 보내십시오. 안 그러면 안 새겨줄지도 모르니까요. 부적을 새길 사람이 임신 중이라 많이 힘들어해서요. 그리고 이건 제가 여러분들의 따님을 위한 최대한의 배려라고 생각하십시오. 놈은 지금 많이 약해진 상황이라 이 부적만으로도 지킬 수는 있을 겁니다. 경호원 100명보다 나을 겁니다."

"나무 자네는 12령에 대해서 잘 아는군."

검사장이 물었다. 나무는 순간 자신이 너무 앞서서 말한 것이 아닌가 하는 생각이 들어 말을 얼버무렸다.

"제가 이런 사건의 범인들을 잡다 보니 자연스럽게 여우령에 대해 알게 된 겁니다."

"그런가? 여하튼 대단하군."

잠시 후, 모두들 각자 집으로 전화를 거느라 바빴다. 지방에 있는 여학생은 경찰차로 직접 데려오기로 했다.

"고맙네."

들어올 때 욕을 한 바가지로 한 검사장이었다. 그도 딸을 기르는 똑같은 가장이었다. 그건 그 아무리 높은 지위에 있다고 해도 변하지 않는 것이었다.

"아닙니다."

다른 사람들이 전화로 바쁠 때 외롭게 창을 쳐다보는 총장의 옆으로 나무가 다가갔다.

"총장님, 어떻게 위로의 말씀을 드려야 할지……."

"내가 진작에 말했어야 해. 그랬으면 나 형사 지인에게 내 딸도 부적이라도 받았을 것 아닌가? 그러면 혹시 살았을 수도……."

"죄송합니다."

"아니야. 그냥 단순히 꿈일 거라고 생각한 내 잘못이 컸네."

"제가 여우령의 우두머리를 꼭 잡도록 하겠습니다."

"고맙네. 국과수 오 박사가 자네를 추천하더군. 비슷한 유형의 사건도 처리한 경험도 있다면서. 자네가 조창원과 박수민을 잡았었군. 대단해. 오 박사가 추천할 만해."

"……."

"그런데 나는 12령만 얘기했는데 자네는 여우령이라는 말도 하더군."

"제가 영적인 것에 관심이 많아서요. 그래서 그런 종류의 사건의 범인들도 잡고 한 것 같습니다."

나무가 억지로 말을 돌렸다.

"그런가?"

미심쩍은 표정의 총장이었지만 분위기상 그냥 넘기는 것 같았다.

"최 검사 좀 많이 도와주게."

하도 정신이 없어서 재수 없는 최 검사와 일을 한다는 것을 깜박 잊고 있었다. 그러고 보니 최 검사는 아까부터 한마디도 안 하고 있었다. 윗사람들에게는 잘 보이기 위해 그 싸가지 없음을 숨기고 있는 게 분명했다. 앞날이 깜깜한 나무였다.

일주일 전 첫 피해자가 발견되고 구성이 된 특별수사반은 각자의 일을 하면서 총장의 지시에 따라 은밀하게 움직이고 있었는데 총장 딸이 죽으면서 모두들 새로운 사무실로 완전히 이동해서 수사활동을 시작했다.

모두들 그동안 노력을 했겠지만 12령이라는 귀신을 사람이 쫓는 데는 한계가 있어서 별 진척이 없었다. 오늘 나무는 그들과 합류를 하는 것이었다.

특별수사팀.

서초동 검찰청 맞은편의 한 건물에 차려진 수사팀은 총 인원이 8명이었다. 최봄 검사의 지휘 아래 사이버팀의 수재인 김 팀장,

국과수의 오 박사님, 서초경찰서 강력계인 나무, 그리고 검찰에서 유명한 마약반 수사관 최무인, 이철수, 윤건오, 차재석이었다.

검찰 수사관 내에서도 가장 무술 실력이 뛰어나고 잔인한 약쟁이들을 상대하다 보니 웬만한 사건에는 눈도 껌뻑 안 하는 강심장들이었다. 사건이 희한하고 희생자들이 잔인한 방법으로 죽었기 때문에 일반적인 수사관들보다 강력범죄를 다루는 수사관들을 선호해서 총장이 직접 고른 사람들이었다. 모두들 각 분야에서 최고의 인재들이었다.

"모두들 반갑습니다. 오늘부터 새로 꾸려진 특별수사팀을 맡게 된 최봄 검사입니다. 사안이 급한 만큼 서로 도와서 용의자의 신변부터 확보하도록 합시다."

"네."

"우리 모두 사건을 다시 한 번 짚어보자는 의미에서 우선은 알고 있는 사항부터 새로 들어오신 나 형사님께 설명드리죠. 또 새로 추가된 내용도 이어 브리핑을 할까 합니다."

나무는 다행히도 모두들 아는 얼굴들이었다. 나무가 눈인사를 하자 모두들 가볍게 고개를 끄덕였다. 최 검사는 계속해서 말을 이어갔다.

"12령에 관한 이번 특별수사팀이 맡게 된 이 특수한 사건에 대한 어떠한 내용도 바깥으로 새어 나가서는 안 됩니다. 아셨습니까?"

"네."

"오 박사님, 확인하신 피살자의 사체들에 대한 소견을 말씀해 주시죠."

"첫 번째부터 일곱 번째의 시신이 모두 동일한 방법으로 죽었기 때문에 가장 마지막에 죽은 총장님의 따님의 시신으로 설명을 하겠습니다."

오 박사가 컴퓨터와 연결이 된 슬라이드 사진을 넘겨가며 설명을 했다.

"음, 음, 피살자는 18세의 여자로 이름은 생략하겠습니다. 사망 시각은 직장(直腸) 내의 온도와 사후 경직 상태, 각막혼탁 상태 그리고 위의 음식물 양을 감안한 결과 7월 8일 23시로 추정이 됩니다. 직접사인은 순간적인 쇼크사로 장기가 적출되기 전에 이미 놀라서 심정지가 된 상태였습니다. 모든 것이 순식간에 일어난 사건으로, 이번 사건은 기존의 미리 목이 졸리거나 수면제 등으로 먼저 타살을 하고 적출한 경우와는 조금 다릅니다."

오 박사의 말을 이해하기가 힘든지 사람들의 표정이 묘했다.

"사람의 장기 중에는 뼈로 감싸여 보호가 되는 장기가 있습니다. 대표적인 게 심장과 간이죠. 이번 사건들은 정확하게 간(肝)만을 적출했습니다. 다른 장기들은 신기하다 싶을 정도로 그대로 있었습니다."

"구멍이 굉장히 크던데 다른 장기가 다 그대로 있었다고요?"

나무가 의아하게 생각했다. 물론 나무는 해부학에 대해서 모르지만 그전에 그가 봤던 희생자들은 장기가 모두 없었다.

"물론 보기에는 그럴 수도 있습니다. 왜냐면 이건 칼로 잘라낸 게 아니라 그냥 갈비뼈까지 뜯어낸 것이니까요."

"뜯어내다니오?"

차 수사관이 오 박사의 얘기를 듣다가 궁금했는지 되물었다.

"이렇게요."

오 박사가 마치 여우령이 사람을 죽일 때를 본 사람처럼 정확하게 오른손을 들어 잡아 뜯는 흉내를 냈다.

"이렇게 했기 때문에 살이 뜯긴 부위가 넓은 것이고 뼈가 부러지면서 대동맥을 끊어서 피가 분수처럼 솟아오른 거죠."

"손으로 뜯는다고 그게 뜯깁니까? 상처를 내는 정도지요."

차 수사관이 어이가 없다는 듯이 말했다.

"그게 미스터리예요. 이 정도로 살을 뚫으려면 영화 엑스맨에 나오는 늑대인간."

"울버린이요?"

"맞아요. 그 사람 같은 손톱을 가지고 있어야 해요. 그리고 뼈를 부서트릴 수 있는 힘도 있어야 하고요."

수사관들의 계속되는 질문에 오 박사는 성실히 답을 했다.

"마지막으로 묻겠습니다. 범인이 사람이 아니라고 생각하십니까?"

"네, 최소한 키가 2m가 넘어야 하고 18㎝ 이상의 손톱, 뼈를 뚫을 수 있는 힘을 가진 초자연적인 존재라고 생각을 합니다."

오 박사가 슬라이드를 넘기자 주차장의 더러운 벽면이 나왔다.

"이 벽을 보시면 사람의 목을 잡고 벽을 따라 들어 올린 거예요. 그렇다면 피살자의 키가 162㎝임을 감한할 때 3m 높이까지 피해자가 끌려 올라간 흔적이 있습니다. 그래서 키가 2m 정도인 범인이 한쪽 팔을 뻗었을 때 가능한 높이가 되는 거죠."

모두가 웅성거렸다. 최봄 검사도 심각하게 인상을 쓰고 있었다.

"검사님, 이건 우리가 수사할 게 아니고 무당집에 가야 하는 것 아닙니까?"

최 수사관이 답답하다는 듯이 말했다.

"증거는요?"

딱 떨어지게 답이 안 나오자 최 수사관이 다시 물었다.

"증거는 없고 증인은 있습니다."

"누군데요?"

"접니다."

"네?"

모두의 시선이 최 검사에게 꽂혀 있었다.

"마지막에 지윤 양이 죽을 때 그가 말한 장소에 검찰 수사관들과 검찰총장님께서도 함께 계셨습니다. 그날은 지윤 양이 놀라지 않게 모든 경찰과 경호원들이 잠복해서 있었고 학교, 집, 학원 할 것 없이 지윤 양이 평상시에 움직이는 동선에 특수경호원들도 있었습니다. 그 많은 인원들 사이로 설마 무슨 일이야 있겠냐는 안일한 생각도 있었습니다."

그날의 일을 떠올리자 지윤에게 너무나 미안한 최 검사였다.

"그 수많은 경호원과 경찰관들을 비웃기라도 한 것처럼 학원에 가기 위해 집에 들른 지윤 양이 갑자기 사라졌고 모두들 비상 상태가 되어 지윤 양을 찾았습니다."

그 일을 생각하자 소름이 끼치는 최 검사였다.

"갑자기 커다란 붉은빛이 아이를 안고는 그 자리에 나타났습니다. 다른 사람의 눈에는 지윤 양만 보였고 제 눈에는 붉은 불덩이가 보였습니다."

그날의 일이 생각이 났는지 최 검사의 목소리가 떨렸다.

"올 때는 아이가 살아 있었는데 그래서 총장님을 보고는 안심한 듯했는데…… 갑자기 불덩이가 커다란 짐승의 모습으로 변했고 오른손을 들더니 순식간에 아이의 장기를 꺼내 먹었습니다."

"최 검사님 말고도 누가 봤습니까?"

"붉은 불빛이 괴물로 변했을 때는 다들 보았습니다."

"이 사실을 우리 말고 또 누가 압니까?"

"없습니다."

최 검사도 적지 않게 놀란 모양이었다. 그래서 아직까지 아무에게도 말하지 못한 듯했다.

"뭐부터 조사해야 하죠?"

분위기가 가라앉자 지켜보던 차 수사관이 물었다.

정신을 가다듬은 최 검사가 본연의 모습으로 돌아와 말했다.

"연관성부터 찾으세요. 아이들의 부모들부터 조사해야 할 것 같아요. 이번처럼 검찰총장님과 같이 협박을 당한 부모들이 있는지 아니면 주변의 지인들이 그렇게 당한 게 있는지 철저하게 알아봐 주시면 좋을 듯합니다."

최 검사가 말을 계속 이어나갔다.

"오 박사님은 사인에 대해서 조금 더 조사해 주시고 조창원과 박수민이 죽인 피해자들의 부검자료도 다시 검토해 주세요."

그리고 나 형사에게 말했다.

"나 형사님은 저와 같이 청송교도소에 갑시다."

"지금요?"

"지금 조창원과 박수민을 만나서 왜 그들을 필요로 하는지 알아봐야겠어요. 여러분의 손에 꽃다운 여학생들의 생명이 달려 있습니다. 지금은 뜬구름 잡는 일 같지만 진심을 다하셔야 합니다."

"이건 지구를 지키는 어벤져스 같네요. 귀신이라니, 나, 참."

모두가 푸념을 하면서 각자의 일을 찾고 있을 즈음 나무는 자신의 차에 최 검사를 태우고 경북 청송으로 향했다. 피곤했는지 눈을 감고 있는 게 금방이라도 고개가 뒤로 젖혀질 것 같았다.

"검사님, 이거 하세요."

마음에 들지 않는 여자였지만 오늘따라 조금은 안쓰러워 보여서 나무는 최대한의 인정을 끌어 모아 선심을 쓰며 목 베개를 최 검사에게 건넸다. 베개를 목에 끼운 최 검사는 여전히 말없이 눈을 감아버렸다. 최소한 고맙다는 말을 할 줄 알았는데 여전히 네 가지는 밥을 말아 드신 듯했다.

"고마울 거예요."

혼잣말을 구시렁거리며 운전을 계속하고 있는데도 약 오르는 게 가라앉지를 않았다.

"검사님!"

잠자던 최 검사가 인상을 뜨며 눈을 떴다.

"아니, 사람이 성의를 보였으면 고맙다고는 해야 하는 것 아닌가요?"

최 검사가 목에서 베개를 빼더니 나무의 무릎에 얹어놓고는 다시 눈을 감았다.

"나 참."

밉상이었다. 뭐 여자를 그다지 밝히지도 않았지만 그렇다고 혐오하지도 않는 그에게 최 검사는 진짜 아니었다.

3시가 넘어서 청송교도소에 도착한 나무는 처음 와본 청송교도소가 꼭 영화에서나 볼 법한 요새 같다는 생각을 했다. 탈옥은 꿈에도 못 꿀 자연의 요새였다. 절벽으로 사방이 감싸인 곳에 철벽으로 담을 쌓았으니 섬에 있는 교도소보다도 완벽했다.

"굉장하군."

나무의 말에 최 검사가 눈을 떴다.

철꺼덕~ 쾅!

밖에서 신분을 밝히고 허가서를 받은 그들은 커다란 교도소 문을 통해 들어갔다. 멀리서 본 외관도 사람 기를 죽이는데 안은 더욱 그러했다. 이중 삼중의 철문을 통과해서 겨우 접견실에 도착한 그들이었다.

접견실의 자리에 앉아 조창원을 기다리니 참으로 묘했다. 철문이 열리고 접견실로 청색의 죄수복을 입은 조창원이 들어왔다. 왜소한 체격에 귀여운 얼굴을 한 그가 여우령을 숭배하는 희대의 살인마라고는 보기가 좀 힘들었다. 최 검사도 조창원의 얼굴을 보고는 조금 당황한 것 같았다.

"나 형사님, 안녕하셨습니까?"

살인마 조창원에게서 순진했던 조 형사의 모습이 보여 마음이 안 좋은 나무였다.

"나야 잘 지냈지. 자네는?"

"저야 어디 가도 외톨이인데 여기라고 별수 있겠습니까?"

"뭘 하고 지내나?"

"기도하고 있습니다."

"무슨?"

종교를 받아들여서 그런지 그의 얼굴이 많이 밝았다.

"저야, 한결같죠. 여우령님이요."

최 검사의 안면 근육이 눈에 보일 정도로 떨렸다. 너무나 혐오
스러운 인간을 보는 듯한 눈빛이었다.

"요즘도 여우령이 나타나나?"

"……."

그가 답을 안 했다. 그것이 더 수상한 나무였다.

"거봐, 내가 뭐라고 했나? 여우령은 자네를 이용할 뿐이라고 하
지 않았나?"

조창원은 속으로 비웃었다. 누구보다 여우령의 존재를 잘 아는
나무라는 것을 조창원은 알았다. 나 형사의 동생이 그의 여우령을
입을 찢어 죽여 버렸으니까 말이다. 나가면 나 형사의 여동생부터
죽일 생각이었다. 겉으로는 이렇게 아무렇지도 않은 얼굴을 하고
있지만 조창원의 눈빛은 빛나고 있었다.

조금만 참으면 12령이 그를 데리러 온다고 했다. 그리고 그에게
힘을 주겠다고 했고 앞에 있는 나무, 수, 그리고 묘를 없애라고 했
다. 그는 사람을 죽일 때 별로 죄책감이 없는 전형적인 사이코패
스였다.

"조창원 씨? 요즘 어떤 환각을 본다거나 예전처럼 그것이 나타
나지는 않나요?"

최 검사의 말은 듣지도 않고 조창원이 살기 가득한 눈빛으로 나무를 봤다.

"날 데리러 온다고 하셨어요."

"언제?"

"비밀이지. 선배가 아무리 물어봐도 안 가르쳐 줄 거예요."

아이를 데리고 장난을 치듯이 조창원이 나무를 놀리고 있었다.

"나가서 뭘 할 건데? 할 일도 없는데 여기서 여우령이나 만나고 있어."

나무의 반격에 화를 내기는커녕 조창원이 비릿하게 웃었다.

"조만간 밖에서 보게 될 거예요. 선배."

조창원이 자리에서 일어났다.

"나 형사님, 여동생에게도 안부 전해주세요."

"뭐?"

"하하하, 조만간에 봬요."

나 형사는 조창원의 마지막 인사가 섬뜩하게 느껴졌다.

잠시 후, 그 뒤를 이어 박수민이 들어왔다. 십 년 전 모습 그대로인 박수민을 보고 나무는 깜짝 놀랐다.

"오랜만이군, 나무. 요즘도 변하나, 나무로?"

나무의 본모습을 아는 그가 이렇게 말을 하자 나무는 웃음으로 그의 말을 얼버무렸다.

"하하하, 농담이 많이 늘었어."

"옆의 미인은 누구지? 그 여우령을 보는 묘는 아닌 것 같고."

"여우령을 봐요? 누가? 또 여우령은 뭐예요?"

여우령을 본다는 얘기에 최 검사의 표정이 확 바뀌었다.

"박수민, 오늘 말이 많아."

나무가 박수민의 말을 끊었다.

"나무는 비밀이 많고."

박수민은 십 년 전에 조창원과 마찬가지로 여우령 흉내를 내며 사람 장기를 적출한 희대의 살인마였다. 형사였던 조창원과는 달리 박수민은 박수무당이었다. 그는 혼령들을 볼 수 있었고 꽤 유명한 무당이었다. 그가 더욱 유명했던 건 그는 잡귀들만 보는 잔무당이 아닌 강한 에너지의 령들도 볼 수 있었다.

어느 날 그는 여우령을 보게 되었고 그들의 습성도 알게 되었다. 처음엔 여우령의 조력자였다. 처녀들을 여우령에게 바치고 여우령으로부터 빠른 스피드와 같은 능력을 받았다. 여우령처럼 빠르고 강하지는 않았지만 인간들은 그를 이길 수가 없었다. 하지만 여우령의 에너지를 받다 보니 그도 여우령이 되고 싶은 마음을 갖게 되었고 그걸 행동으로 옮기기 시작했다.

체포는 당연히 나무가 할 수밖에 없었다. 그렇게 세지는 않았지만 인간보다 강한 그이기에 나무는 자신의 팔을 줄기로 만들어 그를 잡았다. 박수민은 그걸 최 검사에게 말하고 싶어서 안달이 난 것 같았다.

그가 조 형사와 다른 점은 인육을 먹는다는 것이었다. 그것이 자신을 신성하게 만들어준다고 생각한 그는 자신에게 점을 보러 온 5명의 여자들을 먹어치웠다. 그가 사형수에서 무기수로 바뀐 이유는 여우령이 시켰다는 말을 반복했고 그 당시 환각 상태였다는 변호사의 손을 들어준 법원의 결정 때문이었다.

"날 찾을 때가 됐다고 생각했지."

"왜?"

"곧 있으면 난 여기서 나갈 테니까. 조금 빨리 보기는 했지만 이번에 나가면 내 손으로 우리 나무 배부터 가를 생각이었거든."

"고마워. 안 그래도 뱃살이 나와 고민이었는데 지방 흡입까지 해주신다 하고."

"나 형사."

둘의 말싸움을 듣다 못한 최 검사가 중재를 했다.

"요즘 여우령이 나타난다거나 하지 않나요?"

"내가 왜 어여쁜 아가씨와 이런 살벌한 대화를 나누어야 하지? 다른 좋은 얘기도 많은데……."

"당신도 본인의 의지가 아닌 있지도 않은 여우령이나 들먹이며 목숨을 구걸한 거였어?"

최 검사의 대찬 말에 놈이 발끈했다.

"네가 여우령에 대해 알기나 해? 한심한 인간인 주제에, 우리는 좀 더 나은 존재로 진화를 해야 한다고 생각해. 그런 존재가 여우령이지."

"여우령이 널 끼워준대? 너도 인간인데?"

최 검사가 녀석의 정곡을 찔렀다. 박수민의 안면 근육이 심하게 움직였다.

"인간도 인간 나름이겠지?"

"넌 언제 여우령이 되는데? 여길 나가자마자?"

그가 갑자기 자리에서 일어섰다.

"돌아가, 너희들이 막을 수 있는 게 아니야. 얘기를 해주고 싶어도 나도 곧 나간다는 것밖에 몰라."

박수민은 쉽게 달아오르는 사람이 아니었다. 조용히 눈치 빠르게 사람의 마음을 읽고 그들을 현혹시키는 법을 아는 사람이었다.

쾅! 쾅!

그가 철문을 손으로 치자 문이 열리고 그가 사라졌다. 최 검사의 표정이 어두웠다.

"뭔가를 찾으러 왔는데 걱정만 늘게 생겼군."

"……."

나무의 투덜거림에 최 검사가 발끈했다.

"저들은 이곳을 나갈 수 있다고 확신하고 있었어요."

"또 다른 살인을 예고하기도 했죠."

나무는 저들이 세상에 나오면 가장 먼저 자신을 찾을 거라고 확신했다.

"돌아가죠."

"네."

올라오는 길에 최 검사는 생각이 많은 듯이 계속 창밖을 보았
다.

"주무세요. 도착하려면 멀었습니다."

"……."

또 씹혔다.

"아, 거참, 사람이 호의를 베풀면 말이라도 해야 하는 것 아닙니
까?"

"호의를 베풀지 마세요. 우리는 그런 사이가 아닙니다."

"그렇네요."

그녀의 차가운 말에 화는 났지만 틀린 말이 아닌지라 입을 다문
나무였다. 조직 사회에서 혼자라는 건 철저하게 외로운 것이다.
그렇지만 최 검사는 업무적인 면으로 봐서는 정에 의존하지 않기
때문에 자신도 정 때문에 특혜를 남에게 주지 않아도 된다는 장점
은 있었다. 대단한 여자기는 했다.

"여우령을 본다는 사람이 누구예요?"

조용하던 그녀의 질문에 나무는 깜짝 놀라 하마터면 핸들을 놓
칠 뻔했다.

"아 참, 끝까지 사람 속 썩이네. 놀랐잖아요."

"미안해요."

의외로 부드러워진 그녀의 반응에 나무도 더 이상 화를 내지 않았다.

"그전에 먼저 대답해 주세요. 여우령을 본 게 사실입니까?"

"네, 봤어요."

"처음 본 겁니까?"

나무에 질문에 한참을 뜸을 들이던 최 검사가 자신의 개인적인 말을 처음으로 꺼냈다.

"대대로 무당인 집안에서 태어났어요. 엄마는 지금도 저에게 그 피가 갈까 봐 전전긍긍하시죠. 할머니는 만신이시고 그 위의 할머니도 그 위에 할머니도 그러셨대요."

"그런데 검사라……."

"어려서부터 무당이 싫었어요. 그런 엄마도 싫었고 아빠도 엄마를 끝내 말리실 수가 없었어요. 엄마 말로는 엄마 대에서 끝내신다고 하시더라고요."

"귀신이 보이나요?"

"모두에게는 비밀이지만 보여요."

최 검사가 조용히 말했다.

"당신한테는 묘한 기가 느껴져요."

"무슨 기(氣)요?"

"그러니까 부적 같은 느낌이랄까. 당신이랑 있으면 귀신이 안 보여요. 신기했지만 스스로 이겨야지 당신을 의지하면 안 되니까 제가 좀 쌀쌀 맞게 굴었죠."

"왜 말을 안 했죠?"

"누가 그런 말을 믿어요."

"나요."

"그냥 그러고 사는 거지 남의 도움은 받고 싶지 않아요."

최 검사의 솔직한 얘기에 나무는 안쓰러운 마음이 들었다. 사람이 달리 보였다.

"제 동생이 봐요. 가끔 수사를 할 때 도움을 요청하죠."

"지금은요?"

"임신 중이에요. 위험한 일에는 안 끌어들인다고 약속했어요."

"그렇군요."

"그래도 여우령에 대해서는 들을 수 있을 거예요."

"그러면 저녁에 잠깐 시간 좀 내주실 수 있을까요?"

"전화해 볼게요."

전화를 걸자 묘가 전화를 받았다. 어제 몰려온 여학생들 때문에 피곤해 죽겠다고 난리였다. 그래도 모처럼 오빠의 부탁이라 거절할 수가 없는 묘가 수의 커피숍으로 나오기로 했다.

묘에게 전화를 한 후에는 자신들의 과거 얘기를 나누며 그나마 사이좋게 서울로 올라오는 나무와 최 검사였다.

"동생과 사이가 좋으신가 봐요?"

"부모님이 안 계시니 뭐 우리끼리라도 좋아야죠. 검사님은요?"

"엄마가 무당이시라 산기도를 자주 가셨어요. 그러다 보니 자연스럽게 동생들을 챙길 수밖에 없었죠. 다 사내 녀석들이라 장난들이 심했죠. 그래도 제 말이라면 껌벅 죽는 시늉까지 하는 착한 녀석들이죠. 저보다 아빠가 힘드셨어요. 일하고 오셔서도 저희들까지 챙기셔야 했으니까요. 그래도 저희들끼리는 행복했어요."

가족들 얘기를 하는 동안 그녀의 얼굴에 미소가 지어졌다.

"웃으니까 예쁘시네요."

나무는 자신도 모르게 말하고는 괜스레 무안해서 얼굴이 붉어졌다.

"고마워요."

최 검사도 멋쩍었는지 다시 창밖만을 보고 있었다. 어색한 침묵 끝에 드디어 수의 카페에 도착한 그는 살 것 같았다. 차 안의 공기가 그만큼 그를 힘들게 했었다.

"여기예요. 안으로 들어가시죠."

나무가 최 검사를 안내해 안으로 들어가자 최 검사의 입에서 감탄사가 절로 나왔다.

"서울에 이런 숲 속이 있는 줄 몰랐네요. 예뻐요."

최 검사가 좋아하자 덩달아 기분이 좋아지는 나무였다.

"형."

수가 반갑게 나무를 부르더니 옆의 여자를 보고는 눈이 커졌다. 형이 여자를 데리고 온 게 300년 동안 처음이었다. 수가 카운터에서 슬며시 나오더니 90도로 인사를 했다.

"안녕하십니까? 카페 도사 사장이자 이 무뚝뚝한 남자의 동생 수입니다."

"안녕하세요."

그녀도 수가 마음에 들었는지 미소를 지으며 인사를 했다. 최 검사가 미소를 지을 때마다 나무의 시선이 최 검사에게 가 있었다.

"형, 소개 안 시켜줘?"

"이쪽은 자기 입으로 말한 대로 제 동생 수이고 이쪽은 최봄 검사님."

"검사님? 와우!"

자꾸 수에게 웃는 얼굴을 보이는 최 검사가 짜증이 나는 나무였다. 이 여자는 자신의 화를 돋우기 위해 태어난 것 같았다.

"묘는?"

"방금 전에 왔어."

묘가 끝에 앉아 손을 흔들고 있었다.

"제가 저희 가게에서 가장 맛있는 커피를 대령하겠습니다."

"수지 씨는?"

"오늘 쉬는 날."

"너는 수지 씨나 신경 써."

그러면서 마치 보호를 하듯이 최 검사를 자리로 안내하는 나무를 보며 수가 슬쩍 미소를 지었다.

"오빠!"

나무 옆의 여자를 보고는 묘 또한 놀라는 얼굴이었다.

"안녕하세요, 강력계 검사 최봄입니다."

"아~ 예."

묘의 표정이 묘하게 변하고 있었다.

"앉으세요."

"축하드려요. 오면서 임신하셨다는 얘기 들었어요."

"감사해요. 오빠가 여자분이랑 처음 같이 와서 깜짝 놀랐어요."

"야! 내가 여자가 얼마나 많은데⋯⋯."

"웃기네."

남매의 대화가 최 검사를 미소 짓게 만들었다.

"대단한 미인이세요. 검사하기 아까울 정도로."

"고맙습니다. 동생분도 굉장한 미인이시네요."

그때 수가 커피와 주스를 가지고 왔다.

"우리 임산부는 자몽주스, 그리고 미인 검사님은 제가 제일 잘하는 카푸치노, 그리고 형도 덩달아 카푸치노."

"시끄러워. 빨리 가."

"네, 그럼 미인 검사님, 맛있게 드세요."

커피를 한 모금 마시고는 최 검사가 본론을 꺼냈다.

"여우령을 보신다고요?"

"네, 하지만 지금은 임신 중이라 직접 도울 수는 없을 것 같아요."

"제가 여우령을 볼 수 있는 것 같아요."

"검사님이요?"

"네."

"저는 저만 볼 수 있는 줄 알았거든요. 요즘 보는 사람이 한둘 늘어나네요."

"누가 또 있나요?"

"자기가 위험에 처해지면 보이는 사람이 있어요."

자신의 남편인 호를 얘기한 묘는 살며시 미소 지었다.

"제가 본 여우령은 자신을 12령이라고 했어요."

최 검사가 차분하게 말을 이어갔다.

"붉은색 불이 타는 모습이었는데 형태가 처음에는 불분명하다가 지윤이, 아니, 피해자를 죽일 때는 괴물의 모습이었어요."

묘의 표정이 진짜로 묘했다.

"진짜로 보는군요?"

"네."

"진짜 기가 막히다. 제가 가끔 영혼들과 얘기를 나눌 때면 오빠들은 저를 이상하게 보곤 하죠. 동지를 만나니 기쁘네요."

"저는 그냥 봐도 무시했어요 자꾸 아는 척을 하면 그들이 내 몸으로 들어오려고 하거든요."

"어제 제가 이 부적을 아이들에게 새겨주느라 진이 다 빠지긴 했지만 검사님께는 새겨 드릴게요. 지금은 저 대신 여우령을 찾을 분이시니까요."

묘가 최 검사의 머리에 부적을 새길 준비를 하며 말했다.

"저기 죄송한데 정수리에서 머리 뒤까지 새겨야 하니까 머리 좀 풀러주실래요?"

최 검사가 신사임당처럼 단단하게 동여맨 머리를 처음으로 풀었다. 어깨로 흘러내리는 머리가 그의 시선을 사로잡았다. 그녀가 트레이드마크인 검은 테 안경을 벗자 진짜로 예쁜 그녀의 모습에 나무는 넋을 잃었다.

"오빠?"

"어?"

"머리를 잡고 있어줘. 움직이면 큰일 나니까."

본의 아니게 나무가 최 검사의 머리가 움직이지 않도록 잡고 있었다. 그녀의 예쁜 머리가 그의 가슴에 와 닿자 그의 심장이 미친 듯이 뛰기 시작했다. 그리고 그녀의 머리를 잡고 있는 손이 눈에 보일 정도로 떨리고 있었다. 묘가 피식 웃었다. 나무의 가슴에 머리를 대고 있는 최 검사의 모습이 마치 연인처럼 보였다.

묘가 집중을 해서 산천지령이 준 단검으로 머리에 열두 개의 상처를 내고 마찬가지로 산천지령이 준 붉은색 염료를 상처를 낸 곳에 넣었다.

"잘 참으시는데요. 다 됐어요. 조금만 그대로 계세요. 갑자기 몸을 일으키면 어지럽거든요."

"……."

"오올~ 두 분이 잘 어울리는데요?"

"까분다."

묘의 놀림에 나무가 뻣뻣하게 말했다.

"뭐, 사실인데. 움직이면 안 돼요. 이제부터 아무소리 안 할게요. 갑자기 일어서면 어지럽다니까요."

묘의 놀림에 최 검사가 머리를 들려고 하자 묘가 얼른 수습을 했다.

"다 됐습니다."

"생각보다 안 아팠어요, 감사해요. 벌써 보호받고 있다는 기분이 드네요."

나무가 최 검사의 얼굴을 의아한 눈으로 쳐다보았다. 이 여자가 이렇게 사람에게 친절한 여자가 아니었다. 차갑고 냉정한 여자였다.

"저도 오늘 최 검사님께 도움을 드릴 수 있어서 좋았어요. 내용은 말 할 수 없지만 12령이 아직은 회복 단계여서 이 부적만으로도 당분간은 공격을 피할 수는 있을 거예요."

"고맙습니다."

"자기야~"

"수 오빠, 자꾸 그럴 거야?"

호가 카페에 도착하자 수가 호가 부르는 것처럼 묘를 부르며 놀렸다. 호가 그들을 보고 인사를 하자 나무도 손을 흔들었다.

"가봐."

"오늘 즐거웠어요, 우리 반쪽이 와서 저는 이만."

묘가 나가자 최 검사가 머리를 다시 묶고는 본래의 모습으로 돌아갔다.

"저도 이만 집으로 가야 될 것 같습니다. 쭉 사무실에 있어야 하니 나 형사님도 옷을 챙겨 오시는 게 편하실 겁니다. 저도 지금 옷을 챙기러 가야 하거든요."

"집까지 모셔다 드리겠습니다."

"아니요, 택시를 타고 가는 게 나을 것 같아요. 그럼 이만."

그녀가 예의 바르게 선을 확실하게 긋고 사라졌다.

"형, 굉장한 미인이네."

어느 사이엔가 나무의 옆으로 온 수가 최 검사의 뒷모습을 바라보며 말했다.

"신경 꺼."

"네, 네."

나무는 한동안 그녀가 택시를 잡아탈 때까지 창으로 그녀를 보았다. 오늘 최 검사의 색다른 모습에 나무는 이상한 기분이 들었다. 그게 뭔지 지금부터 알아볼 생각이었다.

제3장 봄, 나무

급하게 차려진 특별수사 본부였지만 가구나 기기들은 모두 최신식으로 갖추어져 있었다. 특히 사이버 수사대에서 가지고 온 컴퓨터 장비들은 웬만한 연구소 수준이었다. 물론 특수팀이 해체된 다음에는 모두 다시 원위치 하겠지만 이렇게 첨단장비 안에서 수사를 해본 적이 없는 나무는 너무나 신기했다.

"모이세요."

윤 수사관이 소리를 쳤다. 모두들 힘없이 회의 탁자에 둘러앉았다. 서울에서 김 서방 찾기 식의 수사에 수사관들도 갈피를 못 잡고 있는 것 같았다.

"그런데 검사님, 검찰총장님 꿈에 그 12령인지 뭔지는 안 나타났답니까?"

짜증이 난 최 수사관이 최 검사가 여자라서인지 약간 무시하는 투로 물었다. 모두의 시선이 최 검사에게로 쏠려 있었다. 초반에 팀원들의 기선을 잡지 않는다면 일하기가 쉽지 않은 것이 이 바닥의 생리였다.

"아직 연락이 없습니다."

냉정했다. 얼음같이 차가운 최 검사의 얼굴을 나무가 뚫어지게 보고 있었다. 하지만 최 수사관에게는 별다른 반응을 하지 않은 최 검사였다. 최 수사관은 괜히 자신이 검사를 이겨 먹었다는 생각을 했는지 의기양양해하고 있었다.

지금 이 순간 나무는 최 검사와 최 수사관이 어쨌든 아무런 신경이 쓰이지 않았다. 다만 어제의 최 검사의 모습이 머릿속에서 떠나지 않았다. 부적을 새기기 위해 머리끈을 풀자 어깨 위로 찰랑거리며 내려오던 긴 머리와 안경을 벗었을 때의 청순한 아름다움이 그의 눈에 계속해서 아른거리고 있었다.

차갑기만 할 거라 생각했지 최 검사가 그렇게 여성으로서 아름답다는 생각을 해본 적이 없는 그에게 어제의 최 검사는 충격 그자체였다. 작은 얼굴 안에 아름다운 두 눈과 오뚝한 코 그리고 앵두 같은 입술을 두꺼운 안경과 차가운 표정으로 잘도 숨기고 있었다.

계속해서 다들 뭐라고 말들을 하고 있는 것 같은데 나무의 눈은 계속해서 최 검사에게 가 있었다.

"나 형사님?"

"……."

"나 형사!"

"네."

검찰수사관들이 쪼로록 앉아서 그를 쳐다보고 있었다.

"뭔 일 있어?"

"아뇨."

"어디다 그렇게 정신을 팔고 있어?"

친하게 지내는 차 수사관이 걱정이 되었는지 물었다.

"어제 만난 조창원과 박수민은 12령을 본 모양이었습니다. 그들은 석방이든 탈옥이든 그가 시켜줄 거라고 믿고 있었습니다."

나무의 얘기에 모두들 심각한 얼굴이었다.

"믿기는 힘들지만 모든 게 사실이라는 가정하에 12령인지 하는 괴물과 마주한다면 총으로도 힘들 텐데요."

이 수사관이 말했다.

"일단은 총기는 항상 소지하고 계시고 방탄조끼는 밖으로 나갈 때 항상 착용하세요. 그리고 단독 행동은 당분간 금합니다."

"네."

"오 박사님, 말씀해 주시죠."

최 검사가 말했다.

"어제 사체에서 모두 동일한 동물의 DNA가 발견이 되었습니다. 장기 적출 과정에서 털이 빠졌는데 분석결과 여우의 DNA였습니다."

나무는 조금 움찔했다. 과학이 많이 발전하기는 한 것 같았다. 여우라는 사실까지 맞추니 말이다. 영혼에서 사람을 해칠 때는 꼭 여우령의 모습으로 변해야 했기 때문에 아마도 그때 몸에 털이 빠진 것 같았다.

"여우?"

수사관들의 표정이 더욱 가관이었다.

"믿기지는 않지만 심령의 형태가 아닌 정확히 육체가 있는 존재고 여기 계신 분들에게 굉장히 위협적인 존재일 듯합니다."

"충분히 위협적인 존재이니 모두 개인 안전에 힘쓰시면서 수사를 해주세요."

최 검사가 자신이 본 여우령이 얼마나 위협적인 존재가 될 줄 알기에 모두에게 다시 한 번 여우령의 위험성을 말했다.

"김 팀장님?"

"네, 저는 죽은 아이들이 18살 여학생인 것을 빼고 공통점을 조사해 봤습니다. 부모님들도 총장님을 제외하고는 평범했고 조창원이나 박수민을 석방시킬 만한 권력가의 집안도 아니었습니다."

최 검사의 표정이 어두워졌다.

"그런데 특이한 점은 모두들 천주교 신자이고 같은 단체에 가

입이 되어 있는 회원들이었습니다."

"어떤 단체죠?"

"순결한 영혼들이라는 단체인데 봉사활동도 하고 종교 활동도 하고 혼전순결도 서약하고 뭐 그런 단체인데 다 거기의 회원들이었습니다."

"회원이 몇 명이죠?"

최 검사가 김 팀장을 보며 물었다.

"여기요."

모두가 김 팀장이 뽑아온 자료를 살펴보았다.

"지금 가입 인원들 중에는 수녀님들도 계셔서 전국적으로 1,200명에 달하는 제법 큰 단체이고 천주교 중심의 봉사단체라 가입회원도 꾸준히 늘고 있습니다. 참고로 여자만 가입이 된답니다."

"불평등하군."

차 수사관이 구시렁거렸다.

"여기서 18세에 회원은 모두 몇 명입니까?"

"30명 정도 됩니다."

"그중에 혼전 순결서약을 한 친구는 몇 명이죠?"

"죽은 학생들을 포함해서 모두 12명입니다."

"이제 5명 남았네요."

나무의 말에 최 검사가 특유의 냉정함으로 물었다.

"어떻게 이들이 다음 대상이라고 확신을 하죠?"

맞는 말이었다. 다음 대상이 그들이라는 확증은 그 어디에도 없었다. 섣불리 움직였다가는 나머지 학생들만 공포에 떨게 할 수도 있는 문제였다.

"12령은 18세의 순결한 여자의 간만을 먹습니다. 그러니 다음 범행대상은 뻔한 거죠."

"나 형사님, 요즘 이 이상한 사건에 너무 심취해서 상상의 나래를 펴시는 것 아닙니까?"

최 수사관이 비꼬며 말을 했다.

"저는 솔직히 명령이기 때문에 이 수사에 합세한 것이지 정말 믿기 힘든 일에 에너지만 쏟는 것 같아 별로 기분이 좋지 않습니다."

"……."

최 검사의 표정이 차갑게 굳었다.

"최 수사관의 모든 사건은 상식이 통하는 것이었습니까? 상부의 지시에 따를 거라면 잡음을 넣지 말고 수사하세요. 지켜볼 겁니다."

"네."

한마디로 찍소리를 못하게 만들었다. 말이 없고 차가웠지만 직접적으로 부하들에게 뭐라고 하는 사람이 아닌 최 검사가 처음으로 카리스마를 방출하고 있었다.

"지금부터 5일 남았습니다. 우선 김 팀장은 나머지 다섯 소녀의 소재를 파악해 주시고 나 형사, 최 수사관, 이 수사관, 차 수사관, 윤 수사관 순으로 각각 한 명씩 맡아주세요."

"그럼 한 명씩인데요?"

"경찰들을 개별적으로 붙여 드릴 것입니다. 믿지 않는다더니 걱정은 되시나 봅니다."

최 수사관의 얼굴이 발개졌다. 나무는 최 검사의 당찬 모습에 웃음이 나왔다. 묘하게 시선이 가는 여자였다.

"자, 쉬운 상대가 아니니 각자 조심들 하십시오."

"네."

모두들 자리에서 흩어졌다. 각자 맡은 여학생들의 이름과 주소 그리고 사진을 받아 밀착경호에 들어가기로 했다. 물론 본인들에게는 아직 통보가 안 된 상황이었다. 무턱대고 경호 겸 감시를 한다는 게 쉬운 일은 아닐 것 같았다. 하지만 그녀들이 알면 더욱더 불안해하는 상황이고 총장이 은밀히 경호를 하라고 하는 바람에 그들만 힘들었다.

사무실을 빠져나오면서 김 팀장과 얘기 중인 최 검사를 보았다. 여전히 흰색 와이셔츠처럼 생긴 블라우스에 검은색 정장 바지를 입은 그녀의 모습은 검사 그 자체였다. 여성스럽다기보다 근엄한 느낌이 드는 그녀가 어제는 왜 그렇게 보였을까 나무는 의아했다.

그때, 최 검사가 나무의 시선을 의식했는지 그를 쳐다봤다. 눈이 마주치자 마치 불에 덴 것처럼 그는 얼른 시선을 피해 밖으로 빠져나왔다.

그가 보호할 여학생의 사진을 들고 학교 앞에 차를 대고 앉아 여학생들이 하교하기를 기다리며 노란색 파일을 열었다.

"이름, 정하나, 핸드폰 번호는 있고 성적도 좋고 예쁘게 생겼네, 부모님이 아시면 까무러칠 일이지만 어쩌겠니 팔자려니 생각을 해야지."

파일에서 사진을 꺼내고 핸드폰에 아이의 번호를 저장했다.

12시가 조금 넘어서 그의 식량인 물을 마음껏 마시고는 나무는 정말로 멍하게 그렇게 학교를 바라보고 있었다. 다른 수사관들은 밥도 먹어야 하고 화장실도 가야 했지만 그는 밥을 굳이 먹지 않아도 물이 밥이니 걱정이 없었다. 이럴 때는 자신을 나무의 정령으로 만들어준 산천지령께 감사하다는 말을 하고 싶어졌다. 앞으로 몇 시간 후면 여학생들이 물밀듯이 나올 텐데 은근히 걱정인 나무였다.

어느새 하교 시간이 되어 학생들이 쏟아져 나오고 있었다. 똑같은 교복에 다들 똑같이 생겨서 구별을 하기 어려웠지만 직업은 못 속인다고 그 틈에서 하나를 발견한 그였다. 친구들과 수다를 떨면서 근처의 분식 가게에서 떡볶이와 라면을 먹은 하나는 학원으로 향했다. 그냥 흔한 여고생의 일과를 보내고 있는 그녀였다.

이렇게 약속한 날이 다가오고 있었다.

"최 검사!"

특별수사 본부에 검찰총장이 사색이 돼서 들어왔다. 밤새 무언가에 홀린 듯한 그의 표정이 심상치 않음을 말해주고 있었다.

"네, 총장님."

"어제 놈이 나타났네. 지난번보다 더 사람 같은 모습으로 말이야."

"뭐라고 하던가요?"

그의 생김은 중요하지가 않았다. 12령이 한 말이 지금 상황에서는 중요했다.

"요구 조건은 지난번과 마찬가지로 조창원과 박수민의 석방이었고 다른 하나는 나 형사가 직접 데리고 오라는 거였어. 그렇지 않으면 이 여학생들을 차례로 죽인다고 하더군."

총장이 떨리는 손으로 적었는지 필체가 흔들려 있어서 잘 알아보기는 힘들었지만 그들이 지금 감시하고 있는 소녀들의 이름이었다.

"이미, 감시를 하고 있습니다."

"어떻게 알았나?"

"김 팀장이 죽은 피해자들의 공통점을 찾는 과정에서 알아냈습니다."

"역시 천재야."

총장은 자리에 앉지도 못하고 안절부절못하고 있었다. 자신의 힘으로는 어쩔 수 없는 초자연의 존재로 인해 그의 탄탄대로의 인생이 꼬여가고 있었다. 누구보다 단란한 가정이었고 누구보다 행복했는데 한순간에 지금 모든 것이 흔들리고 있었다.

"괜찮으십니까?"

"괜찮네."

그의 목소리가 떨렸다. 최 검사는 총장의 이런 모습이 많이 낯설었다. 자신의 롤 모델이 범죄로 인해 무너지고 있는 것 같아 안타까웠다.

"힘내십시오, 반드시 잡겠습니다."

"잡는다고 지윤이가 살아 돌아오는 것은 아니지만 하늘에 가서나마 편안히 있을 수는 있겠지."

여느 아버지의 모습이 그에게서 보였다.

"다른 피해자가 생기지 않도록 조심하게 이번에는 누가 먼저라고 말하지 않았어."

"알겠습니다."

최 검사의 머리가 바쁘게 움직였다. 하나라도 살리려면 일단은 분산시켜 있는 것보다 모아놓는 편이 훨씬 나을 듯했다.

"김 팀장, 일단 학교와 집에 연락해서 아이들을 극비리에 경찰 특공대 건물로 이동시켜, 극비리에 움직이도록."

"네."

최 검사의 얼굴이 붉게 상기되었다. 어떻게 해서든지 아이들의 목숨을 구해야 했다.

남태령에 위치한 경찰특공대는 그나마 외진 곳에 있었다. 또 항시 대기하고 있는 특공대원들이 있어서 좀 더 믿음직스러운 곳이었다. 장소를 섭외하고 아이들을 모으니 벌써 10시가 넘었다.

"아이들은 뭘 하고 있나?"

나무가 옆에 있던 차 수사관에게 물었다.

"지금 최 검사가 특별과외를 시키고 있는 중이야."

"과외?"

"기가 막히는 일이지만 아이들 입장에서야 한국대를 수석 졸업한 과외 선생님이 학원 샘보다야 백배 낫지."

아이들을 안정시키기에는 적합한 방법 같았다. 그리고 본인이 직접 아이들을 감시할 수 있으니 이보다 좋은 방법은 현재로서는 없는 것 같았다.

밖이 어수선했다. 학생들의 부모들이 며칠간 입을 옷과 필요한 물건들을 가지고 왔다. 검문을 통해 아이들의 부모님들만 출입이 가능하도록 했다. 그런데 어떻게 냄새를 맡았는지 기자들이 부모들의 뒤를 따라 몰래 들어오려 하다가 제지를 당하고 있었다.

"어, 거기 김 기자님, 여기 어쩐 일이십니까?"

나무가 기자를 보고는 반가운 척하며 인사를 건네자 옆에 있던 경찰특공대가 기자를 밖으로 내보냈다.

"기자들이 냄새를 맡았어. 쥐새끼 같은 놈들."

멀리서 수가 손을 흔들었다.

"어?"

나무가 다가가 수를 데리고 안으로 들어왔다.

"무슨 일이야?"

"오늘 여우령이 여기로 올 거야."

"정말?"

"너의 도움이 필요해. 사람들이 될 수 있으면 눈치채지 않았으면 좋겠지만 어쩔 수 없잖아. 모두를 구하는 게 우선이니까."

나무가 수를 보며 말을 했다.

"묘가 오늘 나오는데 이걸 줬어."

"뭔데?"

가방을 열어보니 가면이었다. 할로윈데이에 쓰는 유령 가면이었다. 사람들이 많다는 도깨비의 정보에 얼굴을 가리라고 보내준 것이었다. 괜히 나무나 수의 정체가 나무의 동료들에게 발각이 돼서 좋을 것이 없기 때문이었다.

"이걸 쓰라고?"

"응."

"어떻게 알았을까?"

"나오는데 카페에 와서는 도깨비가 가르쳐 줬다면서 가지고 가라고 하더라고 꼭 필요할 거라고."

"하 휴~ 묘답다."

나무와 수는 다른 사람들과 조금 떨어져 최 검사와 아이들이 있는 강당에 시선을 고정하고 있었다.

"잠깐, 문제 좀 풀고 있어. 어려운 것 있으면 물어보고."

아이들의 수업을 가르치던 최 검사가 잠깐 바깥으로 나갔다.

"네."

검사라고 자신을 소개한 언니는 정말로 쉽게 공부하는 법을 알았다. 어찌나 족집게처럼 중요한 부분을 잘 알려주는지 아이들의 입에서 감탄사가 절로 나왔다. 자신들이 뭣 때문에 이곳에 온지는 잘 모르고 있지만 분위기가 심상치 않음을 아이들도 느끼고 있었다. 강당에 당장 오늘 밤에 잘 수 있는 침대들이 한쪽으로 쪼르르 놓여 있었고 공부를 할 수 있게 책상 다섯 개와 칠판도 있었다.

"너희들 그거 알아?"

"뭐?"

"빨간 망토 아가씨가 아이들을 잡아가서 간을 먹는대."

"뭐? 설마."

"이번에 우리 옆에 대진여고에서 한 명 죽었는데 그게 우리 '순결한 영혼들'에 지민이래."

"진짜야?"

최 검사가 잠깐 자리를 비운 동안 아이들은 서로 머리를 맞대고 빨간 망토에 대해서 얘기 중이었다.

"뭐, 홍콩 할매 같은 거네."

"응, 그래서 오늘 우리를 여기에 몰아놓은 거라고 하더라고."

"누가?"

"……."

"이거 네가 거짓말한 거지?"

"아냐, 우리를 여기로 데리고 온 이유는 모르지만 빨간 망토 얘기는 확실해."

"그럼, 우리는 어떻게 되는 거야?"

"모르지만 여기 어른들이 지켜주시겠지."

"아닐 거야."

"그럼 우리가 여기 온 이유가 뭔데?"

"……."

"공부?"

"야! 공부를 강당에서 하냐?"

"뭐지?"

"그냥 좋게 생각하자. 어차피 돈 주고도 못 받는 초특급 과외를 받는 건 좋은 거니까."

"너 이번에 몇 등 했어?"

"전교 3등."

"넌?"

"전교 1등."

"와~"

금방 화제가 공부 쪽으로 바뀐 아이들이었다. 모두들 성적들이 좋은 학생들이었고 학교는 달랐지만 같은 학년이라 금방 친해질 수 있었다.

그리고 이들의 최고 득템은 최 검사 샘이었다. 샘의 동생 둘이 의사이고 둘은 법대에 다닌다고 했다. 팁을 주자면 모두 검사 샘이 가르쳤다고 했다. 아까 가르치시는 걸 보니 그 말이 맞았다. 진짜 최고였다.

"여보세요?"

주위에는 온통 경찰들과 특공대가 어마어마하게 진을 치고 있었다. 1층에 있는 아이들은 2층의 특공대원들을 보지 못할 뿐이었다. 그런 정신없는 와중에 나무는 자신의 동생이 필요하다며 데리고 오겠다는 문자 하나만 덩그러니 보내놓고 그 후로 아무 말이 없었다.

[네.]

전화기 너머로 나직한 남자의 목소리가 들렸다. 항상 그녀의 신경을 건드리는 남자였다.

"나 형사님, 동생분은 오셨나요?"

[네, 옆에 있습니다.]

"오늘 그분이 꼭 필요하신 이유가 도대체 뭐죠? 민간인을 이렇게 우리의 일에 끼워 넣어서는 안 되는 거 아시죠?"

[제가 책임지겠습니다.]

뚝!

자기 할 말만 하고는 전화를 끊어버렸다. 정말로 마음에 안 드는 남자였다. 뭐든 자기 마음대로다. 실력만 없었다면 애초에 이일에 끼워 넣지도 않았을 것이다.

다시 체육관 안으로 들어간 최 검사는 아이들을 자율적으로 공부하게 두었고 모르는 문제는 일대일로 가르쳐 주었다. 그렇게 하다 보니 어느새 약속 시간인 자정이 다가오고 있었다. 최 검사가 초조하게 시계를 보았다.

한편 바깥에서도 최 검사와 마찬가지로 시계를 보고 있는 나무였다.

"얼마나 남았어?"

"10분."

나무와 수도 이제 강당 안으로 슬슬 걸음을 옮겼다. 약속 시간은 아마도 칼같이 지킬 것이다. 나무가 보검을 입고 있던 재킷의 안쪽 주머니에서 꺼냈다. 나무의 보검은 10대 명검으로 꼽히는 월왕구천검(越王句踐劍)의 모양처럼 납작하고 반듯한 모양의 칼로 천문검(天門劍)이라 쓰여 있었다. 이 칼은 호의 보검과 같이 평상시에는 부엌칼 정도의 크기이나 칼집에서 꺼내면 어린아이의 키 정도로 그 크기가 커졌다.

아직은 칼집에 있어서 작은 크기의 보검을 들고 그가 강당 안으로 들어가 한쪽 구석에 붙어 있는 화장실 안으로 몸을 숨겼다. 화장실은 최 검사가 있는 곳의 반대편에 있는 출구 쪽이라 잘 눈에 띄지 않았다. 아이들과 최 검사는 영어 수업 중이라 정신이 없었다. 최 검사가 강당의 시계를 계속해서 힐끗거릴 뿐 주위에 특별한 움직임은 보이지 않았다.

"예쁘네, 최 검사님."

"실없는 놈."

자꾸 수가 최 검사의 칭찬을 할 때면 거슬리는 나무였다.

그때였다. 갑자기 강당의 불이 꺼지더니 강한 바람이 불었다. 나무는 어쩔 수 없이 묘가 준 가면을 뒤집어쓰고는 강당 안으로 뛰어들어 갔다.

"형!"

수도 작게 욕설을 내뱉고는 가면을 쓰고는 형의 뒤를 따랐다.

"내가 미쳐."

아무것도 보이지 않았지만 최 검사의 시선을 따라 나무와 수가 움직였다.

"이 아이들한테는 손대지 마."

유령처럼 투명한 검은 물체가 최 검사의 앞으로 다가와 아이들이 앉아 있는 곳의 중앙에 떠 있었다.

바람이 한차례 거세게 불더니 나무가 감시를 했던 하나가 공중으로 떠올랐다. 아이는 놀라서 외마디 비명도 지르지 못한 채 그대로 정신을 잃었다. 그리고 순식간에 12령이 여우 모습의 괴물로 정체를 드러냈다. 처음에는 그 존재가 보이지 않았지만 살생을 하기 위해선 12령도 모습을 드러내야만 했다.

강당으로 들어온 경찰들이 조준만 할 뿐 12령이 안고 있는 하나 때문에 이러지도 저러지도 못하고 있는 상황이었다.

12령이 최 검사에게 말을 하고 있었다. 자신들은 짐승의 소리로만 들리는데 최 검사는 알아듣는 모양이었다. 묘가 여우령의 대화를 듣는 것처럼 최 검사도 그런 것 같았다.

"아이들을 놔줘, 당신의 요구는 우리도 들어줄 수 있는 게 아니야."

12령이 오른손을 들어 하나의 가슴을 향해 내리려 할 때 나무가 손을 줄기로 만들어 12령의 손을 묶었다. 그리고 옆에 있던 수가 활시위를 당겨 물 화살을 12령의 팔에 관통을 시켰다. 어두운 곳에서 이상한 물체가 뛰어나와 괴물을 공격하자 특공대의 총구가 이번에는 나무와 수를 향했다.

"쏘지 마! 그 사람들은 지금 우리를 돕고 있는 거야!"

최 검사가 소리를 지르자 총구가 다시 괴물을 향했다. 다시 화살이 12령에게 향했고 이번에도 팔에 명중을 했다.

"캬아악~!"

12령의 비명 소리가 강당을 울렸고 12령의 손에서 하나가 떨어져 나왔다. 열 받은 12령이 나무와 수 쪽으로 향하자 최 검사가 기지를 발휘해 아이들과 쓰러진 하나를 강당 밖으로 피신시켰다.

"캬아악!"

12령이 수에게 달려들려고 하자 나무가 자신의 보검으로 12령의 배를 베었다.

싹!

날카로운 칼에 베이는 소리가 강당을 울렸지만 깊이 베이진 않았는지 놈은 미동조차 하지 않았다. 다시 수가 활을 들어 공격하기 시작했다.

12령이 귀찮게 구는 수에게 신경을 쓰고 있을 때 나무가 다시 보검을 들고는 12령의 등을 뒤에서 질렀다. 이번에는 그의 칼이 12령의 몸을 뚫고 나왔다.

"윽!"

12령이 바닥으로 쓰러졌다. 그의 배에 꽂힌 자신의 보검을 빼든 나무가 12령의 목을 베려고 칼을 들었다.

"이제는 진짜로 이 질긴 인연을 끝내자고!"

칼을 높이 든 나무였다. 12령의 목을 벤다면 이제는 정말로 끝인 것이다.

"에잇!"

그때였다. 12령의 몸에서 무언가가 빠져나갔다. 껍데기만 놔두고 영혼이 또다시 도망을 간 것이다. 그의 령이 빠져나가자 몸은 커다란 불길에 타버리고 재만이 남았다.

안에 있던 경찰특공대들도 눈앞의 상황이 얼떨떨한 것 같았다. 그리고 이놈을 잡은 유령 탈을 쓴 두 사람에게 모두의 시선이 향했다. 이때였다.

"수야, 셋 센다. 하나, 둘, 셋."

나무가 강당의 스위치를 다시 켜자 순간의 빛 때문에 모두들 눈을 감았고 둘은 무사히 그곳에서 빠져나올 수 있었다. 바깥공기가 오늘따라 시원했다. 사람들이 자신들을 알아볼까 봐 조마조마했던 그들이었다.

"역시 형은 천재야."

"……."

다행이었다.

"나 형사님!"

최 수사관이 부르고 있었다. 둘은 얼른 가면을 숨기고는 아무 일도 없었다는 듯이 최 수사관을 보며 대답을 했다.

"네, 갑니다."

아이들은 대기해 있던 앰뷸런스에 실려 병원으로 이송되었고 최 검사와 특별수사팀이 모여 있었다. 여우령을 직접 본 그들은 체육관 바깥에 서서 혼자서 아이들을 지킨 거나 다름없는 최 검사를 치켜세워 주고 있었다.

"나 형사, 어디 있었나?"

"저는 강당 뒤에 있었습니다."

헐레벌떡 그들이 있는 곳으로 뛰어온 나무였다.

"나 형사가 봤어야 하는데! 12령이라는 괴물이 진짜로 있더라고!"

"자자, 조용히들 하십시오. 오늘 있었던 일은 철저히 비밀에 부쳐질 겁니다. 어디서 말씀을 하셔도 혼자만 미친 사람 취급을 받을 수 있으니 스스로들 입단속 하십시오."

최 검사의 말에 모두들 입을 다물었다.

"일단 사무실로 가서 보고서를 작성하도록 할 테니 이동해 주세요."

최 검사가 말했다.

"나 형사님은 경찰들 입단속 좀 시켜주시고요."

"네."

어수선한 현장이 어느 정도 정돈이 되고 경찰특공대의 입단속을 한 뒤에야 그들은 사무실로 향할 수 있었다.

"수야, 오늘 고생했다."

"형이 더 고생했지 뭐, 그래도 오늘의 히어로는 최 검사지."

"난 사무실로 들어가 봐야 하니까 먼저 돌아가."

"응."

수를 보내고 사무실에 도착한 나무는 보고서를 작성하고는 지치고 배고픈 팀원들에게 야식을 샀다. 모두들 시장했는지 정신없이 먹고 있었다.

"최 검사님도 드세요."

"아니요, 많이들 드십시오."

"예이~ 그러지 마시고요."

"아까 너무 긴장을 했었는지 지금 좀 체기가 있습니다. 그냥들 드세요."

"네, 그럼."

수사관들의 권유에도 최 검사는 음식에 손도 대지 않고 여전히 보고서를 쓰고 있는 것 같았다. 자꾸만 신경이 쓰이는 나무였다.

나무가 갑자기 자리에서 일어서며 나가자 모두들 음식을 먹다 말고 그를 보았지만 나무는 신경도 쓰지 않고는 밖으로 나갔다. 잠시 후 돌아온 나무는 최 검사에게 향했다.

"이거요."

최 검사가 고개를 들었다. 소화제를 내밀고는 대답도 듣지 않고는 뒤돌아 자리를 피한 나무였다.

"……."

무뚝뚝하기는 최 검사도 마찬가지였다. 고맙다고 하면 어디가 덧이라도 나는지 그녀는 아무 소리 없이 병을 따더니 마셨다. 그래도 바로 마셔주니 기분은 좋았다.

다음날 오전, 검찰총장의 미팅 후에 그들은 일주일 만에 처음으로 집에 갔다. 집에 다녀온 후에는 사실상 특별수사팀의 해체식만이 기다리고 있었다. 짧지만 굵은 일을 해낸 수사팀이었다. 나무도 처음으로 수사기관의 도움을 받아 12령을 해치웠다는 자부심이 생겼다. 물론 영혼까지 뿌리 뽑지는 못했지만 당분간은 나타나지 못할 것이다. 12령도 예전같이 않고 많이 약해진 것 같았다.

수의 카페에 들른 나무는 오랜만에 기분 좋은 휴식을 취했다.

"시원한 냉수."

"네, 손님."

수가 냉수를 큰 잔에 따라 들고 왔다.

"형 같은 사람만 있으면 우리 가게 망해."

"너 돈 많이 벌잖아."

"무슨 소리, 나는 돈이 고픈 사람이에요."

"그 돈 다 어디다 쓰게."

"그런가?"

다들 돈에 관해선 신경을 써본 적이 없었다. 처음에 산천지령에게 받은 금덩어리를 장사에 일찍부터 소질을 보인 수가 잘 불렸고, 지금은 그 돈이 300년을 거치면서 좀 많다 싶을 정도로 불어났다.

"형, 우리 건물이나 하나 지을까?"

"뭐?"

"그냥 10층 정도로 지어서 1, 2층은 커피숍하고 3층부터는 세 주고 9, 10층은 우리가 살고. 어때?"

"생각해 보자."

나무가 물을 벌컥벌컥 마셨다.

"그런데 수지 씨는?"

"요즘 몸이 안 좋아서 어제오늘 못 나왔어."

"그래?"

수지는 날라리 수의 가게 직원이었다. 말이 직원이지 주인보다도 더 열심히 일하는 사람이었다. 뛰어난 미모의 소유자로 수의 마음을 빼앗은 제수씨가 될지도 모르는 사람이라 안 보이면 신경이 쓰였다.

"어서 오세요."

직원들이 인사를 하자 수가 냉큼 일어났다.

"바리스타가 나뿐이어서."

"어, 그래 일해. 나 좀 앉아 있을게."

"미안해."

수가 재빠르게 카운터로 향했다. 나무는 오랜만에 커피숍의 가장 구석진 자리에 앉아 창밖을 바라보았다. 그냥 잊으려고 해도 마음이 잊지 않고 있었다. 오늘은 그에게 있어서 가장 가슴 아픈 날이었다. 굳이 달력을 보지 않아도 그의 마음의 알람시계가 때가 되면 울렸다.

"화연아."

오늘은 그의 아내와 아들의 기일이었다. 그들은 그의 마음속에 살아 있기 때문에 그는 한 번도 제사를 지내지 않았다. 죽어서 그들을 만날 거라 생각했는데 벌써 300년이 지났다. 가슴이 심근경색이 있는 사람처럼 조여왔다. 숨을 쉬기가 어려웠지만 그는 가슴에 손을 얹고 그렇게 잠시 있었다. 벌써 300번이 넘게 경험한 일이었다.

이 고통은 여우령에게 죽어간 화연과 환이에 비하면 아무것도 아니었다. 그의 눈에서 말없이 눈물이 흘러내렸다.

창밖에 날씨가 너무나 좋았다. 눈부신 햇살이 도시를 밝게 비추고 있었다. 환이 또래의 남자아이의 손을 잡고 가는 젊은 새댁이 아들을 보며 환하게 웃고 있었다.

날이 갈수록 청승맞아지는 것 같았다. 이번에 여우령이 완벽하게 사라지면 그는 조용히 떠나고 싶었다. 눈물을 닦을 생각도 하지 않은 채 그가 눈을 감고 오른손을 조여오는 심장을 감싼 채 그렇게 한참을 고통 속에서 헤매고 있었다.

이럴 때는 한없이 행복했던 시절을 떠올리면 가슴이 조금은 진정이 되었다. 가장 그가 행복했던 언제나 떠올리면 좋았던 화연과의 첫 만남이 이루어진 날을 말이다. 엊그제처럼 이렇게 선명한데 벌써 300년이 훌쩍 넘은 일이었다.

"덕수, 자네 왜 이리도 막무가내인가?"

태산은 동문수학하는 단짝 친구인 덕수의 손에 이끌려 그의 집으로 향하는 중이었다.

"내, 오늘은 자네를 꼭 우리 집에 데리고 가야겠네."

"허허, 참."

오늘은 태산이 태어난 날이었다. 지방에서 올라와 어렵사리 공부를 하고 있는 동무를 위한 덕수의 배려였다. 덕수의 집은 크게 잘살지는 못하였지만 그래도 중간 이상의 집이었다.

대문을 열자 하인이 나와 그들을 맞이하였다.

"여기 잠깐만 계시게나."

아흔아홉 칸의 넓은 저택은 아닐지라도 덕수의 집은 참으로 아름다웠다. 대대로 무과에 급제한 장수들을 배출한 집안답게 집 안의 분위기도 사내의 느낌이 강했다. 부리는 가솔들의 몸도 다른 집의 하인들에 비해 컸다. 주인의 후한인심을 보는 듯했다.

"아가씨!"

눈앞에 무언가가 쌩하고 지나갔다. 남자의 옷을 입고 목검을 들었는데 분명히 아가씨라 하였다.

"아가씨!"

집안일을 보는 하인이 땀을 뻘뻘 흘리며 그 뒤를 따르고 있었다.

"왜, 이러십니까? 대감님이 아시면 날벼락 떨어집니다."

천방지축의 아가씨는 이 문 저 문 뛰어 다니며 하인을 놀리기에 바빴다. 평소 손님이 집 안에 많은지 낯선 사람을 보고도 별로 개의치 않았다.

"화연아~"

"오라버니."

덕수를 보고 어찌나 반가워하는지 옆에 있는 나무의 얼굴에도 미소가 지어졌다.

"언제 오셨습니까?"

덕수의 동생은 남자답게 생긴 덕수와는 많이 달랐다. 16살의 꽃다운 나이의 여인은 복색이 남장이라도 그 아름다움을 숨길 수가 없었다. 지금까지 그가 보아온 여인들과는 비교가 되지 않을 만큼 그녀는 아름다웠다. 복숭아를 닮은 그녀의 뺨이 그의 시선에 붉은 홍시가 되어갔다.

"흠흠."

태산의 기침 소리에 그제야 덕수가 자신의 여동생을 인사를 시켰다.

"이쪽은 내 하나뿐인 누이 화연일세. 화연아, 이쪽은 오라비의 친구 태산이니라."

"안녕하십니까? 화연이라 하옵니다."

호수같이 깊은 여인의 눈빛에 그의 심장이 뜯겨져 나가는 듯한 충격을 받은 태산이었다.

"이해하게. 집안 분위기가 워낙 장수의 느낌이라 선머슴처럼 컸다네."

"아닙니다."

오라비의 말이 서운했는지 팽 하게 대답을 하고는 목검을 들고는 쪽문으로 사라졌다.

"어이, 누이를 그렇게 무안하게 하는가?"

"선머슴 같아 걱정일세. 누가 데려갈려는지…….."

말은 이렇게 하면서도 덕수의 눈빛은 따뜻했다. 어머님이 차려주신 생일상을 받으면서도 태산의 눈길은 화연을 찾고 있었다. 그 뒤로 태산의 눈길은 항상 화연을 향해 있었다.

그 뒤로 태산은 틈만 나면 덕수의 집을 찾았고 포도대장이신 덕수의 아버지께도 환심을 사기에 이르렀다. 그의 출중한 검 실력은 무인이신 덕수의 아버지의 마음을 사로잡았다.

조선 최고의 검객이 된다면 그녀와 혼인을 시켜주시겠다던 장인어른의 말씀이 아직도 귓가에 선했다. 얼마나 노력을 했던가?

그의 타고난 실력과 노력으로 그는 무과에 장원급제를 하였다. 특히 그의 검술은 나비가 나는 듯 아름다웠으나 그 위력은 독수리처럼 날카로웠다.

그렇게 3년 후에 그는 화연을 아내로 맞이했었다. 연지곤지를 찍은 화연은 꽃과 같이 예뻤다. 그토록 아름답던 그의 여인은 지금 심장의 아픔이 되어 항상 그를 괴롭게 하고 있었다.

갑자기 참으로 오래 살았다는 생각이 들었다. 이제는 가슴의 통증이 견딜 만했으니까 말이다. 처음 그녀를 잃었을 때에는 땅을 기어다니며 가슴을 치며 통곡을 했었다. 하지만 지금은 가슴만이 저며올 뿐이었다.

"이렇게 하다 정말로 잊으면 어떻게 하지?"

화연과 환이가 그의 마음과 생각 속에서 사라질까 봐 두려웠다. 시간이 그에게는 오히려 독이 되는 것 같았다.

생각해 보면 오랜 세월동안 그에게는 많은 일들이 있었다. 300년을 살아오면서 그의 별명도 다양했었다. 홍길동, 일지매 등 현실에서 나타나기 힘든 그의 실력에 사람들이 붙여준 별명이었다. 지금은 과거가 되어버린 그 일들이 그의 머릿속에 주마등처럼 스쳐 지나갔다. 모두 여우령을 잡다 보니 자연스럽게 사람들을 돕게 된 일인데 이제는 이야기 속에서 살아남아 후대에까지 전해지고 있었다.

눈을 뜨자 여전히 화창한 날의 오후였다. 모든 것이 변했다. 가마는 바퀴 달린 자동차로 하늘에는 비행기가 날고 서찰은 핸드폰으로 바뀌었다.

세상이 변한 만큼 그도 많이 변했다. 하지만 그의 가슴속에는 아직 화연과 환이가 그대로였다. 집에 가면 서방님 하고 불러줄 것 같았다.

그의 눈에서 물방울이 흘러내리고 있었다. 그는 눈에서 흐르는 물을 닦지도 않은 채 창밖을 응시했다. 창밖의 행인들은 모두 자신의 갈 길을 열심히 가고 있었다.

"형!"

나무는 얼른 고개를 돌려 눈물을 닦았다. 뭔가 심상치 않은 분위기를 느낀 수가 냅킨을 그에게 건넸다.

"닦아, 닦고 이제는 잊어. 그리고 새로운 짝을 찾아."

"……."

"나도 노력하고 있는 중이야. 형도 할 수 있을 거라 믿어."

수의 말이 옳았다. 이제는 그들을 놓고 새로운 인연을 만들어야 할 때였다. 하지만 머리로는 너무나 간단하고 쉬운 게 가슴으로는 이 세상 그 무엇보다도 어려운 일인 것 같았다.

화연처럼 그의 가슴에 파고드는 여자는 없었다. 그렇게 그의 마음을 사로잡는 여자가 나타날 리가 없었다. 나타날 거였으면 이렇게 오랜 시간 그를 이렇게 애태우지도 않았을 것이다. 그의 단 하나의 영혼의 동반자는 화연뿐인 것이다.

제4장 죄책감에 사로잡히다

특별수사팀이 해체되고 일상의 삶으로 돌아온 나무는 요즘 주택가의 발발이 사건으로 골치를 앓고 있었다. 이 녀석이 잡힐 듯 잡힐 듯 약을 올리는 가운데 벌써 원룸 촌에서 다섯 건이 넘는 신고가 접수되었다.

탁!

"아이고 개세, 진짜 잡히면 내가 잘라 버린다, 진짜."

오전에 또 한 건이 접수가 되었다.

"열 그만 받고 머리도 식힐 겸 검찰청 좀 다녀와."

최 반장의 심부름에 다른 때 같았으면 한 짜증을 낼 나무였지만 오늘은 고분고분 서류를 받아 들고 강력계를 나가자 모두들 나무의 뒷모습을 멍하게 바라보았다.

"박 형사, 아침에 나 형사한테 커피 타줬냐?"

모두들 미친 듯이 웃기 시작했다. 강력팀의 막내인 박 형사는 일도 잘 못했지만 그가 탄 커피 맛은 거의 사약 수준이었다.

"아닙니다."

"아니긴, 네 커피 마셨구만."

여기저기서 웃음소리가 나자 당황한 박 형사가 얼굴이 빨개졌다.

"야, 형사가 그만한 농담으로 얼굴까지 빨개지면 어떡해!"

김 형사가 한마디 하자 풀이 죽은 박 형사가 컴퓨터 모니터로 얼굴을 가렸다.

"근데 쟤 오늘따라 무섭게 왜 그렇게 나긋나긋한 거야?"

"이번에 검찰 일 도우면서 최 검사와 친해졌나 보죠 뭐."

김 형사의 말에 최 반장이 고개를 갸웃거렸다.

"설마."

"그런가? 여하튼 아무 소리 없이 나가시니까 좋기는 하네요."

"그건 그러네."

검찰청에 도착한 나무는 자신이 왜 이렇게 기분이 좋은지 잘 몰랐다. 오늘은 날씨가 다른 때보다 훨씬 더 화창했고 오는 동안 길도 막지 않았다. 검찰청 입구에서 이번에 투덕거리긴 했지만 친해진 까칠한 최 수사관과도 반갑게 인사를 했다.

　최 수사관도 오늘 무슨 기분 좋은 일이 있냐며 물었지만 그는 아무런 일이 없다고 대답했다. 그가 즐거우니 좋은 일도 생겼다. 최 수사관이 발바리를 잡는 팁을 알려주었다.

　그는 느끼지 못하고 있었지만, 아니, 현실을 부정하고 있었지만 그가 최 검사 사무실 앞에 들어서자 그의 광대가 승천하고 있었다.

　"안녕하십니까?"

　평소와는 다른 그의 활기찬 소리에 최 검사가 그를 쳐다보더니 다시 서류를 보며 피식 웃었다.

　"나 형사 왔어?"

　이 계장님이었다. 언제나 가면 다정하게 맞아주시는 분이었다. 나이가 최 반장님 또래인데도 젊은 최 검사에게 항상 깍듯하셨다.

　"네, 오랜만에 뵙습니다."

　"오늘 신참이 들어온 건 어떻게 알고 아침부터 이렇게 오셨나? 개콜세."

　"네? 아닙니다."

　당황한 그가 사무실을 둘러보자 진짜 예쁘장한 신입 사무관이 있었다.

　"안녕하십니까? 이수진입니다. 잘 부탁드립니다."

　"아! 예~"

그가 쩔쩔매고 있는데도 여전히 최 검사는 수사 기록만 보고 있었다. 아마도 그가 기분이 좋은 게 새로 들어온 신입사원의 미모 때문이라고 오해를 하고 있는 것 같았다. 오늘 그가 기분이 좋은 건 날씨 때문이지 절대로 여자 때문이 아니었다.

이제는 진짜 기분이 다운이 된 그가 정색을 하고는 서류 봉투를 최 검사에게 건넸다. 그때였다.

"나 형사, 이제부터는 검사님께 직접 드리지 말고 이 사무관에게 전달해. 그게 보기도 좋고."

그렇게 안 봤는데 이 계장의 느물거리는 미소에 나무는 정이 떨어졌다. 진짜로 관심이 없는데 왜 이렇게 엮으려 드는지 알 수가 없었다.

"이 수사관, 나 형사 잘생겼지?"

"네? 네."

이 수사관이 정말로 반한 표정으로 얼굴을 붉히며 대답했다.

"나이가 많은 노총각이라 그렇지, 공무원들 중에 돈이 제일 많아."

신입 사무관이 그를 다시 보며 웃었다.

"계장님, 오늘 장난이 좀 심하십니다."

"여자 없잖아?"

"그야 그렇지만."

"뭐, 총각처녀 소개시켜 주는 게 잘못은 아니잖아."

이 계장은 진심으로 둘을 소개시켜 주고 싶은 것 같았다.

"아이고, 여기에 더 있다가는 장가가야 할 듯해서 먼저 나갑니다."

그때였다. 최 검사가 그를 불렀다.

"나 형사님!"

"네."

갑작스러운 부름에 놀란 나무가 황급히 대답을 했다.

"이거!"

그녀가 여전히 수사기록을 검토하며 익숙한 노란색 종이 파일을 그에게 건넸다.

"다시 검토 후에 주세요."

"네."

그러면 그렇지 일 얘기가 아니면 대화할 것이 없는 그들이었다. 파일을 받아 나오면서 그는 자신의 차에 도착할 때까지 쳐다보지도 않았다. 괜히 심통이 났다. 올 때까지는 기분이 좋았는데 지금은 완전 기분이 엉망이었다. 무슨 여자가 눈 한번을 안 마주치고 일만 했다.

"독해."

하기야 그와 굳이 최 검사가 시시덕거릴 이유는 없었다.

시동을 걸려는데 아까 파일이 눈에 보였다.

"뭔데 또 뭘 보완해서 오라는 건데?"

파일을 연 그의 입이 귀에 걸렸다.

─내일 식사 대접을 하고 싶습니다. 7시에 카페 도사에서 뵙죠. 여동생분도 같이 오셨으면 합니다.

역시 경우를 아는 여자였다. 갑자기 기분이 좋아진 나무는 경찰서로 향했다. 울증에서 조증으로 넘어가는 사람처럼 그의 기분이 최 검사로 인해 좌우되고 있다는 걸 본인만 깨닫지 못하고 있었다.

내일 일찍 퇴근을 하려면 오늘 일을 마무리해야 할 말이 있을 것 같다는 생각에 최 수사관이 알려준 대로 그는 서초동 원룸 촌에 잠복근무를 했다. 최 형사의 말로는 신고가 들어온 원룸 중에서 최초로 신고된 곳에 있으면 반드시 오늘내일 중으로 잡을 거라고 했다.

본능적으로 범인들은 자신이 범행을 저지른 장소가 익숙하기 때문에 다시 반복한다는 것이었다.

"내가 오늘은 네 덕 좀 보자 발발아."

다섯 시간째 건물을 노려보고 있는 나무였다. 퇴근 시간에 잠깐 북적이고는 한두 명씩 여자들이 다닐 뿐 정말로 조용했다. 강남의 여자들이라 그런지 모두가 쭉쭉 빵빵했다. 별다른 건 없었고 늦은 저녁 시간에 가스배관원이 검침을 하러 다니는 게 다였다. 별다를 것이 없었다. 시계는 새벽 3시를 가리키고 있었다. 그때였다. 창문 옆에 뭔가 시커먼 것이 붙어 있었다. 자세히 보니 가스 배관을 타고 올라가는 왜소한 체격의 남자였다.

"발발아, 기다려라."

그가 차 문을 열고 나가 그가 올라가는 배관 밑에 섰다. 그리고 각도를 잘 잡아 휴대폰으로 증거 영상를 찍었다.

"어이, 아저씨. 내려오지?"

그가 놀라 위로 더 올라갔다. 그리고 창문이 열려 있던 집의 창을 열고 재빠르게 몸을 밀어 넣자 나무가 그의 특기를 살려 팔을 나무줄기로 바꿔 그의 발을 낚아챘다.

"어~ 악!"

3층 높이에서 바닥으로 곤두박질쳤다. 물론 죽지 않을 높이에서 발을 놓기는 했지만 떨어졌을 때 꽤 아팠을 것이다.

나무가 수갑을 채우면서 미란다원칙을 말해주었다.

"씨방새야, 너는 입 다물고 있을 권리가 있으며, 씨방새, 너의 그 좀만 한 말은 법정에서 사용될 수 있고 씨방새 너는 변호사를 선임할 권리가 있고 이하는 입 아파서 생략하자. 네가 지금 기절을 한 상태니 나머지는 서에 가서 하자고."

마치 가벼운 짐짝을 어깨에 메듯이 나무는 그를 어깨에 척하니 얹고는 자신의 차에 실었다.

"자, 이렇게 정리를 하고."

모처럼 나무는 즐겁게 경찰서로 향했다.

"휘, 휘, 휘~"

아침부터 나무의 휘파람 소리가 강력계에 울려 퍼지고 있었다. 자신의 책상에서 조용히 나 형사를 보고 있던 반장이 박 형사를 불렀다.

"박 형사?"

"네."

그가 자리에서 벌떡 일어났다.

"너, 오늘은 나 형사한테 커피 먹인 거 맞지?"

"네? 아닙니다."

"그래?"

"하하하, 그만하십시오. 박 형사 울겠습니다."

"수상해. 그러면 김 형사 너 수사실 증거물 박카스에 타서 쟤 먹였어?"

수사실의 증거물이라면 아마도 코카인을 말하는 것 같았다.

"아니요, 요즘은 제가 제 입에 털어 넣고 싶은 심정입니다."

"그럼, 뭐야?"

"어제 발발이 잡으셨잖아요."

나무를 모두 신기한 듯이 쳐다보고 있는데도 그는 아랑곳하지 않고 열심히 휘파람을 불며 조서를 꾸미고 있었다.

"나 형사, 시끄러."

괜히 반장이 소리를 질러보았지만 그의 휘파람 소리는 한동안 계속되었다.

기다리던 7시가 다가오고 있었다. 6시에 칼같이 반장 앞에 선 나무는 당당하게 퇴근을 한다고 말하고는 뒤도 안 돌아보고 경찰서를 나왔다.

수의 카페가 다가올수록 그의 심장이 쫄깃해지고 있었다. 여우령을 잡을 때도 겁내지 않은 그가 지금 떨고 있었다.

"왜 이래? 촌스럽게."

그냥 검찰 관계자를 만나는 것이다. 칭찬받을 만한 실적을 올렸기에 그에 대한 보상을 받는 건데도 이상하게 그는 떨렸다.

그녀가 택시에서 내리는 모습이 보였다.

"검사님."

그녀가 평소와 다름없는 검정 정장 바지에 흰 블라우스 차림으로 그를 봤다. 뭘 기대한 건 아니지만 약간은 실망을 한 그였다.

"일찍 오셨네요, 여동생분은요?"

깜박 잊고 전화를 하지 않은 나무였다. 아니, 솔직히 하지 않았다는 게 훨씬 더 맞는 말이었다.

"임신 중이라……."

"아~ 그렇군요."

"우선 타세요."

"네?"

"저는 밥 안 사줍니까?"

"아뇨."

최 검사가 차에 오르자 수가 보기 전에 얼른 차를 돌린 나무였다. 여자들에게 수가 인기가 많은 것에 대해 그간 한 번도 신경을 쓴 적이 없었는데 최 검사에게 친절한 수를 보면 화가 났다.

"어디로 갈까요?"

나무의 말에 최 검사가 나무가 먹고 싶은 것을 사겠다고 했다.

"비싼 거 먹고 싶은데요?"

"괜찮아요. 드시고 싶은 거 아무거나 드세요."

나무는 평상시에는 서울을 벗어나는 걸 별로 좋아하지 않았지만 양평 쪽으로 차를 돌렸다. 그나마 산들이 많아 맑은 공기를 마음껏 마실 수 있어서 가끔 답답할 때면 이쪽으로 차를 몰고 오곤 했었다.

"너무 멀리 나왔나요?"

조용히 앉아 있는 최 검사에게 나무가 한마디를 던졌다.

"아니에요."

그녀의 대답은 언제나 단답형이었다. 한참을 운전 끝에 그들이 도착한 곳은 작은 산장이었다. 산채 비빔밥과 녹두전이 유명한 곳이었다.

"제가 육식이나 회를 그닥 즐기는 편이 아니어서요."

나무의 말에 최 검사가 처음으로 웃음을 터트렸다.

"보기에는 소도 잡아먹게 생기셨는데……."

"제가요? 아니에요. 제가 얼마나 여린 남잔데요."

"호호호, 유머 감각도 있으시고 새로운 모습이네요."

그녀는 철저하게 예의를 지키고 있었다. 마치 이런 부드러움으로 자신을 철저하게 방어하고 있는 모습이었다. 적당히 친절하게 말이다.

산장은 조용한 분위기로 사람들이 벅적거리지 않아 가끔 혼자 오더라도 편하게 있다가 가곤 했다. 오늘도 역시나 많은 사람들로 북적이지 않아 최 검사와 이야기를 나누기에는 딱 좋았다.

"여동생분은 입덧이 심하신가 봐요? 오늘 못 오신 걸 보면."

"입덧이 심하다기보다 신랑이 과잉보호를 하죠."

"아~"

최 검사가 알겠다는 듯이 고개를 끄덕였다.

"사실은 지난번에 부적을 새겨주신 것에 감사 인사를 하고 싶어서 뵙자고 했던 거예요."

"그럼 오늘은 제가 낀 거네요."

"아니에요. 이번 일에 나 형사님도 수고가 많으셨으니까 제가 저녁을 살 만하죠."

"눈칫밥은 아니니 다행이네요."

"네, 그러니 편하게 많이 드세요."

그러는 동안 산채정식이 그들 앞에 한 상 가득 차려졌다. 정말 그 뒤로 한마디의 말도 없이 그들은 자신의 앞에 있는 음식을 비우기에 바빴다. 그는 할 말을 못 찾아서 불안한 마음에 음식을 입으로 쑤셔 넣고 있었고 최 검사는 빨리 먹고 자리에서 일어나고 싶은 사람 같았다.

밥을 다 먹고 후식으로 차가 나와 차를 마셔도 아무런 말이 없는 그들이었다. 답답한 침묵은 그들이 밖으로 나와서도 계속 이어졌다.

"잘 먹었습니다."

"뭘요, 좋은 공기를 마실 수 있어서 제가 더 좋았습니다."

나무의 머릿속에는 수많은 말이 맴돌고 있었지만 뭐라 내뱉기에는 상황이 너무나 아니었다. 아니, 아직 그의 머릿속이 정리가되지 않았다는 게 맞을 것이다.

"저기 검사님, 여기 산책로가 괜찮은데 좀 걸을까요?"

"……."

그녀가 말없이 그의 뒤를 따랐다. 뭐가 이 여자를 이리도 차갑게 만들었는지 나무는 그게 너무나 궁금했다. 잘 정돈된 흙길을 따라 그들은 나란히 걸었다. 가로등도 없는 낮은 산길은 달빛이 전부였다. 하지만 숲의 내음이 지친 그들의 마음을 치유하고 있었다.

"어!"

그녀가 길가의 돌부리에 걸려 넘어질 뻔하자 그가 빠르게 그녀를 부축했다. 그리고 그녀의 손을 잡고 나머지 길을 걸었다. 그녀도 굳이 손을 빼지 않았다. 나무는 손에서 느껴지는 이 따뜻한 촉감이 너무나 좋았다. 오랜 시간 동안 너무나 그리워하던 감촉이었다. 300년 동안 그에게는 화연뿐이었다. 여자를 가까이 안 했던 건 다른 여인에게는 마음이 움직이지 않았기 때문이었다.

산책로에는 그들 이외의 사람이 없었다. 손에서 느껴지는 쿵쾅거림은 누구의 것인지 알 수가 없었다. 궁금했다. 갑자기 최 검사가 이렇게 고분고분한 이유도 또 그 자신의 느끼는 궁금증과 떨림도 왜 이렇게 자꾸 자신이 그녀를 생각하게 되는지도 너무나 궁금한 나무였다.

처음에는 단순히 끌리는 마음이었다면 지금은 이 여자에 대해 알고 싶었다. 손을 잡았을 때도 이렇게 두근거리는데 안으면 어떨지 입을 맞춘다면 좋을지 단순히 너무 오랜만에 만지는 여인의 보드라운 살과 달빛에 취해 이러는 건지 나무는 알고 싶었다. 나무는 최 검사에게 한 대 맞을 각오로 그녀를 당겨서 안았다. 놀란 최 검사가 몸을 빼려 하자 나무가 조용히 말했다.

"잠깐만 이대로 있어요. 나쁜 마음이 아니란 것 당신도 알잖아요. 그냥 내가 헷갈려서 그래요. 뭔지 잘 모르겠는데 내가 그냥 이러고 싶은 것 같아요. 나도 알아야겠어요."

그러자 정말 거짓말처럼 최 검사가 가만히 있었다. 그가 최 검사를 안았던 팔을 풀고는 그토록 벗기고 싶었던 안경을 얼굴에서 벗겨냈다.

"한 번 보고는 절대로 잊을 수가 없었어요. 이렇게 예뻤구나, 라는 놀라움이 나에게 가시지 않았으니까."

그녀가 똑바로 그를 응시했다. 부끄러움을 느낄 여자가 아니라는 걸 알았지만 이렇게 당당하게 그를 쳐다보니 오히려 그가 더 당황스러웠다.

"나 형사님, 안경……."

그가 고개를 숙여 그녀의 차가운 입술에 입을 맞추었다. 자신의 시선에도 아무렇지 않은 듯 보이는 그녀가 미운 마음에 좀 놀려주려는 의도로 그는 그녀의 입술을 훔쳤다.

이내 미안하다 사과를 하고 돌아설 생각이었지만 그녀의 촉촉한 입술에 자신의 입술이 닿은 순간 그는 그녀의 입술을 놓을 수가 없었다. 그녀가 그를 주먹으로 날려 버린다고 해도 그는 지금 최 검사의 입술을 놓을 수가 없었다. 최 검사도 뭐라 특별한 반응이 없었다. 지금은 그녀가 거부한다고 해도 그녀의 입술을 열고 싶었다.

그의 손이 그녀의 허리를 감싸 끌어당겼다. 그의 품에 쏙 들어오는 그녀의 가녀린 몸이 그를 자극시키고 있었다. 그가 혀를 이용해 그녀의 꼭 다문 입술을 열고 있었다. 아랫입술을 빨아들이고 혀로 그녀의 고른 치아를 쓸면서 그는 그녀가 입술을 열기를 기다렸다.

"아~"

신음 소리가 터지면서 그녀의 입이 열렸다. 그의 혀가 그녀의 입안을 점령했고 거부할 것이라고 생각했던 최 검사가 갑자기 그의 혀를 자신의 혀로 감으며 반응을 보였다. 너무나 황홀한 느낌이었다.

얼마나 오랜 세월 동안 여자를 잊고 살았던가. 그의 세포 하나하나가 최 검사의 매혹적인 키스에 살아나는 것 같았다. 서로의 입술에 얼마나 깊이 매혹이 되었는지 그들은 사람들이 올라오는 소리에 정신을 차리고 떨어졌다.

"내려갈까요?"

"네? 네."

당황한 최 검사는 말까지 더듬었다. 그녀의 이런 인간적인 모습이 너무나 사랑스러운 나무였다.

"저는 후회하지 않습니다. 다음에 또 만나도 전 이렇게 할 겁니다."

이렇게 말하고는 그녀의 손을 잡고 차로 돌아왔다. 서울에 도착할 동안 그는 최 검사의 손을 놓지 않았다. 사람을 미치게 만드는 그녀의 감촉도 놓기가 싫었고 참으로 오랜만에 두근거리는 자신의 심장 소리가 그는 참 좋았다.

"집이 어디죠?"

"아무 데나 내려주시면 택시 타고 갈게요."

"안 돼요. 너무 늦었어요."

여전히 새침한 그녀에게 처음으로 자신의 고집을 세운 나 형사였다.

"서초동 그린아파트요."

"네."

그린아파트. 낯설지 않은 이름이었다. 생각해 보니 경찰서 옆에 있는 아파트였다. 왜 그녀가 택시를 타겠다고 했는지 알 것 같았다. 괜히 아는 얼굴이라도 만나면 큰일이니까.

그녀의 아파트에 도착하자 제일 으슥한 장소에 차를 세운 나무였다.

"자, 이제 내리세요. 여기라면 보는 눈이 없을 겁니다. 제가 검찰이 아니라 경찰이라서 부끄러우신 모양인데 저 그렇게 하찮은 형사……."

그다음 말은 그녀의 입술에 의해 막혔다. 촉촉한 그녀의 혀가 그의 입안을 한번 배회하더니 그의 입술을 놓아주었다. 현란한 기술은 아니었지만 그를 바보로 만들기에는 충분했다.

"당신은 훌륭한 형사예요."

그렇게 그를 바보로 만들어놓고는 그녀는 차에서 내렸다. 머리가 멍해진 나무는 한참을 그렇게 앉아 있다가 차를 돌렸다.

집에 도착하자 수가 소파에 앉아 있었다.

"늦었네."

"응, 왜 안 쉬고."

"묘도 집에 없고 형도 없으니까 너무 조용해서 저놈의 약장은 진짜 도깨비가 들어 있는지 계속해서 움직이고 짜증나서."

"내일 가져다 버려."

"확 불살라 버릴까?"

그러자 열려 있던 약장의 서랍이 갑자기 닫혀졌다. 나무와 수가 서로의 얼굴을 보며 귀여운 도깨비의 장난에 웃음을 지었다.

"그럼 난 쉴래. 내일은 좀 늦게 나가려고."

"그래, 쉬어."

수가 그들의 베란다에 있는 정원으로 향했다. 복층구조의 그의 집은 100평이 넘었다. 그만큼 넓은 베란다에 숲처럼 정원을 가꾸어 그들이 나무와 물의 모습으로 돌아가 편하게 쉴 수 있게 잘 만들어져 있었다. 복층의 높이를 살려 그의 집에는 커다란 소나무가 두 그루 심어져 있었고 그가 소나무로 변할 수 있는 자리가 있었다. 그 밑으로 졸졸졸 흐르는 시냇물을 연출해 작은 숲을 보는 듯했다.

수가 천천히 들어가 흐르는 시냇물에 몸을 담그자 그의 몸이 물로 변했다. 그랬다. 그들은 낮에는 나무와 물의 모습으로 변해 에너지를 채우는 휴식을 취했고 밤에는 인간의 모습으로 살았다. 하지만 요즘은 이런 에너지의 보충을 쉬는 날에만 할 수 있어서 조금은 힘이 든 그들이었다.

이번에는 나무가 자신의 자리에 섰다. 발에서부터 뿌리가 내리더니 금방 그의 몸이 나무의 형태로 자리를 잡았다. 이렇게 나무가 될 때면 그는 예전에 아들에게 만들어주었던 그네가 생각이 나곤했다.

나무는 참으로 오랜만에 부인 화연을 생각했다. 매일매일 300년을 잠이 들기 전에 생각하던 여인은 화연이었다. 그 고운 자태와 그를 바라보던 사랑스러운 눈길을 그는 매일 잊지 않으려 기억하고 또 기억했다.

그의 마음은 망부석이 된 여인처럼 그렇게 화연을 향해 굳어 있었다. 하지만 최 검사를 만나서 참으로 오랜만에 여인에 대한 그리움과 떨림을 느낀 그였다. 그녀의 입술이 그의 사라진 줄만 알았던 남자의 모습을 살아나게 한 건 사실이었다.

그는 화연을 생각하자 죄책감이 들었다. 자신 때문에 목숨을 잃은 아내였다. 그날 여우령의 말대로 그냥 상관하지 말았으면 그는 화연과 아들 환이와 행복하게 살다가 죽었을지도 몰랐다.

"미안하오."

마지막 나무로 변하는 그의 얼굴에서 눈물이 흘러내렸다. 그는 잠든 동안이라도 그들의 꿈을 꾸었는데 오늘은 미안한 마음에 그들의 꿈조차도 꿀 수가 없을 것 같았다.

짚으로 덮인 그의 집이 밝은 햇살을 받아 누런 곡식이 익어가는 모습을 하고 있었다. 황토로 만든 집이어서 몹시 허름했지만 아내 화연의 야무진 살림 솜씨에 집 안은 반짝반짝 윤기가 흘렀다.

　"서방님, 오셨습니까?"

　어여쁜 둥근 어깨를 그가 감싸자 화연이 수줍게 미소를 지었다.

　"드시지오."

　너무나 그리운 방이었다. 예전의 모습 그대로인 방 안에 그녀와 그 둘뿐이었다. 그가 그녀의 손을 잡으려 하자 화연이 피했다.

　"왜, 이리도 수줍어하는 것이오."

　"아닙니다, 서방님."

　"내가 싫은 게 아니오?"

　"아닙니다."

　"그럼 무엇이오."

　"저는 이미 서방님의 곁을 떠난 몸입니다."

　"부인, 어이 그리 서운한 말을 하는 것이오."

　"이제 저를 놓아주십시오."

　그가 화연을 꼭 끌어안았다.

　"나는 부인의 곁에 평생 있을 것이오."

　"압니다. 하지만 이제 부디 저를 놓아주시어요."

　화연의 고운 얼굴이 눈물로 범벅이 되었다.

　"은애하오, 사랑하오."

하지만 그 말이 그의 마음에도 이제는 공허하게 들렸다.

"무엇이 이리도 부인을 힘들게 하는 것이오."

"서방님의 잘못이 아닙니다."

"부인."

"저와 환이의 죽음은 서방님의 잘못이 아닙니다."

"부인."

그의 눈에서도 눈물이 흘렀다.

"우리를 이제 그만 잊으십시오. 나쁜 것이 아닙니다. 저와 환이는 다시 당신의 곁을 찾을 것입니다. 저희를 찾아주십시오. 예전의 저희는 잊으시고 새로운 저희를 찾아주십시오."

"부인, 그것이 무슨 말이오. 새로운 부인을 찾으라니 도대체 무슨 말이란 말이오."

그는 화연을 품에서 놓을 수가 없었다. 꼭 끌어안고는 안 놓아주었지만 어느 사이엔가 그의 눈앞에 화연과 환이가 미소를 지으며 서 있었다.

"환아~"

아이가 그에게 큰절을 올렸다. 마치 이제는 다시 꿈에서조차 나타나지 않을 것처럼 그들은 그에게 작별의 절을 올렸다.

"가지 마시오, 부인."

그들이 미소를 지으며 손을 흔들며 저 멀리 구름 위로 사라지고 있었다.

"환아~ 아니 된다~"

그의 흐느낌이 가슴속에서부터 맺힌 그리움이 절절히 울리고 있었다.

"형!"

누군가 그의 몸을 흔들고 있었다. 정원 흙바닥에 누워 있는 그를 수가 흔들어 깨웠다. 눈물로 범벅이 된 얼굴에는 흙이 묻어 있었다. 한 번도 이런 모습의 형을 본 적이 없는 수가 걱정스럽게 나무를 바라보고 있었다.

"괜찮은 거야?"

"어억…… 억!"

나무는 가슴으로 울고 있었다.

"형……."

수가 나무를 일으켜 앉혔다. 그리고 나무의 등을 말없이 토닥여 주었다. 무슨 일이기에 이렇게 상남자를 가슴으로 울게 만들었는지 수는 너무나 궁금했지만 더 이상은 묻지 않고 그냥 나무 옆에 조용히 앉아 있었다.

잠시 후, 수가 갑자기 일어나더니 젖은 수건을 가지고 왔다.

"닦아."

눈물과 콧물이 범벅이 된 형을 보고만 있을 수는 없었다. 그가 수건을 받아 얼굴을 묻더니 더 크게 울었다.

"그래, 실컷 울어."

"이제 꿈에서도 화연이와 환이가 오지 않는다 한다."

그가 왜 그토록 서럽게 우는지 안 수는 그의 등을 토닥였다.

"이제 그만 죄책감에서 벗어나라는 형수님의 배려인 것 같아. 한번도 뵌 적은 없지만 형을 생각하시는 그분의 마음을 알 것 같아."

"나 같은 놈은 마음 편하게 살 자격도 없어."

"형, 형수와 조카의 마음을 좀 헤아려 봐. 300년 동안이나 죄인처럼 살았으면 된 것 아니야?"

"……."

"형이 이렇게 무너지는 모습을 그들은 원하지 않을 거야."

"이제 꿈에서조차 보지 못하면 어떻게 하지?"

"잊어."

"뭐?"

"잊으라고. 그래야 형수도 극락에 가서 형을 기다릴 것 아니야."

"……."

태양이 떠오르고 있었다. 어찌나 수줍게 고개를 드는지 마주하는 사람도 똑바로 볼 수가 없었다.

"형 때문에 제대로 자지도 못했어. 어찌나 소릴 질러대는지……."

"내가?"

"그래, 난 조금 더 쉴 테니까 소리 지를 거면 소파에서 쉬라고."

그러면서 다시 그는 물로 변신해서 인공 시냇물과 하나가 되었다. 수의 따뜻한 위로에 힘을 얻은 나무는 샤워를 하기 위해 욕실로 들어갔다. 새로운 기분으로 하루를 시작하고 싶었다. 꿈에서나마 그의 죄책감을 덜어주려 했던 아내에게 다시 한 번 고마움을 느낀 그였다.

차가운 물줄기가 그의 조각 같은 몸 위로 흘러내리고 있었다. 그가 정신을 집중하자 몸을 타고 내려가던 물줄기가 그의 발에서 흡수가 되고 있었다.

그러자 그의 몸에서 초록색 빛이 강하게 났다. 마치 에너지가 생성이 되는 듯했다. 예전에는 이런 적이 없었는데 산천지령을 나무에 가둔 후로는 이렇게 샤워를 하고 나면 몸의 상처가 초록색의 빛과 함께 사라졌다. 그에게 특별한 능력이 진화해서 생긴 것 같았다.

샤워를 마친 그는 소파에 앉아 햇살이 비치는 창을 보았다. 소나무 사이로 보이는 도심의 건물들이 극과 극을 이루고 있었다. 이렇게 해가 뜨고 해가 지기를 반복하다 보면 언젠가 그들을 다시 만날 수 있는 날이 올 것이다.

"화연아, 환아. 너희들이 바라는 것처럼 너희들을 잊고 행복하기는 힘들겠지만 너희들을 간직한 채 행복해 보도록 노력해 볼게."

그의 입가에 희미한 미소가 걸렸다. 새로운 자신들을 찾으라는 얘기가 무엇인지는 정확히는 모르겠지만 지난번 산천지령도 묘에게 호가 인생의 반려라고 얘기했을 때 수와 자신에게는 지난 인연이 기다리면 다시 곁으로 온다고 말했었다. 화연이 환생을 해서 자신에게 찾아오겠다는 얘기였다. 과연 그렇다면 그는 너무나 행복할 것 같았다.

혹시 그게 최 검사라면 얼마나 좋을까, 라는 생각이 들었다. 그렇게 최 검사가 화연의 환생이라면 그는 화연이 꿈속에서 말한 것처럼 행복해질 수 있을 것 같았다.

제5장 **나무, 흔들리다**

최 반장의 인상이 말도 못하게 구겨져 있었다. 무슨 일이냐고 안 물어봐도 뻔한 일이었다. 자기보다 새파랗게 어린놈이 경찰대를 나왔다고 벌써 서장 자리를 꿰차고 들어와서 반말 짓걸이를 해대니 아무리 상관이라지만 기분 나쁜 것은 어절 수 없는 노릇이었다.

"오늘은 더 분위기가 안 좋은데."

이 형사의 얘기에 김 형사가 언뜻 눈치를 살피더니 작은 소리로 말했다. 동기인 둘은 단짝 친구였다.

"이번에 나무 형이 수사한 마약 사건, 검찰에게 빼앗겼나 봐."

"뭐?"

그가 수사를 하다가 12령 사건으로 검찰에 다녀오는 동안 그 사건을 검찰의 마약반에서 해결한 모양이었다. 나무는 옆에서 모르는 척 둘의 얘기를 듣고 있었다.

"밥상 다 차려놓고 그것도 서초동에 근거지가 있는 놈들을 빼앗겼으니 서장이 열 받을 만한데."

"그런데?"

"문제는 최 반장님을 모든 부서장들 회의 시간에 사정없이 망신을 줬나 봐 그것도 반말로."

"미친 거 아니야? 그 새끼, 나랑 나이가 비슷하지?"

"말조심해. 낮말은 새가 듣고 밤말은 쥐가 듣는다고 했어."

"아무리 그래도 그렇지 아버지뻘 되는 양반한테 그러면 안 되지."

최 반장은 다섯 아이를 가르치느라 정년이 다 되는 나이에도 꿋꿋하게 일을 하시는 놀라운 가장이었다. 열정적인 형사는 아니셨지만 우직한 공무원은 맞았다. 그리고 좋은 상사였다.

나무는 고개를 들어 화를 참고 있는 반장의 얼굴을 물끄러미 보다가 자리에서 일어섰다.

탁!

나무가 반장의 책상에 손을 집었다. 놀란 최 반장이 나무를 쳐다보았다.

"반장님, 오늘 비도 오고 기분도 꿀꿀한데 소주나 한잔하시죠?"

"뭐?"

"소주 한잔 제가 산다고요."

"……."

"싫으면 말고."

"내가 언제 싫다고 했어?"

툴툴거리며 말은 하지만 진짜로 술이 땡기는 모양이었다.

"아니, 빨리 말씀을 하셔야 알 것 아니에요."

"에이, 징그런 놈."

"이따 봐요. 노인네가 성질머리하고는."

나무가 성질을 버럭 내더니 바깥으로 나갔다. 둘의 싸움을 동료들은 웃으며 보았다. 둘만의 애정표현이었다. 나무가 사라지자 최 반장이 얼굴에 미소가 피어올랐다가 사라졌다.

"김 형사, 조서 아직 안 끝났어?"

"5분 후에 끝납니다."

"이 형사, 너는 국과수에서 넘어온 파일 언제 줄 거야?"

"지금요."

이 형사가 최 반장 눈치를 보며 못 전한 파일을 잽싸게 들고 갔다. 최 반장의 기분은 여전히 다운되어 있었지만 나무 덕분에 다들 조금은 숨을 쉴 수가 있게 되었다.

"건배!"

나무는 최 반장과 마주 앉아 주거니 받거니 소주잔을 기울이고 있었다.

"요즘 뭐 안 좋은 일이라도 있으십니까?"

"아니."

"나 참, 솔직히 말을 하시면 속은 후련하지 않습니까."

"와이프가 집을 나갔어."

"네?"

충격적인 얘기였다. 아이를 다섯이나 낳은 금실 좋은 부부가 그 것도 죽을 때가 다 된 나이에 이해가 되질 않았다.

"자기가 집에 있으면 딸내미한테 안 좋다고."

"왜요?"

"그냥 그런 게 있어."

"저랑 최 반장님이랑 알고 지낸 지가 15년이 넘어요."

"그렇지. 참 그때나 지금이나 자네의 얼굴은 변한 게 없어."

"제가 워낙 잘생기지 않았습니까."

"그렇지. 잘생긴 건 사실이지. 그래도 안 변하는 걸 보면 신기해."

"엉뚱한 얘기 하지 마시고 얘기를 하세요. 그래야 사모님을 찾아오든 하죠."

"우리 마누라가 무당이야."

"네?"

"그래서 한번도 우리 집으로 사람들을 초대한 적이 없네."

"……."

요즘 들어 무당 얘기를 많이 듣는 나무였다.

"내가 창피한 게 아니라 집사람이 나한테 피해가 갈까 봐 사람들을 못 데려오게 했지. 그래서 우리 집 아이들은 돌잔치도 안 했어."

"별게 다 창피하십니다. 직업에 귀천이 어딨다고."

"우리는 금실이 좋아. 난 아직도 우리 집사람이 예뻐."

"지금 노총각 염장 지르십니까?"

"그래."

나무가 화가 난 척하며 소주잔을 입에 털어 넣었다. 최 반장이 나무의 빈 잔에 술을 따랐다.

"그런데 왜 집을 나가셨습니까?"

"장모님이 계시는 계룡산에 들어갔네."

"……."

"딸 하나 있는 거 이제 겨우 직장에서 자리를 잡고 잘 견디나 했는데 그 아이의 눈에 귀신이 보이나 보더군. 그럼 내림굿을 받아야 하는데 그 꼴을 못 보겠는 거지. 자기로 끝을 맺고 싶어해."

"그래서요?"

"백 일 동안 산기도 들어갔어."

"그 말로만 듣던 석 달 열흘이네요."

"말이 백일기도지 언제 올지 몰라."

악순환이었다. 얼마나 자신의 운명이 싫으면 사랑하는 가족을 두고 집을 나가셨을까 하는 생각이 들었다.

"서장 때문에 화가 난 게 아니었구만."

"그 좀만 한 놈은 생각할 가치도 없어."

"오호~"

"왜, 멋지지 않냐?"

"멋져요."

나무가 엄지손가락을 척하고 들어 올렸다. 그리고는 잔을 들어 올렸다.

"멋진 최 반장님을 위하여 건배."

"그래, 건배다."

말이 꼬여가는 것이 슬슬 취기가 올라오시는 것 같았다. 나무는 술에 취하지 않았다. 조금 쓴 물을 마시는 느낌이었다.

"한 병 더!"

"그만 드시죠?"

"싫다. 오늘은 네가 사니까 더 마실 거야. 너야 돈 많으니까."

"네 네, 더 드십시오."

그냥 오늘은 앞의 영감의 비위를 맞춰주고 싶었다. 사람 좋은 게 흠이라면 흠인 반장님의 속이 이렇게 안팎으로 타들어가는 줄 몰랐었다.

"휴가 좀 내시고 계룡산 좀 다녀오시죠."

"싫어."

"왜요?"

"거기 가면 안 돌아올 것 같아."

"그럼 제가 아쉬워서 안 되고, 그냥 며칠 다녀오세요."

"싫어. 아들 두 녀석 대학만 졸업시키면 그만둘 거야. 지긋지긋하다. 지금 딸내미가 자기가 알아서 한다고 그만두라고는 하는데 그건 큰애한테 못할 일이고."

"몇 학년이죠?"

"막내가 2학년, 그리고 졸업반이야."

"그럼 3년만 버티시면 되겠네요."

"스물에 결혼해서 큰놈 바로 낳고 지금까지 30년을 넘게 앞만 보고 살아왔지. 쉴 때도 됐지만 이것들 시집 장가갈 때 또 손님들이 있어야 하지 않겠나? 돌잔치도 못한 불쌍한 것들인데……."

그의 눈가에 이슬이 맺혔다.

"반장님, 자식들은 좋을 것 같습니다. 훌륭한 아버지를 둬서."

"그렇게 보이나?"

"네."

"마음에 들었어."

그의 혀가 점점 더 꼬여가고 이제는 눈도 풀려가고 있었다.

"감사합니다."

쾅!

최 반장님이 술에 취해 머리를 테이블에 박았다.

"반장님!"

흔들어 깨워도 까딱하지 않고 블랙아웃이 된 상태였다.

"반장님, 일어나세요."

"……."

"반장님, 집이 어디세요?"

아무리 흔들어 깨워도 소용이 없었다.

"아이고, 진짜!"

나무는 그를 업고는 자신의 차에 태웠다. 그는 술을 아무리 먹어도 음주 측정에 걸리지 않았다. 그의 몸이 분해를 해버려 술이 아닌 물이 되어버리기 때문이었다.

"어디 좀 봅시다."

나무는 그의 핸드폰을 주머니에서 꺼냈다.

"아니, 스마트폰으로 바꾸지 2G가 뭡니까?"

그의 폰에 폴더를 열고 무조건 1을 누르자 젊은 남자가 전화를 받았다.

"여보세요?"

[네.]

"거기가 최 반장님 댁인가요?"

[그런데요.]

"저는 최 반장님과 같이 근무를 하는 사람인데요. 너무 취하셔서 댁으로 모셔다 드리려고요. 댁이 어디시죠?"

아들인 것 같은 남자는 죄송하다며 모시러 온다고 말했지만 나무는 이왕 차에 탔으니 모셔다 드린다고 끝까지 고집을 부렸다. 왠지 최 반장님 사는 모습이 궁금했다.

"네? 그린아파트 앞입니다. 근처예요. 306동 106호라구요?"

그는 전화를 끊고 그린아파트로 향했다. 최 검사의 또 다른 모습에 놀랐던 곳이기도 했다. 그는 머리를 흔들었다. 화연이 꿈에 나타난 후로 최 검사를 생각하는 나무의 생각이 조금 더 복잡해졌다.

그녀가 내심 화연의 환생이기를 바랐지만 눈을 씻고 봐도 둘의 공통점은 그 어디에도 없었다. 그냥 꿈일 뿐인가, 라는 생각이 드는 건 어쩌면 당연한 일일지도 몰랐다.

"자, 반장님. 도착했습니다."

나무는 최 반장을 너무나 쉽게 업고는 그의 아파트까지 갔다.

딩동!

문이 열리고 아들이 아버지를 받으러 나왔다.

"어이, 비켜. 아버지 방은 어디지?"

"아니, 그게……."

"동혁아~ 아빠 방에 눕혀 드려."

나무는 거실에 반장님을 업고는 우두커니 서 있었다. 그가 지금

취해서 헛것을 보고 있지 않다면 최 검사가 짧은 반바지에 박스티를 입고 머리를 똥머리로 묶고 서 있었다. 놀란 건 그만이 아닌 것 같았다.

"나 형사님!"

"최 검사님?"

"우선은 아버지를 방으로……."

"네."

그는 반장님의 방으로 들어가 침대에 눕혀 드렸다. 그러자 최 검사가 아버지의 옷을 벗겨 드리고 양말도 벗겨 드렸다.

"감사합니다."

최 검사의 말에 나무는 넋을 놓고 그녀를 보고 있었다. 그날 이후로 처음 보는 것이었다.

"이렇게 취할 정도로 드시질 않는데 오늘 무슨 일 있었나요?"

"뭐, 맨날 버릇없는 젊은 서장 때문이죠 뭐. 막냇동생인가 봐요?"

"동혁아, 인사드려. 이쪽은 나 형사님."

고개를 숙여 인사를 하고는 막내는 자신의 방으로 들어갔다.

"커피라도 드실래요?"

"감사하죠."

다른 여자는 생각하지 말자던 경계심이 그녀를 보는 순간 또다시 흔들리고 말았다. 커피를 준비하는 그녀의 뒷모습을 자신도 모르게 보고 있는 나무였다. 언제나 답답한 검은 정장으로 몸을 가리고 있어서 몰랐지만 지금 짧은 반바지 아래로 보이는 그녀의 미끈한 다리가 그의 눈을 사로잡았다. 그녀가 머그잔에 커피를 담아 그의 앞에 내밀었다.

"집에 손님이 오시는 편이 아니라서 예쁜 잔이 없네요."

"아닙니다."

"오늘 감사했어요. 아빠가 요즘 컨디션이 많이 안 좋으세요."

"어머님이 그리우신 것 같던데……."

"두 분이 사이가 너무 좋으시거든요."

그녀의 표정이 또 어두워졌다.

"최 검사님은 왜 그렇게 차가우신 겁니까?"

그의 단도직입적인 질문에 최 검사가 당황한 것 같았다. 불쑥 자신도 모르게 튀어나온 말에 나무도 조금은 당황했다. 이 여자 앞에서는 이상하게 자꾸 생각지도 않은 말이나 행동이 나갔다.

"제가 나 형사님께 차가웠나요?"

오늘도 나무의 의지와 상관없이 그의 세 치 혀가 자기 마음대로 말을 하고 있었다. 이미 엎질러진 물이요, 떠나간 기차였다.

"네."

"아마도 외부 사람들과 사건 이외의 사적인 관계를 갖고 있지 않기 때문에 그렇게 보일 수도 있겠네요."

"제가 싫은 건 아니고요?"

점점 일이 꼬여가고 있었다. 지난번 양평에서도 그러더니 오늘은 더 가관이 되어가고 있었다. 싫으냐니, 이제는 완전히 대놓고 관심이 있다고 말하는 나무였다. 자존심은 사라진 지 오래인 것 같았다.

"저는 남자친구를 만들고 싶지 않습니다. 특히 심각한 관계를 맺는 건 더욱 싫습니다."

"도 닦으십니까?"

깊은 키스까지 한 이 마당에 남자가 싫다니 이 여자 밀당의 고수거나 원나잇만을 원하는 이상한 여자로 보이자 화가 난 나무는 아무 말이나 막 던졌다.

"네?"

"농담입니다."

나무는 이 여자의 한마디 한마디에 반응을 하는 자신이 싫었다.

"그냥 그럴 수만 있다면 혼자 살고 싶어요."

최 검사는 점점 더 진지해지고 있었다. 아무래도 지난번의 일이 신경이 쓰이는지 자신은 그날 일이 아무렇지 않은 일이고 남자에게는 관심이 없다는 걸 말해주고 싶은 것 같았다.

"독신주의자셨습니까? 왜요?"

나무는 은근히 그녀가 혼자 살고 싶다고 말한 게 실망스러웠다.

"저는 자식을 낳고 싶지 않습니다."

"네?"

그녀의 대답이 몹시도 당황스러운 나무였다.

"왜요?"

"무당의 피를 물려주고 싶지 않아서요. 엄마는 저를 위해 산에 들어가셨지만 저는 저를 낳으신 것 자체가 잘못이라고 생각했어요."

"……."

"서로가 고통스러운 거죠."

"무당이 안 되면 되죠."

"그건 일반 사람들은 모르는 또 다른 문제예요."

"귀신을 본다는 게 잘못된 건 아니지 않습니까?"

"그들은 자신만을 섬기기를 원하죠."

그 말이 맞았다. 자신만을 섬기기를 바라는 탓에 무당들의 삶이 순탄치 않다는 건 그도 오랜 세월을 거치면서 알고 있었다.

"무엇이 그렇게 최 검사님을 괴롭히는지 알고 싶습니다."

"저는 동자신이 들어오려고 하죠."

"그런데요."

"다른 건 문제가 없지만 요새 들어 저를 많이 괴롭히죠. 그래서 엄마가 대신 신을 받기 위해 산으로 가셨지만 엄마에게는 이미 모시는 신이 있잖아요. 쉬운 일이 아니죠."

"우리 묘에게 상의를 해보는 게 어떨까요?"

묘도 귀신을 보는 능력이 있었다. 그가 무엇 때문에 그녀의 곁에 있는지 알면 해결이 될 듯했다.

"지난번에 부적을 해주신 뒤에는 효과가 조금 있는 듯해서 저녁을 먹으면서 물어보려고 했었어요."

그녀가 밥을 사겠다는 진짜 이유는 묘를 만나기 위해서였다. 그럼 그의 키스를 받아준 것도 감사의 표시였단 말인가? 점점 마음이 복잡해지는 나무였다.

"내일 제가 모시러 가겠습니다."

"내일요?"

"네, 묘는 지금 집에서 휴식 중이거든요."

"감사합니다."

"이제 돌아가 보겠습니다."

"……."

그가 나가자 그녀가 그의 뒤를 쫓아 나왔다.

"들어가세요. 늦었습니다."

"오늘 감사했어요."

이쯤해서 그녀를 놓아야만 했다. 혼자서 들떠서 좋아하고 화연에게 죄책감까지 들어 했지만 정작 최 검사는 자신을 아무렇지도 않게 생각한 것이다. 하지만 그런 마음도 잠시, 돌아서 가는 그녀의 뒷모습이 몹시도 외로워 보였다. 가녀린 그녀였다. 언제나 차가웠던 이유가 자신과 같은 아이를 낳지 않기 위해서란다. 갑자기 나무는 그녀의 그런 모습이 너무나 불쌍했다.

"최 검사님!"

그녀가 뒤를 돌아보는 동안 어느새 나무가 그녀를 뒤에서 안았다. 그의 갑작스러운 행동에 최 검사의 몸이 굳었다.

"나 형사님."

여기는 그녀가 사는 아파트의 앞이었다. 혹시나 지나가는 사람들이 그녀를 볼 수도 있었지만 지금 나무는 그런 배려를 하고 싶지 않았다.

"그냥 아무 말 마십시오."

그의 커다란 품에 쏙 들어오는 그녀의 가녀린 몸이 좋았고 그의 단단함과 대조가 되는 그녀의 말랑함이 좋았다. 그녀의 독설과 차가움 속의 외로움도 좋았고 가족을 생각하는 그녀의 따뜻함도 좋았다.

최 검사도 아무런 말 없이 그의 품에 안겨 있었다. 처음에 긴장으로 굳어 있던 그녀의 몸이 서서히 그에게 기울고 있었다.

"다 혼자서 지고 가지 말았으면 좋겠습니다. 제가 돕겠습니다."

"나 형사님."

"주제넘는 말이라는 건 알지만 지금은 돕고 싶습니다."

"……."

그가 그녀를 돌려세워 자신을 바라보게 만들었다. 그리고 여전히 차가운 표정의 그녀의 얼굴을 쓰다듬었다.

"전, 당신이 뭘 보든 뭘 하든 상관없이 요즘 당신 때문에 흔들리는 게 마음에 들지 않지만 이런 내 마음과는 별개로 묘와 함께 당신을 도울 겁니다."

이번에는 그녀가 그의 얼굴을 잡았다. 그리고 알 수 없는 슬픈 얼굴로 그의 입술에 자신의 입술을 포개었다. 그녀의 갑작스러운 행동에 그가 움찔했다. 이번에는 그녀가 먼저 그의 입술을 훔쳤다. 그가 한 행동이 아니었다. 하지만 그를 홀리는 그녀의 입술의 감촉이 또 한 번 그를 흔들고 있었다.

그녀의 입맞춤이 성에 안 찬 그가 그녀의 허리를 강하게 끌어당겼다. 그리고 주차된 차이로 그녀를 끌고 들어갔다. 조명도 없고 사람들의 시선도 느낄 수 없는 으슥한 곳에 그들 둘이 있었다.

그는 다급한 마음에 그의 이가 그녀의 입술을 찢은 줄도 모르고 파죽지세의 맹공격을 퍼붓고 있었다. 혀가 얽히고 서로의 타액이 오가는 깊은 키스에 빠져 그는 이곳이 밖이라는 사실도 잊고 있었다.

그녀의 팔이 나무의 목을 감았다. 사람을 미치게 할 줄 아는 여자였다. 절대로 빼는 것 없이 그의 욕구를 받아들이고 자신의 욕구를 표현함에도 주저함이 없는 여자였다. 서로에게 강하게 끌리고 있음을 나무는 몸으로 느끼고 있었다. 달콤한 키스가 점점 더 진하게 바뀌고 있었다.

이 순간 나무는 이곳이 바깥이라는 것도 잊은 채 그녀의 헐렁한 박스티 사이로 자신의 손을 넣어 그녀의 풍만한 가슴을 만졌다.

세상을 다 얻은 듯 기분이 좋았다. 그의 페니스가 요즘 자주 고개를 들고 있었다. 300년 동안이나 제대로 사용하지 않던 물건인데 요즘은 자신의 존재를 너무나 잘 드러내고 있었다.

이 상태로 계속하다가는 최 검사를 길바닥에서 가질 것 같았다. 그가 있는 자제력을 모두 끌어모아 그녀의 팔을 풀었다.

"오늘은 여기까지."

그의 목소리가 잠겨 있었다.

"……."

욕망으로 검게 물들었던 최 검사의 짙은 눈빛이 자존심이 상했는지 순식간에 원상 복구가 되었다. 실로 놀라운 속도였다. 그녀가 몸을 돌려 가려고 하자 나무가 최 검사를 돌려세웠다.

"똑똑한 사람이 눈치가 너무 없군요."

"뭐라고요?"

진짜로 화가 난 최 검사를 나무가 끌어안았다.

"놔요. 내가 매번 당신에게 반응하니까 내가 우스워요?"

예상외의 그녀의 대답에 나무는 당황했다. 오히려 그가 하고 싶은 말이었다. 나무에게서 빠져나가려고 버둥거리며 있는 최 검사의 손을 잡아 자신의 페니스에 가져다 댔다.

"이래도 모르겠어요?"

"……."

"화는 내가 나서 죽을 것 같다고요. 갖고 싶어 죽겠는데 여기는 밖이고 그렇다고 지금 보쌈을 해서 데리고 갈 수도 없고."

버둥거리던 최 검사가 조용해졌다.

"가봐야겠어요. 창피해서 죽을 것 같으니까."

그렇게 솔직한 마음을 화를 내며 말한 나무가 최 검사를 두고 자신의 차로 성큼성큼 걸어갔다. 여기서 뒤를 돌아보면 정말로 그녀를 보쌈할 것 같다는 생각이 들었다.

그의 뒷모습을 보며 봄은 미소를 지었다. 그는 기억하지 못하는 것 같았지만 그녀가 처음 살인 사건을 맞아 현장조사를 간 날 그녀는 나무를 보았다. 첫눈에 반한 남자였다. 뒷모습도 어쩜 저렇게 남자다울까 라는 생각이 들었다. 아직도 그녀의 손에는 단단했던 그의 페니스의 감촉이 그대로 남아 있었다.

당황스럽기는 했지만 흥분도 되었었다. 그와의 키스는 이상하게 그녀를 자극했다. 살면서 키스 한번 안 해봤다면 그건 새빨간 거짓말이겠지만 이렇게 자신의 욕망을 부채질하는 키스는 그녀의 몇 번 안 되는 키스 경험 중에도 처음이었다.

아직도 간질간질한 입술을 만지며 그녀는 그를 처음 본 날을 떠올렸다. 검찰청에 처음 발령을 받아 아무것도 모르는 그녀에게 따뜻한 시선을 주는 사람은 아무도 없었다. 그렇게 그녀의 사회생활의 첫발은 녹록지 않았다. 사람들은 도와주기는커녕 잘난 검사가 얼마나 잘 버티는지 구경을 하고 있었다.

그녀는 첫 사건으로 살인 사건을 맡게 되었다. 바람을 피운 내연녀를 죽인 60대 남자의 사건이었다. 치정살인이 대체적으로 그렇듯이 여자를 칼로 난도질한 사건이었다.

시체를 직접 확인을 하러 사건 현장에 갔을 때 그녀는 처음으로 사람들이 있는 공간에서 혼령을 보았다. 죽은 여자가 그녀에게 뭔가를 말하려고 다가왔을 때 그녀는 너무나 놀랐었다. 마치 영화 식스센스의 주인공이 된 느낌이었다.

"어엇!"

혼령이 그녀에게 다가오자 그녀는 뒤로 나자빠졌었다. 하지만 그 사실을 알 리 없는 사람들은 풋내기 검사가 시체를 보고 기겁을 하는 줄 알고 모두들 그녀를 비웃었다.

"검사님, 이제 매일 이런 시체하고 사셔야 할 텐데 벌써부터 이렇게 약한 모습을 보이시면 힘듭니다."

누구보다 그녀의 팀원들은 여자 검사를 달가워하지 않았다. 남자들은 술이라도 한잔하면서 서로의 애로 사항을 풀어갈 수가 있는데 여자 검사들은 그게 아니었다. 그때였다. 아무도 그녀를 도와주지 않은 그때에 누군가 그녀를 일으켜 세워주었다.

"신참인가?"

그의 등장에 살인 사건 현장이 갑자기 밝아진 것 같았다. 큰 키에 잘생긴 얼굴을 한 남자가 그녀를 신참 형사로 본 모양이었다.

"뭐든 처음은 힘들지. 차츰 보다 보면 익숙해질 거야. 어느 부서지?"

"네?"

"어디 소속이냐고."

남자의 잘생긴 얼굴에 미소가 떠올랐다. 그녀의 심장이 두근거렸다. 그런데 신기하게 아까까지 그녀를 보고 뭐라고 말을 하려던 여인의 혼령이 어디론가 사라져 버렸다.

"어, 저기……."

신기한 듯이 주위를 두리번거리다 자신을 소개하려고 하던 그때 누군가 뒤에서 남자를 불렀다.

"어, 가. 그럼 다음에."

남자가 인사를 하더니 사라졌다.

"최 검사님!"

"네."

"이만하면 증거랑 현장 사진은 다 된 것 같은데요."

"네. 그런데 아까 제 옆에 계셨던 분은 누구세요?"

"아, 나무 형사요."

"나무?"

"네, 그래서 모두들 나 형사라고 부르죠. 잘생긴데다가 일처리도 훌륭하죠."

24살의 검사는 모르는 것이 너무나 많았다. 22살에 최연소 사시 합격에 2년의 연수원 생활이 그녀의 사회생활의 전부였다. 검사 임용 후에 첫 사건이 살인 사건인 것까지도 그녀는 좋았다. 평소에 겁이 없기로 유명한 그녀였기 때문이다. 하지만 지금의 상황은 달랐다.

그녀는 지금 처음으로 혼령과 마주하고 있었다. 남들이 그녀를 어리바리하게 본다고 해도 지금 그녀는 놀랄 수밖에 없는 상황이었다. 혼령의 모습 또한 시체와 별반 차이가 없이 피를 뚝뚝 흘리고 있었다. 무서웠다. 하지만 신기하게도 나 형사가 왔다 간 다음에 그녀의 눈에는 그 무서운 혼령이 사라졌다. 그때부터 최 검사는 나 형사를 부적과 같은 의미로 생각하기 시작했다.

하지만 그는 형사였고 검찰을 혐오하는지 자신을 보면 항상 화만 냈다. 첫날의 좋은 인상은 날이 갈수록 부딪치면 부딪칠수록 그녀에게는 상처만 되었다.

그러나 요 근래에 그의 태도가 많이 변했다. 그 이유는 알 수가 없었지만 항상 가슴속에 그를 품어온 그녀에게는 지금 이 순간순간이 너무나 행복했다. 나 형사와의 관계가 결혼까지 가지 않을 수만 있다면 당분간은 그냥 편하게 만나고 싶었다.

"아이는 안 돼."

자신의 아이에게 귀신을 보는 눈을 물려주고 싶지 않았다. 차라리 안 낳는다면 엄마처럼 팔자를 대물림해 준다고 걱정을 하며 산 기도를 다닐 필요도 없고 혼령들에게 시달릴 이유도 없었다.

그녀가 나무에게 끌리는 건 어쩔 수 없는 일이지만 결혼과 아이는 안 될 말이었다. 하지만 시작도 하지 않고 포기하기에는 그녀는 이미 마음 깊이 그를 사랑하고 있었다. 그녀의 첫사랑이자 부적과도 같은 나무를 놓치고 싶지 않았다.

첫눈에 그를 보고 반한 후부터는 까칠하고 깐깐한 검사의 이미지로 그를 무조건 밀어내려고만 했다. 그녀의 몸을 노리는 동자신이 그녀가 좋아하는 남자를 해할 것이라는 걸 엄마나 할머니를 통해 들어서 알았기 때문에 그녀는 처음에 나무를 밀어냈었다. 하지만 그와 있을 때는 이상하게 동자신도 그녀의 근처에 오지 않았다.

지금은 그냥 육체적으로 그가 그녀에게 끌린다면 그걸로 그의 곁에 있을 수만 있다면 그녀는 만족했다.

"나 형사님."

그가 뒤도 안 돌아보고는 차를 타고 떠났지만 봄은 한참을 그자리에 서 있었다. 차가운 최 검사가 6년 동안 자신을 짝사랑했다는 걸 알면 아마도 뒤로 넘어갈 것이다. 봄의 얼굴에 미소가 그려졌다.

나무는 도저히 운전에 집중을 할 수가 없어 아파트를 나오자마자 길가에 차를 세우고는 핸들에 머리를 박고 그렇게 한참을 있었다.

"미쳤어."

미친 게 분명했다. 아무리 화가 났어도 그녀의 손에 자신의 페니스를 쥐어주다니 미친 게 아니라면 달리 설명할 방법이 없었다. 최 검사의 새로운 모습이 자꾸 나무를 흔들고 있었다. 아름답기도 했지만 알 수 없는 끌림이 있었다.

망사나 가터벨트를 하고 고혹적으로 그를 유혹한 것도 아니고 달랑 반바지와 박스티에 그는 온 마음이 흔들렸다. 쭉 뻗은 하얗고 가는 다리를 만지고 싶어 그는 손이 근질거렸다. 이 정도면 거의 중증이었다. 아니, 싸가지 없고 차가움이라면 시베리아 벌판보다도 더한 최봄 검사가 하루아침에 나무의 눈에는 섹시 아이콘이 되어버렸다.

빵! 빵!

자신도 모르게 핸들에 머리를 박고 있는 나무였다.

"미쳤어, 미쳤다고. 넌 유부남이야."

300년 전에 그는 상처(喪妻)를 했다. 엄밀히 그는 유부남이 아닌 아주 오래된 싱글남이었다.

"아니, 또 왜 하필 최 반장 딸이냐고."

미치고 팔짝 뛸 노릇이었다. 잘난 검사 딸이 형사 나부랭이랑 만나는 게 누구보다 싫을 사람이 최 반장일 것이다.

"아이고, 반장님."

빵! 빵!

나무는 또 핸들에 머리를 박았다. 머리가 복잡했다. 하지만 지금은 혼령들 때문에 힘든 최 검사의 일을 해결해 주는 것이 급선무였다. 어머니까지 최 검사의 문제로 집을 나간 상황에서 나무가 최 검사가 좋다고 덤빈다면 최 반장은 아마 그를 가만히 안 둘 것이다.

"이게 무슨 일이지?"

인정하기는 싫었지만 지금 최 검사가 그의 마음에 조금씩 들어오고 있었다. 예전에 화연을 생각하면 미소가 떠올랐던 것처럼 그는 지금 최봄이라는 여자를 떠올리며 미소를 짓고 있었다.

나무는 다시 차의 시동을 걸었다. 300년 만에 처음으로 마음 가는 대로 한번 해볼 생각이었다. 마음이 시키는 대로 가다 보면 언젠가는 길이 분명히 보일 것이라는 게 지금 그의 생각이었다.

오랜 세월을 살다 보니 시간이 해결해 줄 수 있는 일이 있다는 걸 누구보다도 잘 아는 나무였다. 사랑이라고 단정 짓기에는 좀 복잡하지만 지금은 그냥 편하게 한번 끝까지 가볼 생각이었다.

제6장 마음 가는 대로

커피 한 잔이 절실히 필요한 때였다. 어제 나 형사와의 일로 뜬 눈으로 밤을 새우다시피 한 최 검사는 컨디션이 최악이었다.

딸깍.

자판기에서 밀크 커피를 빼고는 그대로 자판기에 기대섰다.

"후~!"

머리가 복잡했다. 오랜만에 남자를 만나니 그녀의 생활이 엉망이었다. 요즘 그를 생각하느라 밤을 새우기 일쑤였고 다음날은 피곤했다.

휴게실에는 그녀뿐이었다. 이렇게 복잡할 때 다른 검사들이 들어오면 오히려 방해가 되었기에 이렇게 혼자 휴게실에 있을 때가 제일 좋았다. 극히 드문 일이었지만 앞에 의자에 앉아 커피를 한 모금 마시고 눈을 감았다. 더 쉬고 싶었지만 10분만 쉬다가 들어가야 했다. 사건 파일이 넘쳐 나고 있었다. 빨리 처리를 하지 않으면 기하급수적으로 쌓이기 때문이었다.

"언제쯤 푹 자보려나."

눈을 감자마자 그녀는 한기를 느꼈다. 뭔가 싸한 느낌이 그녀를 감싸고 있었다. 이럴 때면 항상 그녀는 혼령을 보곤 했다. 오늘은 뭐든 오래 지체할 수가 없었다. 저녁에는 나 형사를 만나야 했기 때문에 귀신이든 사건이든 바빠서 빨리 처리해야만 하는 날이었다.

최 검사는 무서웠지만 어금니를 꽉 깨물고 눈을 떴다. 분명히 살해된 사람의 원혼일 것이다. 하지만 그녀의 눈앞에는 하얀색 소복을 입은 남자아이가 보였다. 곱게 땋은 머리로 봐서는 조선시대의 혼령 같았다.

"후~ 왜 내 앞에 자꾸 나타나는 거니?"

대학 때부터 아이는 봄의 눈에 보이곤 했다. 매번 볼 때마다 슬픈 얼굴을 하고 있는 동자신이었다.

"도대체 왜 자꾸 나타나는 거냐고?"

"부탁이 있어요."

아이의 음성을 처음 들었다. 온몸에 소름이 돋기보다는 살아 있는 사람과 대화를 나누는 기분이었다.

"부탁?"

"네."

"뭔데?"

"한번만 안아주세요."

"뭐?"

"네, 한번만 안아주시면 다시는 나타나지 않을 거예요. 아버지를 만나셨으니까요."

"……."

"부탁드릴게요. 이제 저도 편히 쉴 수 있을 것 같아요."

그녀를 괴롭히던 동자신이 한 걸음씩 다가왔다. 다른 때는 가슴에서부터 피가 흘렀는데 오늘은 깔끔한 모습이었다. 그리고 가슴 아픈 슬픈 표정이 아닌 그저 아이의 모습이었다.

봄은 자신도 모르게 다가오는 아이를 안았다. 자신을 무당으로 만들려는 동자신이 아닌 그냥 아이라는 생각이 들어서였다. 그리고 봄은 느꼈다. 아이가 자신을 해치려 했던 것이 아니라는 것을…….

"이제 혼령이 아닌 인간으로 우리는 곧 다시 만날 거예요."

알 수 없는 얘기를 한 동자신이 큰절을 하더니 빛 가운데로 사라졌다. 가슴 한 켠이 싸한 기분이었다. 이제 나타나지 않겠다는 건지 나중에 나타나겠다는 건지 좀 애매한 말을 하고 사라진 동자신이었다. 4살 정도의 사내아이가 제법 어른스럽게 얘기를 했다.

혼령만 아니었다면 머리라도 한번 쓸어주고 싶은 동자신이었다.

"아휴, 쉬기는 글렀네."

자리에서 일어난 봄은 기분 좋게 종이컵을 휴지통에 던져 넣고는 자신의 검사실로 들어갔다.

정신없이 업무를 끝내고 퇴근 후 나 형사의 아파트에 도착한 봄은 시골에서 갓 상경한 촌사람처럼 넋을 놓고 집 구경을 하고 있었다. 생각보다 나 형사는 부자 같았다. 그녀가 아는 한 그가 살고 있는 이 아파트에는 유명인들이 많이 살았고 가격 또한 몇십 억을 호가하는 걸로 알고 있었다. 그런 아파트를 두 채나 사서 아래위로 뚫어버린 것은 웬만한 재력을 가지고는 상상을 할 수 없는 일이었다.

"안녕하세요."

최 검사가 거의 넋을 놓고 집을 구경하는 사이에 묘가 다가와서 반갑게 인사를 했다.

"여기는 남자들 둘이 살아서 집이 좀 휑해요."

"아니에요, 굉장히 좋은데요. 저희 집에 비하면 궁궐 같아요."

"앉으세요."

나무가 묘와 최 검사를 소파에 앉히고는 음료수를 가지러 주방으로 갔다.

"소나무네요."

"나무 오빠가 좋아해요. 가까이 가서 보시면 시냇물도 있어요. 그건 수 오빠가 좋아하죠."

봄이 자리에서 일어나 베란다에 꾸며진 커다란 정원에 감탄을 하고 있었다.

"대단한데요."

"예쁘죠. 저도 이렇게 보고 있으면 숲 속에 있는 것 같아서 좋아요."

이때 나무가 오렌지주스 두 잔을 가지고 왔다. 그리고 자신도 소파에 앉았다.

"드세요."

"네."

다시 자리에 앉은 봄은 오렌지주스를 마시다 말고는 맞은편의 약장을 뚫어지게 보고 있었다. 그러자 묘가 약장에 대고 소리를 질렀다.

"안 들어가!"

그러자 약장 밖으로 나왔던 김 서방이 약장 안으로 다시 쏙 들어갔다.

"우리 집 약장에 붙어사는 도깨비예요."

"네?"

봄의 얼굴이 놀라서 하얗게 되었다.

"그래도 좋네요. 결혼 전에는 집에서 저만 혼령들을 보니까 제가 도깨비에게 뭐라고 얘기라도 하면 다들 저를 이상한 눈으로 봤었거든요."

"대화도 하시나요?"

"하죠."

"주로 보이는 게 어떤 건지 물어봐도 될까요?"

"다 봐요. 아니, 다 보여요. 죽은 이들의 원혼도 보이고 도깨비도 보이고 여우령도 보이고 모든 종류의 혼령들을 다 볼 수 있어요."

좀 전에 도깨비를 보고 놀란 최 검사가 주스를 한 모금 마시고는 놀란 가슴을 진정시킨 후에 묘에게 물었다.

"그들은 당신 몸으로 들어오려 하지 않나요?"

"못하죠, 오빠들이 있으니까요. 그리고 저는 그들을 볼 수 있지 영매의 역할은 하지 않아요."

"그렇군요."

"왜, 혼령들이 최 검사님 몸으로 자꾸 들어오려고 하나 봐요?"

"네, 엄마는 내림굿을 받으면 덜하다고 하시는데 그럼 제가 무당으로 살아야 하니까 내림굿을 못 받게 하시고 저도 받을 마음이 없어요."

"오빠가 얘기를 해주기는 했는데 동자신인가 하는 혼령이 많이 괴롭히나 봐요?"

"가끔씩 나타나서 놀아달라고 보챌 때도 있고 뭔가를 말하려고 자꾸 하면서 잠을 재우질 않아서 힘들었는데 지난번 동생분이 새겨준 부적을 한 뒤로는 잘 때 괴롭히지는 않아요."

"다행이네요."

"그래서 사라진 줄 알았는데 계속해서 주위를 맴돌아서 부적의 효과가 떨어지면 다시 괴롭힐 것 같다는 생각이 들어서요. 동자신이 가장 힘이 세죠. 다른 신에 비해서 그래서 무당을 찾는 사람들 중에는 동자신만을 찾는 사람들도 있어요. 작다고 무시하면 큰 코 다치죠."

"부적이 생각보다 강하기는 하지만 혼령이 부적보다 강한 힘을 가지고 있을 때는 별로 소용이 없어요. 잠깐의 방어수단은 될 수 있지만 그게 악귀를 물리치는 힘은 없거든요."

"……."

최 검사의 풀이 죽은 모습을 보니 안쓰러운 마음이 든 묘가 최 검사를 의미 있는 눈으로 바라보며 말했다.

"한번 불러들여 보세요."

"네? 지금은 안 돼요."

"왜요?"

"아까 동자신이 이상한 소리를 하고 사라졌거든요. 당분간은 보이지 않을 것 같아요. 그리고 부르는 방법도 모르고요. 저는 원초적으로 혼령을 보지 않게 되는 방법을 알고 싶었거든요."

"글쎄요."

"그리고 지금은 나 형사님이 계셔서 안 나타날 거예요."

"오빠요?"

그 말에 옆에서 얘기만 듣고 있던 나무도 놀라는 눈치였다.

"이유는 모르겠지만 나 형사님과 있으면 아무것도 보이지 않아요."

"설마요."

"6년 전 제가 살인 사건의 피해자의 혼령을 본 첫날 나 형사님이 계셨었어요."

"제가요?"

나무는 6년 전에 최 검사를 본 기억이 없었다.

"네, 기억하실지 모르겠지만 살인 사건 현장이었죠."

나무는 전혀 기억이 나지 않는 눈치였다.

"그때 혼령을 처음 본 저는 너무나 놀랐지만 이상하게 나 형사님이 사건 현장에 오자 사라졌어요."

"희한한 일이네요. 오빠가 있어도 저는 혼령이 보이거든요. 그리고 지금 도깨비도 같이 보셨잖아요."

듣고 보니 묘의 말이 맞았다. 방금은 분명히 도깨비를 보았다.

"내가 무서운가 보지 뭐."

나무가 가라앉은 분위기를 띄워보려 농담을 했다.

"어쨌든 한번 혼령을 불러내 봐요. 도울 수 있으면 도울게요."

최 검사도 혼령을 불러본 적은 없지만 눈을 감고 동자신을 떠올렸다. 하지만 그녀가 영매로 내림굿을 받은 것도 아니고 어떻게 부르는지도 모르는 상황에서 동자신을 부르는 건 쉽지 않은 일이었다. 역시나 한참의 시간이 흘러도 장군신은 오지 않았다.

"안 돼요."

"알았어요. 그만하세요."

최 검사의 얼굴에 실망감이 가득했다.

"최 검사님 어머님이 돌아오시면 그때 동자신인지 뭔 신인지 불러서 죽이든 내쫓든 해야 할 것 같아요."

"가능할까요?"

"일단은 최 검사님도 무당의 대를 잇는 게 싫으신 거잖아요?"

"네, 제 대에서 끝내고 싶어요."

"왜요, 이왕이면 최 검사님도 편하게 생활하시는 게 좋죠. 이왕이면 어머니 대에서 끝을 볼 수 있게 제가 도울 수 있을 만큼 도울게요."

"감사해요."

"아 참! 우리 김 서방이 있었지."

"네?"

최 검사가 놀랄 사이도 없이 묘가 자리에서 일어나더니 약장 앞에 서서 약장을 두드렸다.

"김 서방~"

묘가 아주 부드러운 목소리로 김 서방을 불렀다. 하지만 약장은 꼼짝도 안 하고 있었다.

팍!

묘가 약상자를 손으로 쳤다.

"안 나올 거야?"

그제야 서랍이 거짓말처럼 열리더니 김 서방이 나왔다. 작은 키에 외발로 콩콩 뛰어다니는 김 서방이 나타나자 최 검사가 긴장을 한 듯 몸을 굳혔다.

"왜?"

검고 숱이 많은 더벅머리 사이로 작은 뿔이 뾰족하다 솟아나 있는 김 서방은 머리를 긁적이며 귀찮다는 듯이 대꾸를 하고 있었다.

"여우령, 요즘에 못 봤어."

"알아."

"그런데 왜 불렀어?"

"뭐 좀 물어보려고."

"······."

김 서방은 자신을 보고 있는 낯선 얼굴을 보자 빠른 속도로 뛰어 최 검사에게 갔다.

"나 보여?"

놀란 최 검사가 나무의 뒤로 몸을 숨겼다.

"너 이리 안 와?"

묘가 부르자 김 서방이 다시 약장 앞으로 왔다.

"뭐 하는 짓이야?"

묘에게 호되게 야단을 맞은 김 서방은 기가 죽은 모습이었다.

"최 검사님은 너를 볼 수 있어."

"그래?"

도깨비가 신기하다는 듯이 최 검사를 보고 있었다.

"너 동자신이라고 알아?"

"동자신이 뭐야?"

"장난해?"

"진짜 몰라."

"저기 최 검사의 몸으로 들어가려는 신이야."

"무당이야?"

"집안이 무당이래."

"선택받은 사람이네. 그럼 받아들여야지."

"어떻게 안 될까?"

"잡신은 자신을 돌봐줄 사람을 찍어. 그걸 막을 방법은 없어. 다만 더 큰 신에게 의지를 하면 쫓을 수는 있지만 잡신이 끝까지 매달린다면 방법이 없어."

"그런데 나무 오빠랑 있으면 안 보인대."

"그건 혼령보다 나무가 영적인 힘이 더 세기 때문에 곁에 오지 않는 거지만 나무보다 영적인 힘이 강하거나 나처럼 정령에 가까

우면 나무와 상관없이 보일 거야. 무당 맞네."

"겁주지 말고 동자신 좀 알아봐 줘."

"누군지 알아봐 줄게."

"고마워."

도깨비가 최 검사의 얼굴을 다시 한 번 보고는 다시 약장 속으로 들어갔다.

나무가 놀란 최 검사의 어깨를 감싸고 있었다.

"모습은 좀 그래도 의리는 있어요. 저랑 꽤 오래전부터 알고 지낸 사이죠."

"묘 씨는 무섭지 않은가 봐요?"

"처음엔 무섭고 당황스러웠지만 세월이 약이라고 지금은 즐기죠."

"그렇군요."

"어머니가 걱정이 많으시겠어요? 저희 아버지도 저를 지키기 위해 매년 절에 보내셨어요. 제가 혼령들을 볼 수 있는 특별한 아이란 걸 아셨죠. 하지만 운명은 바꿀 수가 없더라고요. 이겨내는 수밖에."

"……."

"최 검사님은 이겨내실 거예요. 옆에 나무 오빠가 있잖아요."

묘가 의미 있는 미소를 짓자 최 검사가 얼른 나무에게서 떨어졌다.

"저는 이만 일어나 볼게요. 신랑이 집에서 기다리고 있거든요."

묘가 집으로 가려고 하자 최 검사도 자리에서 일어났다.

"저도 이만 가야 할 것 같아요."

"왜요? 조금 더 놀다 가세요. 그렇게 일어나시면 저도 집에 못 가요."

"……."

묘가 도망치듯이 빠르게 집을 나가자 나무와 단둘이 남게 된 최 검사였다. 어색한 침묵이 흐르고 있었다. 최 검사의 눈은 도깨비 가 나오는 약장을 향해 있었다.

"안 나오겠죠?"

"저랑 있으면 혼령이 안 보인다면서요."

"아까는 나왔잖아요."

"너 거기서 나오면 약장 태워 버린다."

나무가 큰소리로 말하자 아까 조금 열려 있던 서랍이 소리를 내 며 닫혔다.

"이러면 안 나올 거예요."

"재미있네요."

안심을 했는지 최 검사가 소파에 조금은 편안한 자세로 앉아 있 었다.

"와인 한잔하실래요?"

"아니요."

"그럼, 음료수라도?"

"아니요."

소파에 나란히 앉아 있는 둘의 공기가 어색하기 그지없었다.

"10시가 넘었는데 그만 집에 가야겠……."

다음 말은 나무의 입속으로 사라졌다. 자꾸만 고삐 풀린 망아지처럼 최 검사만 보면 덤비게 되는 나무였다.

"하~ 아~ 나 형사님!"

그의 입술에서 겨우 벗어난 최 검사가 나 형사를 불렀다.

"이러지 말았으면 해요."

"왜요?"

얼굴이 붉게 물들어 있는 최 검사는 너무나 아름다웠다.

"만날 때마다 내가 너무 덤벼서요? 당신만 보면 나도 모르게 그렇게 되는데 어쩌겠어요."

그는 푸념처럼 내뱉었다. 사실이었고 본인도 이런 자신이 신기할 정도였다.

"풋!"

"웃음이 나와요?"

"너무 진지하게 말하니까 웃음이 나네요."

"진짜로 갈 거예요?"

이렇게 말하며 그가 그녀의 입술에 다시 입을 맞추었다. 이번에는 순순히 그의 혀를 받아들이는 최 검사였다. 그의 혀가 그녀의 따뜻하고 말랑한 입안을 배회하기 시작했다.

"음~"

최 검사의 입속에서도 만족스러운 신음 소리가 새어 나왔다. 나무가 입을 떼고는 최 검사의 얼굴을 두 손으로 감싸고 자신의 얼굴을 보게 했다. 그녀의 눈빛이 빨려 들어갈 듯이 짙은 검은색으로 변해 있었다.

"어제는 미안했어요."

"뭐가요?"

"내가 너무 흥분해서 만지게 하지 말아야 할 것을 만지게 했어요."

갑자기 최 검사가 웃었다. 그리고는 바로 진지한 표정으로 그에게 제대로 된 한 방을 날렸다.

"전 어제 좋았어요."

"네?"

이번에 놀란 건 나무였다.

"당신이 건강하다는 증거니까. 그리고 나를 그만큼 원하는 거니까 괜찮아요."

이번에는 그녀가 나무의 얼굴을 당겨 입을 맞추었다. 언제나 당당하게 자신이 키스를 하고 싶으면 하는 그녀였다.

"최 검사님도 제가 싫은 건 아니군요."

"전 싫은 사람에게 먼저 키스하지 않아요."

불난 집에 똑똑하신 최 검사님께서 휘발유를 들이부으셨다.

"자꾸 저를 자극하실 겁니까?"

"제가요? 언제요?"

그녀의 장난 섞인 말에도 웃을 기분이 아닌 나무였다. 그녀의 말처럼 너무나도 건강한 그의 페니스가 미친 듯이 고개를 들고 있었다. 진짜 오늘은 그녀를 갖지 못한다면 죽을 것 같았다.

"오늘은 저도 책임을 못 집니다."

그의 입술이 그녀를 향해 돌진했다. 전혀 예상하지 못한 일이 벌어지고 있었다. 이렇게 하려고 그녀를 집으로 불러들인 것은 아니었다. 언제나 그를 자극하는 그녀의 풀잎 향이 좋았고 그가 입술을 대기 전에 자신의 욕구를 가감 없이 표현하는 그녀가 좋아서 그는 오늘 최 검사를 놓아줄 수 없었다.

그가 앉아 있는 소파가 이렇게 쿠션이 좋은 줄 그는 오늘에서야 알았다. 그녀를 그의 몸무게로 누르자 최 검사가 쑥 하고 소파 속으로 들어갔다.

"우리 집 소파의 쿠션이 이렇게 좋을 줄 몰랐네요."

"호호호."

그녀의 밝은 웃음이 그를 기쁘게 했다. 항상 이렇게 웃었으면 좋겠다는 생각이 드는 나무였다.

"예뻐요, 웃으니까."

"……."

그녀의 입술에 자신의 입술을 내리며 나무가 속삭였다. 그의 입술이 그녀의 붉은 앵두 같은 입술을 머금었다. 금방이라도 톡 터질 것 같은 그녀의 입술은 다디단 과육 같았다. 달았다. 아니, 달다는 표현만으로 부족했다. 빨아도 빨아도 줄지 않는 막대 사탕 같은 그녀의 입술이 나무를 정신 못 차리게 하고 있었다.

분주하기는 그의 입술 못지않게 손도 바빴다. 그의 밑에 얌전하게 누워 있는 그녀의 눈에 씌워진 안경을 벗긴 그는 그녀의 깊은 눈을 쳐다보았다.

"예쁜 얼굴 가리지 말아요."

그가 그렇게 한마디를 내뱉고는 입술을 다시 머금었다. 그리고 그의 몹쓸 손은 그녀의 블라우스 아래로 들어가 브래지어에 감싸인 풍만한 가슴을 어루만지고 있었다. 그의 손에 만져지는 부드러운 레이스의 느낌이 그로 하여금 자꾸 그녀의 가슴을 보고 싶게 자극하고 있었다.

나무가 그녀의 입술을 강하게 빨아들이며 교복과도 같은 흰색 블라우스의 단추를 하나씩 다급한 손길로 푸르고 있었다. 하나하나 단추가 풀릴 때마다 그의 흥분지수도 하늘로 치닫고 있었다.

마침내 모든 단추가 풀리고 그는 그녀에게서 입술을 떼고 그녀의 가슴을 바라보았다. 그리고 그는 자신의 눈을 의심했다. 그녀의 가슴에 화연의 것과 똑같은 붉은색의 점이 있었다. 300년이 지났지만 그가 입을 맞추면 키스를 하는 듯한 느낌을 주는 입술 모양의 붉은 점이 최 검사에게도 있었다. 우연이라고 하기에 그 입술 모양의 점은 너무나 흡사했다.

"왜요?"

최 검사가 허스키해진 목소리로 동작을 멈추고 멍하게 그녀의 가슴을 보고 있는 나무에게 말했다.

"점이요?"

"입술 모양이죠."

"네."

"어렸을 때는 이 모양이 마음에 안 들어서 엄마에게 빼달라고 졸랐었어요. 지금은 정이 들어서 그러고 싶은 마음은 사라졌지만요. 마음에 안 들어요?"

"아니요. 마음에 들어요."

정신을 차린 그의 얇은 레이스로 감싸인 그녀의 터질 것 같은 가슴으로 다시금 향했다. 면 브래지어를 했을 거라는 생각을 여지 없이 무너트리는 디자인이었다. 컬러만 흰색이지 모든 것이 얇은 레이스로 이루어져서 그녀의 분홍색 유두까지 적나라하게 드러내고 있었다.

그가 마른침을 삼키며 그녀의 유두를 만지자 성이 난 듯이 꼿꼿이 서 있는 유두가 그의 손가락에 닿았다. 검지 손을 이용해 튕기자 그녀의 입에서 신음 소리가 흘러나왔다. 그가 혀로 그녀의 유두를 쓸었다. 그리고 약간의 침을 묻혀 그녀의 유두가 더욱더 드러나게 만들었다.

그는 지금 제정신이 아니었다. 그녀의 가슴을 성난 짐승처럼 브래지어째 집어삼킨 그는 짐승처럼 으르렁거리기 시작했다.

거친 그의 애무에 그녀의 흥분은 더욱더 가중이 되는 듯 온몸을 비틀며 즐기고 있는 듯했다. 그의 손이 이번에는 그녀의 바지로 내려가 성급하게 벗겨냈다.

이번에도 그의 눈을 사로잡은 건 그녀의 흰색 레이스 팬티였다. 이 여자가 오늘 그를 죽이기로 작정을 한 것 같았다. 그는 한동안 말없이 그녀의 음모를 여과 없이 보여주고 있는 팬티를 바라보았다. 그리고 그 안으로 손을 넣었다. 그러자 이제까지 적극적으로 그를 받아들이던 그녀가 그의 손을 잡았다.

"괜찮아요."

"……."

뭐가 괜찮다는 건지 그도 정신이 없어서 아무 말이나 내뱉고 있었다. 너무나 흥분한 그는 지금 그녀를 배려할 상황이 아니었다. 그의 손이 그녀의 처녀림에 들어가 만지작거리기 시작했다.

이미 그녀는 흥분했는지 젖어 있었다. 그의 손에 물기가 잡힐 만큼 그녀도 흥분해 있자 그는 더 이상 자제를 할 수가 없었다. 그가 그녀의 레이스 팬티를 벗기고는 그녀의 여성 주위를 부드럽게 입술로 도장을 찍자 그녀가 몸을 더욱 비틀었다.

"그만해요."

"싫어요."

"나 형사님, 제발."

그녀의 애원에도 그의 애무는 더욱 과감해졌다. 이번에는 그의 입술이 그녀의 음모에 닿았다. 놀란 그녀가 그의 머리를 밀어냈지만 그에게는 소용이 없었다.

그가 그녀의 여성 전체를 입으로 삼켰다. 그리고 그의 혀를 이용해 그 속에 숨어 있는 작은 여성을 자극하기 시작했다.

"아~ 그만."

쾌락에 달뜬 소리를 내며 그녀의 몸이 뒤로 꺾였다. 하지만 그녀가 그럴수록 나무는 더욱더 그녀를 몰아붙였다. 그녀의 수줍은 클리토리스를 혀로 계속 자극을 하자 그녀의 애액이 홍수처럼 흘러내렸다.

그가 자신의 옷을 순식간에 벗고는 그녀의 중심에 그의 페니스를 꽂았다. 그의 큰 페니스의 크기에 놀란 그녀가 그를 막았지만 이미 때는 늦었다.

그가 힘차게 그녀의 질을 파고들었다.

"윽!"

그녀의 질은 생각보다 작아 그의 큰 페니스가 들어가기에는 버거웠지만 그의 강한 힘이 기어이 그 큰 물건을 그녀에게 밀어 넣는데 성공했다.

"아악~"

"아~"

그의 신음 소리와 그녀의 비명 소리가 똑같이 거실을 울리고 있었다.

"처음?"

"……."

"왜 말하지 않았어요?"

나무는 너무나 놀랐다. 나이 서른에 처녀라니 믿을 수가 없었다.

"아파요, 빼줘요."

그녀의 말에 정신을 차린 나무는 그녀의 속에서 나올 생각을 하지 않았다.

"아프다구요."

그녀가 그의 가슴을 손으로 쳤다. 나무가 자신의 페니스를 여전히 그녀에게 묻은 채로 그녀의 입술에 가벼운 키스를 했다.

"이제부터 얼마나 황홀한지 느껴봐요."

그가 허리를 조심스럽게 움직이기 시작하자 그 고통에 그녀가 몸을 틀었다. 하지만 이 고통이 다가 아니라는 것을 아는 나무는 그녀의 가슴을 혀로 애무하며 피스톤 운동을 계속했다. 처음에는 고통의 몸부림이었다면 지금은 그녀도 뭔가를 느끼는지 그의 목에 팔을 두르고 허리를 본능적으로 움직이며 그의 리듬에 같이 몸을 맡겼다.

"아~ 흐~"

그녀의 입에서 고통의 소리는 사라지고 흥분에 못 이기는 신음소리가 흘러나오기 시작했다. 그가 허리 짓을 할 때마다 그녀도 허리를 움직이며 그의 리듬에 몸을 실었다. 확실히 영리한 사람답게 습득하는 능력도 남달랐다.

"빨리해 줘요."

그녀의 애원 섞인 말에 그는 속도를 높였다. 최 검사는 정말로 대단한 여자였다. 엄청난 에너지를 가지고 있는 여자였다. 그녀를 만족시키기 위해 몸을 더 만들어야겠다는 생각이 들자 나무의 입가에 미소가 떠올랐다.

"내가 여우에게 홀린 것 같아요."

나무는 열심히 허리 짓을 하며 말했다. 극한의 쾌락의 문 앞까지 도달한 나무는 힘차게 마지막 몸짓을 하고 그녀의 위로 무너졌다.

"이제는 최 검사님을 정말 못 놔줄 것 같아요."

최 검사가 말없이 나무의 얼굴에서 땀에 젖은 머리를 떼어냈다.

"이제 가봐야 해요."

나무가 최 검사를 꼭 안았다.

"안 보내고 싶어요."

최 검사가 자신의 몸 위에 있는 나무를 슬쩍 밀어내고는 주위에 떨어져 있는 옷을 입었다.

"오늘 있었던 일도 신경 쓰지 않아도 돼요. 그래도 전 오늘 좋았어요."

나무는 그녀의 말에 상처를 받지 않기 위해 애를 쓰고 있었다. 예전에 산천지령이 묘처럼 나무와 수에게도 영혼의 반려가 있다고 했었다.

아직까지 말은 안 하고 있었지만 나무는 내심 최 검사가 자신의 짝이 아닐까, 라고 생각을 했었다. 산천지령이 있었다면 속 시원히 물어보겠지만 그는 지금 묘의 영혼의 반려 호에 의해 금강산에 있는 소나무에 봉인이 되어 있는 상태였다.

옷을 다 입은 그녀가 테이블 위에 안경을 썼다. 그리고 평상시에 차갑기로 유명한 최봄 검사로 돌아가 있었다.

"이만 가볼게요."

"잠깐 기다려요. 뭐든 그렇게 마음대로입니까?"

"네?"

"기다려요. 옷만 입고 데려다줄 테니까."

그가 아무렇게나 던져진 옷을 주워 입었다. 그리고 최 검사의 손을 잡고는 자신에게 끌어당겼다.

"이제 당신이 뭐라고 하든 나는 당신의 첫 남자고 나는 당신의 첫 남자로서 당신이 나의 자존심을 건드리지 말았으면 합니다."

"……."

그리고 그녀의 손을 잡고 자신의 차가 있는 주차장으로 향했다.

오늘 그는 아름다운 밤을 꿈꾸었지만 지금은 최악의 밤이었다. 화가 났다.

　그는 집으로 데려다주는 내내 말이 없었다. 나 형사에 대한 봄의 본심을 말하기에는 그와 그녀가 넘어야 할 산이 너무나 많았다. 그녀는 혼령을 보는 사람이었고 그는 너무나 부자에 모든 것을 갖춘 사람이었다. 그녀가 검사라는 그럴듯한 직업을 가진 것을 빼면 모든 것이 그에게 비교조차 되지 않았다. 오늘 그의 집에 갔을 때는 너무나 놀란 그녀였다.
　공무원 재산 순위 1위가 거짓은 아니라는 생각이 들었다. 그녀의 짝사랑은 오늘부로 대단원의 막을 내리고 있었다. 사람이 너무 분에 넘치는 사람을 만나면 서로가 힘든 것이다. 그리고 그는 그녀와 가벼운 만남을 원하는 것이 아니라는 것을 오늘에서야 확실히 알았다.
　슬쩍 운전을 하고 있는 그의 옆모습을 보았다. 심장이 두근거릴 정도로 봄은 나무가 좋았다. 자신의 사랑이 봄에 나무의 새싹을 피우듯이 그렇게 되었으면 좋으련만 자신의 사랑은 그에게 독이 될 것이었다. 그리고 앞으로 태어날 자식들에게는 고통일 것이다. 이렇게 말하는 자신이 너무 앞서나간다는 것은 알지만 두려웠다.
　남들과 다르다는 게 아이에게는 커다란 고통이라는 게 봄의 생각이었다. TV에 가끔씩 나오는 귀신만 봐도 소름이 끼치는데 하물며 죽은 이가 시도 때도 없이 찾아온다면 그건 정말 견디기 힘든 일일 것이다.

봄의 눈길이 그가 잡고 있는 자신의 손으로 향했다. 그는 지금 운전 중임에도 그녀의 손을 놓지 않고 있었다. 그의 강인한 팔뚝이 그녀의 시선을 사로잡았다.

그녀의 시선을 느꼈는지 그가 봄의 손을 더욱 꼭 잡았다. 봄은 그의 시선을 피해 창밖을 보았다.

어두운 차창으로 그녀의 얼굴이 거울처럼 비쳐졌다. 이제는 어른이 되어 차갑게 변해 버린 자신의 얼굴이 그녀를 바라보고 있었다. 어린 시절 그녀를 괴롭히던 아이들의 얼굴들이 지금도 봄의 머리를 차지하고 있었다. 그녀의 엄마를 무시하고 그녀를 놀려대던 아이들의 목소리가 아직도 그녀의 귓가를 울리고 있었다.

"얘들아, 봄이 엄마 무당이래."

아직도 그녀의 귀에 울리는 아이들의 목소리가 어두운 창밖에서 들리고 있었다.

초등학교 반장 선거가 한창인 3월 어느 날 6학년이 된 봄은 이제 한창 사춘기에 접어들고 있었다. 공부는 언제나 일등인 그녀였다. 머리만 좋은 것이 아니라 얼굴도 예뻐서 봄은 언제나 반장 자리를 도맡았었다.

봄이 더 유명했던 건 그 집의 아이들이 모두 학교에서 전교 1, 2
등을 다투는 수재였기 때문이었다.

6학년 반장 선거 당일 아침에 친구들이 봄을 보며 수군대기 시
작했다. 언제나 부러움의 대상이었던 봄의 약점을 아이들이 찾은
것이었다. 그런 약점을 보듬어주는 아이들이 나오는 건 동화에서
나 가능한 일이었다. 현실은 그렇게 아름답지 않았다. 아이들이
봄을 둘러싸고 마치 인민재판처럼 엄마가 무당이냐며 다그치기
시작했다.

"너네 엄마 무당이야?"

그러면서 아이들이 무당의 흉내를 내며 그 자리에서 뛰었다.

"진짜야?"

"그럼, 너도 귀신이 보여?"

아이들의 말에 봄은 그 자리에서 뛰쳐나왔다. 그렇게 시작된 봄
의 괴로운 학창 시절은 고등학교를 졸업할 때까지 계속되었다. 집
으로 돌아와서는 엄마와 말도 섞지 않았다. 엄마가 아이들의 학비
때문에 신당을 차리고 점을 보며 자신들의 뒷바라지를 하는 것도
봄은 너무나 싫었다. 하지만 엄마는 억척스럽게도 그렇게 산기도
를 다니고 굿을 하며 아이 다섯을 모두 훌륭하게 키우셨다. 누구
보다 봄은 엄마가 자식들을 위해 희생하신다는 걸 잘 알았지만 그
녀처럼 동생들도 친구들의 놀림의 대상이었다는 것을 알았을 땐
너무나도 엄마가 원망스러웠다.

아빠와 엄마는 유달리 금실이 좋으셨다. 지금도 옆에 앉아 계시면 서로의 손을 잡고 계실 정도로 사랑이 넘치는 분들이셨다. 하지만 봄은 진심으로 그런 고통스런 기억을 자식들에게 물려주고 싶지 않았다.

진짜로 봄이 너무나 싫었던 건 언젠가 자신도 귀신을 볼 것이라는 두려움으로 어린 시절을 보냈다는 것이다. 엄마처럼 신당에 들어가서 혼자 기도하는 것도 싫었다. 신당의 그림들과 불상이 봄은 너무나 무서웠다.

다행히 다 커서 보기는 했지만 그래도 귀신을 보는 건 너무나 무서웠다. 그런 경험들은 자신 하나로 족했다.

엄마가 무당이냐며 언제나 그녀의 앞에서 무당 흉내를 내던 아이들이 그녀에게는 항상 트라우마 같은 존재들이었다.

"최 검사님?"

나무가 지난 기억 속에서 헤매는 그녀를 깨웠다. 봄이 고개를 돌려 나무를 바라보았다. 볼수록 탐이 나는 사람이었다. 자신이 여자이기는 하지만 그를 보면 알 수 없는 욕망에 사로 잡혀 자신도 모르게 그의 입술을 훔치곤 했다.

"뭐가 그렇게 생각이 많아요?"

그가 그녀를 상념에서 깨우고 있었다.

"내가 생각이 많아 보여요?"

"네."

대답을 간단히 하고 똑바로 앞을 보며 운전을 하는 그의 표정이 좋지 않았다.

"아니요, 그렇지 않아요."

그녀가 말을 하고도 한참 동안 그에게는 대답이 없었다. 생각은 오히려 그가 더 많아 보였다.

"솔직하지 못하군요."

한참 후에 그가 말을 했다.

"……."

"오히려 당신의 말보다 당신의 몸이 더 솔직한 것 같아요."

"당신에게 끌려요. 그게 다예요."

"최 검사님은 끌리면 아무하고나 잡니까?"

끽~!

그가 카레이서를 방불케 하는 실력으로 차를 갓길에 댔다.

"뭐 하는 짓이에요?"

"화가 나서 참을 수가 없어요."

"……."

나무는 최 검사의 얼굴을 화가 난 얼굴로 바라봤다.

"생각 좀 안 하면 안 됩니까? 그냥 흐르는 대로 두면 안 돼요?"

"어떻게 생각을 안 하고 살아요?"

"그냥 마음 가는 대로 한번 가보자고요."

"저도 그러고 싶지만……."

나무가 최 검사를 와락 끌어안았다.

"그냥 마음 가는 대로 한번만 해봐요, 우리."

"……."

"난 정말로 오랜만에 이런 생각이 들게 하는 사람을 만난 거예요. 내 생각이 틀렸다고 말하지 말아줘요."

"저도 그러고 싶어요, 나 형사님."

"쉿, 뒷말은 필요 없어요. 그냥 나만 봐요. 난 당신이 귀신을 보는 것보다 더한 사람이에요."

"그게 무슨……."

"나중에 다 얘기해 줄게요. 지금은 그냥 우리가 서로 좋아한다는 것만 생각해요."

"알았어요. 하지만 난 두려워요."

"뭐가요?"

"내가 아이를 갖고 싶어질까 봐. 그리고 당신 옆에 평생 함께하고 싶어질까 봐서요."

솔직히 나무가 너무 좋아 그를 닮은 아이를 낳고 싶어질까 봐 두려운 그녀였다. 그녀의 철칙이 그로 인해 무너지는 게 싫었다.

"당분간 아이의 생각은 머리에서 지워요."

"어떻게 그래요?"

"서로 조심하면 되는 일이고 지금은 시작 단계인 우리에게 아이는 너무 이른 얘기인 것 같아요."

그의 말이 백번 맞는 말이었다. 그들은 시작 단계인 것이다. 하지만 앞이 뻔히 보이는 시작이었다. 그녀는 그를 점점 더 좋아하게 될 것이고 욕심을 부리게 될 것이다. 봄은 그렇게 시작되는 사랑을 미리 막고 싶은 것이었다.

"조금 더 시간이 필요한 것 같아요."

"아니, 이미 우리는 연애란 걸 시작했어요. 그냥 앞으로 나만 믿어요."

"……."

최 검사는 두려웠다. 정말 나무를 닮은 아이를 가지고 싶어질까 봐 두려웠다. 그녀가 사랑하는 남자였다. 아이를 낳을 수 없는 것도 아니고 당연히 욕심이 날 수밖에 없었다. 하지만 그 아이에게 그녀의 삶을 물려줄 수는 없었다. 그게 너무 최 검사를 괴롭히고 있었다.

나무가 더욱 세게 그녀를 안았다. 무엇이 두려운지를 알았다. 그가 싫은 게 아니었다. 그를 너무 좋아하게 될까 봐 그래서 그의 아이를 가지고 싶어질까 봐 그녀는 두려운 것이었다.

"당신을 어떻게 하면 좋을까요?"

나무의 품에 안겨 있는 최 검사의 머리가 점점 더 복잡해지고 있었다. 이 남자에게 나는 살 냄새가 너무나 좋은 봄이었다. 마음 가는 대로 한번 해볼 생각인 봄은 그의 체취를 깊이 들이마셨다.

어려서부터 받은 상처를 대물림한다는 게 그녀의 행복 때문에 자신의 아이가 받을 고통을 무시해도 되는 것인지 걱정이 많아진 봄이었지만 그의 품속에 있는 지금은 잠시 그 고통스러운 삶의 무게를 잠시 내려놓기로 했다.

그 쓴맛은 그가 주는 달콤함에 이미 녹아내리고 있었다.

제7장 미친 듯이 타오르다

금강산 기슭에 한 그루의 커다란 소나무가 우두커니 서 있었다. 한눈에 보기에도 몇백 년은 살았음직한 나무를 사람들이 슬쩍 쳐다보고 있었다. 더덕과 산삼을 캐러 들어온 산에 이렇게 오래된 나무가 있다는 것이 그들은 몹시도 신기했다.

해가 어느덧 저물어가고 그들은 무슨 성과물이라도 당에 바쳐야 했기 때문에 마음이 급한 그들이었다.

"동무, 이런 소나무를 본 적이 있소?"

"아니, 처음 보오."

다섯 명이 한 조인데 그나마 한 명은 산에서 굴러서 부상을 당해 먼저 내려가고 이제는 네 명뿐이었다.

"이걸 위대하신 국방위원장 동지에게 바치면 큰 상이 될 듯하오."

아무리 찾아도 산삼은 보이지 않고 더덕만 몇 뿌리 캤을 뿐 큰 성과가 없는 그들에게 이 산속에 소나무는 선물과 같았다.

"하지만 이 커다란 걸 어떻게 가져간단 말이오?"

"지금 말고 내일 날이 밝으면 부대원들을 데리고 오면 되질 않소."

모두 초급병사들이어서 상황을 잘 모르는 그들이었지만 이 범상치 않은 나무가 그들에게 당분간은 산을 헤매며 돌아다니지 않아도 될 보물일 것 같다는 생각이 들게 했다.

"잠시 쉬었다가 내려가자고요."

네 명의 초급병사들은 배급이 부족하여 산짐승이나 더덕을 캐서 부대의 상사들에게 가져다 바치는 일을 하고 때로는 평양으로 산삼이나 더덕을 캐서 보내는 일을 하기도 했다. 그들은 이미 군인이 아니었다. 완전히 심마니 같았다.

"내일은 산삼을 캐야 할 텐데 말입니다."

"꼬르륵."

한 전사의 뱃속에서 소리가 나자 그의 동무 전사가 불만 섞인 어조로 말을 했다.

"안 그래도 먹을 게 없는데 산삼만 캐서는 안 될 것 같습니다. 내일은 산짐승이라도 잡아 갑시다."

"……."

그들은 배고픔에 시달리고 있었다. 모두들 쉬고 있는 가운데 한 전사가 소나무를 무심결에 발로 툭툭 차기 시작했다. 하지만 그의 심심풀이 행동이 화를 불러일으키고 말았다.

휘이익—

갑자기 기분 나쁜 바람이 불었다.

"뭐지?"

앉아 있던 병사나 서 있는 병사나 너 나 할 것 없이 주위를 살폈다. 다시 평온해졌지만 기분이 묘했다. 누구 하나 말 한마디를 못 하고 싸늘한 기운을 온몸으로 느끼고 있었다.

"해가 지니 기분이 그렇구만. 서둘러서 내려가자우."

그들이 몸을 일으키는 순간 갑자기 세찬 바람이 다시 불었다.

휘이익—

그리고 이번에는 그들의 눈을 의심할 만한 커다란 검은 물체가 그들의 앞에 나타났다. 지니고 있는 것이라고는 총이 아닌 작은 단도뿐인 그들에게 적은 너무나 거대했다.

"여기가 어디라고 감히 들어온 것이냐?"

"으아악~!"

거대한 검은 물체가 말을 하자 병사들은 걸음아 나 살려라를 외치며 삼십육계 줄행랑을 치기에 바빴다. 하지만 이를 놓아줄 검은 그림자가 아니었다. 빛의 속도로 그들을 잡아 하나씩 숨통을 끊어놓았다. 그리고 커다란 소나무 앞에 시체들을 놓았다.

"주인님!"

12령이 산천지령을 깨우고 있었다.

쩌억!

나무가 갈라지는 소리가 나더니 나무껍질 사이로 산천지령의 얼굴이 나왔다.

"네가 여긴 무엇 때문에 왔느냐?"

화를 숨긴 목소리였다.

"용서해 주십시오."

"용서를 해달라?"

"네, 한번만 용서해 주신다면 주인님의 손과 발이 되어드리겠습니다."

"손과 발이라……."

"지금 주인님을 도울 수 있는 건 저뿐입니다."

12령은 검은 유령처럼 형체도 없는 모습으로 산천지령 앞에 조아리고 있었다.

"그건 말이 되는구나."

산천지령의 온화한 모습은 나무속에 갇혀 있어도 빛을 발했다. 보고만 있어도 빨려드는 얼굴이었다. 인간이나 령의 에너지가 약한 자들은 그 빛에 눌려 얼굴조차 제대로 볼 수 없는 산천지령이었다.

하긴, 옥황상제의 마음도 빼앗은 미모였다. 남자만 아니었다면 하늘에서 싸움이 일어날 것 같은 미색 중의 미색이었다.

그래서 옥황상제가 하늘의 구슬을 산천지령에게 보여주며 그 깊은 애정을 드러냈고 산천지령은 생긴 것과는 다르게 야망이 있는 신이라 하늘의 구슬을 훔쳐 달아났다. 격노한 옥황상제는 염라대왕에게 산천지령을 보냈고 구슬의 위험성을 알기에 12개로 구슬을 나누어 12마리의 여우에게 구슬을 맡겼다.

여우는 원래 영리하고 꾀가 많기는 했지만 호랑이나 큰짐승의 먹이가 되기 일쑤였다. 하지만 몸에 여우구슬이 들어간 여우는 여우와 사람의 중간 형태로 변하여 자신의 숲에 왕이 될 수 있었다.

그들도 권력의 맛을 알았고 지금의 산천지령이 그 빼어난 미모로 염라대왕마저 홀리고 여우령들을 잡아들이기에 이르렀었다. 그때 12명의 여우령은 염라대왕마저도 건드리기 힘들 정도의 힘을 가지고 있었다.

그들을 합쳐 놓으니 그 힘이 대단하자 산천지령이 자신을 꾀어 12명의 구슬을 가진 여우령들을 오랜 세월에 걸쳐 죽이게 만들었다. 인간들과 섞여 살며 그는 오랜 세월 동안 부와 권력을 거머쥐고 살았다.

모두 자신의 동족을 죽인 대가였다. 그렇게 지내는 동안 그도 욕심이라는 것이 생겼다. 하지만 산천지령은 영악했다. 그 말고도 나무, 수, 묘의 자신의 부하를 두어 은밀히 여우구슬을 따로 모았었다.

그리고는 그가 수백 년을 거쳐 자신의 동족을 쥐도 새도 모르게 죽이며 모은 여우구슬을 빼앗고 자신의 모든 것을 산천지령이 빼앗았다. 지금은 육체로 변할 수 있는 힘도 없는 상태가 되었다.

다시 한 번 산천지령의 눈부신 얼굴을 쳐다봤다. 그러자 12령도 그의 미색에 마음이 흔들렸다. 산천지령은 천사 같은 용모의 악귀였다.

"네가 나에게 무엇을 해줄 수가 있느냐?"

"분부만 내리신다면 무엇이든 하겠습니다."

"여우구슬을 찾아라."

세상을 가질 수 있는 구슬이었다. 12개의 구슬이 합쳐지는 장관을 그는 보고 싶었다. 그리고 그 여우구슬은 자신의 것이길 바랐다. 지금은 나무, 수, 호, 묘와의 싸움에서 져서 11개의 구슬이 사라지고 지금은 유일하게 반인 반여우령인 호의 몸 안에 들어 있는 구슬 1개뿐이었다.

그 구슬이 다른 구슬에 비해 강한 힘을 갖고 있기는 했지만 12개의 구슬이 합쳐진 힘보다는 작은 것이었다. 호의 것만으로 그 큰 힘을 낼 수 있을지도 미지수였지만 당장은 산천지령의 봉인을 풀기에는 그 구슬도 도움은 될 것 같았다.

"하지만 여우구슬은 호에게 있습니다. 그걸 빼앗을 힘이 저에게는 없습니다."

"그 구슬을 빼앗기 위해 다른 구슬을 찾아야 하느니라. 저들보다 빨리 찾아야 한다."

"11개의 구슬은 사라지지 않았습니까?"

"아니다. 내가 말한 곳에 가면 찾을 수 있을 것이다."

"역시 대단하십니다."

"내가 숨긴 것이니 당연히 알 수밖에 없지 않느냐."

"네?"

12령은 당황했다. 그 지독했던 싸움에서 진 산천지령이 봉인이 되는 순간에 자신의 모든 힘을 모아서 자신이 가지고 있던 11개의 구슬을 세상에 다시 흩어놓은 것이었다. 훗날을 도모하기 위해서 말이다. 자신은 11개의 구슬의 존재는 잊고 호의 몸 안에 구슬을 차지하기 위해서 인간들을 이용하고자 했는데 확실히 자신이 어리석었음을 인정하지 않을 수가 없었다.

"이들은 왜 나에게 주었느냐?"

"인간의 피를 드셔야 봉인이 풀릴 때까지 힘을 기를 수 있다고 들었습니다."

12령은 산천지령이 환하게 웃는 모습을 물끄러미 바라보았다. 지금 저렇게 웃고 있지만 아마도 자신이 찾아올 줄을 미리 알고 있었던 것 같았다. 그가 제물로 인간을 바치자 제물을 기뻐하기보다 그가 자신을 위해 이런 일까지 한다는 것을 좋아하는 것 같았다. 그리고 이제는 자신의 발밑에 확실히 무릎을 꿇었다고 판단하는 것 같았다.

"네가 그것을 어찌 아느냐?"

"오래전에 다른 12령에게 들었습니다. 봉인된 자가 있는데 인간의 피를 빨아들여서 봉인이 풀릴 때까지 힘을 비축했다고"

그랬다. 봉인된 자들은 겨울잠을 자는 것과 마찬가지여서 그대로만 있다면 자신의 힘이 고갈이 되어 봉인이 풀려도 예전 같은 힘을 내기에는 오랜 시간이 걸리지만 인간의 피를 흡수한다면 봉인이 풀리자마자 예전의 힘을 그대로 사용할 수가 있었다.

"하하하, 그래?"

소나무의 뿌리가 바닥에서 뱀처럼 기어나와 시체들을 하나씩 뚫었다. 그리고 그들의 피를 흡수하기 시작했다.

"하하하, 그래 힘이 나는구나."

"힘이 나신다니 다행입니다."

"영리하구나."

"주인님께 충성을 다할 것입니다."

"옳거니, 알았다. 내가 이번에 널 마지막으로 한 번 더 믿어보마."

산천지령은 온화한 미소를 지었다. 그는 11개의 구슬이 어디에 있는지 한번에 알려주지 않을 것이다. 한번 배신자는 영원한 배신자인 것이다. 12령이 자신의 오른팔이 되어주기는 하겠지만 끝까지 믿어서는 안 된다는 것을 산천지령은 알았다. 구슬을 가지고 오면 다음 장소를 말하기 전에 빼앗으면 그뿐이었다. 자신 없이는 12령은 여우구슬을 찾을 수 없고 자신은 그런 12령을 잘 이용하면 그뿐이었다.

"이번에 실수를 한다면 그때는 용서치 않을 것이다. 만약에 네가 나의 심부름을 잘한다면 너는 나와 함께 천하를 가질 것이다."

12령은 회심의 미소를 지었다. 산천지령이 지금은 봉인이 된 상태였지만 그는 여우구슬에 관해서 아는 유일한 정령이었다. 지금은 육신이 없는 12령이 의지할 곳이라고는 산천지령뿐이었다. 여우보다 더 여우 같은 꾀를 가진 산천지령이었다. 이번에 괜한 짓을 해서 세상을 시끄럽게 만들기만 했다. 이번에는 자신의 힘이 없음을 절실히 느낀 그가 택한 최후의 수단인 산천지령이었다.

지금은 산천지령의 발이라도 핥아줄 준비가 되어 있는 12령이었다. 11개의 구슬의 위치를 알려준다면 그때까지는 얼마든지 그의 부하가 되어줄 것이다. 봉인이 풀리려면 12개의 구슬이 필요하기는 했지만 구슬을 가진 자가 힘이 강하다면 봉인을 푸는 게 몇 개의 구슬로 가능할지는 정확히 몰랐다. 이번에는 자신이 여우구슬을 가지려 한다는 생각을 그에게 들켜서는 안 되었다. 끝까지 기다릴 줄 알아야 한다는 걸 12령은 여러 번의 실패 끝에 알았다.

"기다려라, 나무, 호, 수, 묘, 야. 내가 반드시 너희들을 갈기갈기 찢어놓고야 말 것이다."

아침부터 사무실이 분주했다.

"조폭 두목이 죽었으면 죽은 거지 거기에 왜 다들 처몰려가고 지랄들이냐고."

최 반장이 투덜거리며 권총과 방탄조끼를 입고 있었다.

전국의 조폭들이 한국대병원 영안실에 다 몰려들었다. 경찰들도 마찬가지로 한국대병원으로 집결 명령이 떨어졌다. 국내 최대 조직의 보스가 갑자기 죽으면서 차기 권력을 노린 조폭들 간의 싸움이 벌어질 것이라는 첩보 때문이었다.

"돌 아이들이니까 각자 장비들은 잘 착용하고. 알았지? 다치면 본인 손해니까."

"네."

"나 형사는 안 나가?"

모두들 분주한데 나무 혼자만 넋을 놓고 있었다.

"나갑니다."

"그런데 왜 미친놈처럼 쪼개고 앉아 있어?"

최 반장님의 호통에 그제야 몸을 움직이는 나무였다. 요즘 나무는 구름 위를 걷는 듯이 기분 좋은 나날을 보내고 있었다. 아침에도 최 검사의 문자를 받고 입이 귀에 걸린 나무였다. 그렇다고 특별할 것도 없는 내용인데도 그는 세상을 얻은 기분이었다.

"야!"

"갑니다, 가요."

권총과 방탄복을 눈 깜짝할 사이에 입고 나온 나무가 최 반장과 같은 차에 올랐다.

"이제 술 좀 조금씩 드십시오."

"왜?"

"정신 줄 놓고 술 드시면 다음부터는 안 모셔다 드릴 겁니다."

"……."

그날 이후로 며칠이 지났지만 최 반장은 아무 말도 없었다. 그래서 나무가 넌지시 얘기를 꺼내보았지만 여전히 대꾸가 없는 최 반장이었다.

한국대병원 앞에 도착한 나무는 돈 주고도 못할 구경을 하고 있었다. 전국의 조폭들이 다 모였는지 검은색 양복을 입은 덩치들이 쫙 깔려 있었다.

"아이고, 부딪치면 큰일 나겠는데요."

"그러네."

나이가 많은 최 반장이 걱정이 된 나무가 김 형사에게 눈짓을 하자 김 형사가 최 반장 옆에 섰다.

"나 그렇게 늙지 않았다."

"누가 늙었데요."

"김 형사, 네 자리로 가."

"네."

최 반장의 포스에 기가 눌린 김 형사가 어깨를 으쓱이며 자신의 자리로 돌아갔다. 그렇게 한동안 말없이 조폭들을 보고 있던 최 반장이 조심스럽게 말을 꺼냈다.

"우리 딸이 누군지 알지."

"네."

"왜 근데 말이 없어."

"검사 딸 됐다고 제가 최 반장님께 매일 술 사야 한다고 생각하시면 곤란합니다."

부담스러워하는 최 반장을 이해하는 나무기에 슬며시 농담으로 얼버무렸다.

"넌 돈이 많으니까 사는 거야, 인마."

"뭐 그런 이유라면이야 사죠. 사모님은 돌아오셨습니까?"

"아니."

"그럼 모시러 가시죠?"

"자기 발로 돌아올 때까지 기다려야 해."

"왜요?"

"내가 결혼 안 하겠다는 거를 설득해서 결혼했거든. 자식에게 자기하고 똑같은 삶을 물려주기가 싫다는 여자를 내가 설득해서 30년을 살았지."

나무는 지금 남의 이야기를 듣는 것 같지 않았다.

"아니, 그 집 여자들은 왜 그렇게 쓸데없는 데 신경을 쓴데요."

"뭐?"

"아니, 사모님은 자식 인생은 자식이 알아서 하는 거지 뭐 이제 다 큰 딸 걱정에 집까지 나가고 그러시냐는 거죠."

"……."

"저랑 같이 모시러 가실래요?"

"아니야, 고집이 쇠심줄 같아. 자식 일에는 더."

"제가 소주 한잔 쏠까요?"

"아니."

"왜요?"

"그날 나 형사 등에 업혀서 가고 막내 녀석이 잔소리를 어찌나 하는지 다시는 술 안 먹고 싶어."

"아니, 사내 녀석이 아버지가 술 한잔할 수도 있지. 말이야."

"내 걱정해서 그러는 거야."

"다음에 제가 소주 사 들고 집으로 가겠습니다."

"안 돼."

"왜요?"

"자네 최 검사 싫어하잖아."

"제가요? 아닙니다."

나무는 최 반장의 말에 손사래를 쳤다.

"우리 최 검사 요즘 바빠."

"왜요?"

"애인이 생겼는지 안 하던 팩도 하고 외모에 신경을 쓰는 것이 수상해.”

“직업병입니다.”

“뭐?”

“아니, 범인도 아니고 뭐 그렇게 딸의 행동까지 감시하십니까?”

“그건 감시가 아니고 관심이야.”

“네, 네.”

최 검사가 자신을 위해 외모에 신경을 쓴다니 내심 기쁜 나무였다. 하지만 이건 티를 낼 수도 없으니 조금은 답답한 마음이 들었다.

“나 형사?”

“네, 반장님.”

“나 형사가 올해 몇 살이지?”

“서른다섯이요, 섭섭합니다. 제 나이도 모르시고.”

“야, 난 요즘 내 나이도 가물거린다.”

“그렇게 늙지 않으셨습니다.”

“장가가야지?”

최 반장의 뜬금없는 소리에 나무의 표정이 굳어졌다.

“왜요, 소개라도 시켜주시게요?”

“지난번에 검찰에 있는 이 계장한테 전화가 왔어. 자네도 알지?”

“네.”

이 계장님과 반장님은 동년배로 굉장히 친한 사이였다.

"이 수사관이라고 이번에 최 검사 밑에 들어온 아가씨가 자네를 마음에 들어 하나 봐."

"네? 지난번에 인사 한번 한 게 다예요."

"왜? 마음에 안 들어?"

"마음에 들고 안 드는 게 어디 있어요. 아예 관심이 없는데."

"너 나이를 생각해라. 괜히 눈만 높아서."

"제 눈은 이미 산꼭대기로 올라갔고 좋아하는 사람이 있습니다."

"너, 여자 생겼어?"

"네."

"뻥치는 거 아니고?"

"제가 앱니까."

"누군지 몰라도 잘해줘라."

누군지 알면 가장 먼저 기절하실 분이었다.

"네."

"많이 좋아하냐?"

"네."

"네 얼굴을 보니 화색이 도는 게 좋기는 좋은가 보네."

"아 참, 그만 놀리시고 차에 좀 들어가 계세요."

"왜?"

"싸움이라도 나면 다치신단 말입니다."

"나 안 늙었다."

"늙었거든요."

"야!"

"입은 삐뚤어졌어도 말은 바로 해야죠."

"미친놈."

나무와 최 반장은 그 뒤로도 한참을 투닥거리며 애정을 과시하고 있었다.

최 검사는 손수건으로 입을 가리고 시신을 확인 중이었다. 죽은 지 얼마나 되었는지 부패한 냄새가 신당 안에 진동을 하고 있었다.

가슴 부위가 정확하게 뜯겨져 나간 것이 지난번의 12령 사건 때와 비슷했지만 아직은 확인을 해봐야 했다. 이 계장님이 미리 오셔서 사건 현장 상황을 보고해 주셨다.

"이번은 좀 희한한 구석이 많습니다."

여전히 역한 냄새 때문에 이 계장님은 마스크를 하고 계셨고 봄은 구역질을 참기 위해 수건으로 입을 가리며 겨우 시체 썩는 냄새를 참아내고 있었다.

"잠깐 밖에서 얘기하시죠."

눈치 빠른 이 계장이 봄을 데리고 밖으로 나왔다. 구경하는 사람들과 경찰들이 인산인해를 이루고 있었다.

"점집들이 많죠?"

"……."

점집들이 많기로 소문난 돈암동이었다. 미아리고개 아래로 수많은 점집들이 즐비한 곳에서도 가장 유명한 곳이었다. 예전에 엄마도 이곳 근처에 신당을 차리셨었다. 물론 지금은 집 근처로 옮기셨지만 말이다. 그래서 봄에게는 낯설지 않은 곳이었다. 지금은 성신여대를 주축으로 대학 문화가 더 발달하기는 했지만 여전히 우리나라에서 손꼽히는 무당촌이었다.

"피해자의 신원은 파악되었습니까?"

"네, 집 안에 피해자의 것으로 보이는 주민등록증과 건강보험증이 있었습니다. 피해자의 이름은 유달자, 1966년생으로 올해 나이 50세의 여자입니다. 직업은 무당이고 여우보살이라고 하면 이 근방에서는 알아주는 꽤 유명한 무당이었습니다."

"여우보살요?"

"여우신을 섬겼다고 하네요."

이 계장님은 웃고 계셨지만 봄은 머리에서 털이 솟는 느낌이었다. 왠지 여우령의 사건일 것 같은 느낌이 들기 시작했다.

"가족은요?"

"가족은 없고 같이 사는 55세의 여성이 있는데 그제부터 고향 집에 일이 있어서 내려갔답니다. 연락이 돼서 지금 오고 있는 중입니다. 이쪽은 알리바이가 확실합니다."

"최초 발견자는 누굽니까?"

"최초 발견자는 아침에 점을 보러 오기로 한 아주머니 세 명입니다."

"그렇군요."

그때 마스크를 벗으며 국과수 오 박사가 나왔다.

"박사님?"

"검사님, 안녕하십니까?"

오 박사의 뒤로 시체가 나오고 있었다. 사람들의 웅성거림이 더 심해졌다.

"어떻습니까? 뭐 특별한 거라도 있습니까?"

오 박사의 표정이 많이 좋지 않았다.

"뭔가가 있군요."

"이번 사건은 좀 특이해요."

"뭐가요?"

"지난번의 사건처럼 살이 뜯겨 나갔는데 장기는 다 그대로 있어요. 갈비뼈도 똑같이 부려졌고 속이 다 드러났는데 장기는 이상하게 그대로 있었어요."

"사인은 뭡니까?"

"사인도 지난번 사건과는 좀 달라요."

"이번에는 직접 손으로 목을 졸라서 교살을 했어요. 목뼈가 부러질 만큼 강한 힘으로 말이죠. 예를 들면 이렇게……."

오 박사가 이 계장의 목을 한 손으로 들어 올렸다. 그리고 다른 손으로 가슴의 살을 뜯어내는 흉내를 냈다.

"뭐 하는 짓입니까?"

"죄송합니다."

목이 아팠는지 이 계장이 오 박사에게 소리를 질렀다.

"그런데 간이 그대로 있어요. 이상하죠. 이번에도 여우령인지 12령인지 하는 초자연적인 괴물의 짓인 건 맞는데 왜 살만 뜯어냈을까요?"

"수사를 해보면 알겠죠. 다른 점은요?"

"다른 건 좀 더 조사를 해봐야겠지만 이번 사건은 다른 사건과는 조금 다른 것 같습니다. 다른 사항이 있으면 바로 보고드리겠습니다."

오 박사가 돌아가자 이 계장이 자신의 목을 잡으며 기분 나쁘다는 듯이 한마디 했다.

"아니, 감정이 있는 것도 아니고 사람 목을 조르긴 왜 조르고 지랄이야."

"참으세요."

봄의 머리가 복잡하게 돌아가고 있었다. 오 박사의 얘기대로 여우령의 짓임은 확실한 것 같았다. 일반인이 했다고 하기에는 엄청난 힘을 요구하는 살인 방법이었다. 하지만 이번에는 전에 없이 장기에는 손을 대지 않았다.

왜 살만을 뜯어냈을까? 도대체 간을 먹으려다 다른 것에 들켜 장기를 먹지 못하고 달아난 것일까? 생각이 많아지고 있었다.

그나마 다행은 이제 살인 사건의 현장에 와도 혼령이 보이지 않았다. 묘의 부적이 효과가 있긴 한 것 같았다. 정확히 여우령의 짓이라면 묘와 의논을 해야겠다고 생각한 봄이었다.

퇴근 시간이 다가오자 나무의 시선이 벽시계의 초바늘로 가 있었다. 그런 나무의 시선을 좇아 나머지 형사들의 시선도 시계로 향해 있었다. 하루 종일 조폭들을 지키고 그들과 몸싸움을 벌이느라 지친 그들이었다. 큰 충돌은 없었지만 덩치들과 신경전을 벌이느라 많이들 지쳐 있었다. 하지만 지금 강력계에서 유일하게 쌩쌩한 사람은 나무였다.

"땡! 저 갑니다."

"야! 오늘 일 다 했어?"

"그럼요."

주머니에 핸드폰과 지갑을 넣으며 그는 자리를 정돈하고 휘파람을 불며 강력계를 나왔다. 오늘은 아까 좋아하는 여자가 있다고 얘기를 한 게 효과가 있었는지 반장이 한마디만 하고는 아무 말이 없었다.

나무는 지금 검찰청 근처에 차를 대고 최 검사를 기다리는 중이었다. 시간이 되면 이렇게 데리러 올 생각이었다. 마음 같아선 매일 오고 싶었지만 서로 시간이 맞지 않을 때가 더 많았다.

멀리서 최 검사가 그의 차를 향해 걸어오고 있었다. 저 칙칙한 검은 정장과 검은 뿔테 안경만 벗는다면 얼마나 좋을까 생각이 드는 나무였다.

"오래 기다렸어요?"

차 문을 열고 들어와 앉자마자 그녀가 그를 걱정했다.

"아니요."

최 검사의 손을 잡은 나무가 차를 출발시켰다.

"우리 뭐 먹을까요?"

나무의 물음에 최 검사가 웃으며 간단한 거 아무거나, 라고 대답을 했다. 그래서 그는 정령인 자신과는 다르게 밥을 먹어야 하는 그녀를 배려해서 여자들이 좋아할 만한 깨끗한 우동집을 찾았다.

"이 집, 우동도 맛있고 초밥도 맛있어요."

작고 아담한 우동집에서 그들은 우동을 먹었다. 최 검사가 맛있게 우동을 먹는 모습을 보자 나무는 그것만으로도 행복했다. 그래서 자신도 모르게 그녀의 머리를 쓰다듬었다.

"참, 예쁘게 먹어요. 우리 검사님."

"누가 들으면 욕해요."

"욕하라지 뭐, 예쁜 건 사실이니까."

그가 말해놓고도 온몸이 오글거렸다. 자신의 입에서 이런 말이 서슴없이 나온다는 게 신기할 지경이었다.

우동집을 나와서 한강의 한적한 곳에 차를 세운 나무는 조용한 음악을 틀어놓고는 한참을 최 검사를 쳐다보았다.

"그렇게 음흉하게 쳐다보지 말아요."

"난 최대한 건전하게 포장한 눈길로 쳐다보고 있습니다."

"겉만 건전했지 안은 불량한 생각으로 가득하잖아요?"

"맞아요."

그가 갑자기 그녀의 옆 좌석을 뒤로 젖히고는 놀란 그녀의 눈을 내려다보았다.

"이제부터 나의 불량한 생각을 실천하려고요."

나무의 입술이 최 검사의 입술을 덮었다. 이렇게 매일매일 갖고 싶은 여자는 처음이었다. 아무리 화연을 사랑했었다지만 이토록 보는 것만으로 그를 흥분시키는 여자는 정말로 300년 동안 처음이었다. 최 검사의 입술 맛은 달콤했다. 그의 혀가 그녀의 벌어진 입으로 들어가 마음껏 돌아다니고 있었다.

그녀의 손이 그의 얼굴을 감싸고는 그보다 더 적극적으로 그의 혀를 빨아들였다. 그의 혀를 뿌리째 뽑아버릴 듯 그녀의 키스는 격정적이었다. 서로의 타액이 오가고 차 안에 혀 부딪치는 소리가 민망할 정도로 울려도 그들은 지금 서로에게 빠져서 정신이 없었다.

그의 손이 그녀의 블라우스 속으로 들어가 그녀의 넘칠 듯이 풍만한 가슴을 손으로 감쌌다. 오늘은 마음이 다급한 나무가 그녀의 가슴을 감싸고 있는 브래지어를 위로 올리고는 하얗고 커다란 가슴에 입술을 가져갔다. 그의 혀에 흥분한 그녀의 분홍색 단단한 유두가 닿자 그는 온몸에 소름이 돋는 전율을 느꼈다.

딱딱하게 자존심을 세운 그녀의 유두가 그의 혀를 자극하고 있었다. 그 단단함이 나무는 너무나 좋았다.

그의 입술이 그녀의 유두를 희롱할 때 그의 손은 점점 더 아래로 내려가 그녀의 바지를 열고는 그 속에 작은 레이스 사이로 들어갔다. 그녀의 까칠한 털의 느낌이 그의 손에 생생하게 느껴졌다. 그는 그녀의 검은 숲을 손 전체로 감싸고는 주무르며 그사이를 가운뎃손가락으로 갈랐다. 그리고 그 속에 숨어 있는 클리토리스를 찾아 자극하기 시작했다.

그녀의 몸에서 흥분을 담은 물이 흘러나와 그의 손가락을 적시고 있었다. 그의 자극에 그녀는 숨조차도 제대로 쉬고 있지 못했다. 허리를 자꾸 움직이는 것이 그의 손가락을 질 안으로 넣어달라는 소리 같았다. 그가 그녀의 약을 올리듯이 질 앞에서 들어갈 듯 말 듯 감질나게 움직이고 있었다.

그녀가 허리를 움직이며 신호를 보내고 있었지만 그는 여전히 그녀를 약 올리듯이 손가락을 넣어주지 않고 있었다.

"원하는 걸 말해봐요."

"……."

부끄러운 듯 그녀가 말을 하지 않자 그가 입술로 그녀의 귀를 물고는 귓가에 속삭였다.

"어떻게 해주길 바라요?"

"넣어줘요."

"다시 한 번 말해줘요."

"넣어달라고요."

드디어 그의 손가락이 그녀의 축축하게 젖은 질에 들어가 그녀의 질벽을 긁어내리기 시작하자 그녀의 몸이 꺾이기 시작했다. 그는 그녀가 극도의 쾌락을 느끼게 해주고 싶어 더욱더 손가락을 깊이 밀어 넣었다.

"아~"

그녀의 입에서 흐느낌에 가까운 신음 소리가 흘러나오고 있었다. 그녀에게서 흘러나온 물과 그의 손가락의 움직임 속에 질퍽거리는 소리가 울리자 그녀가 그의 손을 잡았다.

"그만할까요?"

그러자 그녀가 그의 손을 놓았다. 더욱 대담해진 그가 그녀의 바지와 팬티를 벗겨냈다.

"안 돼요. 여기는 차 안이에요."

"밖에선 우리를 못 봐요. 설사 본다고 해도 멈추질 못할 것 같아요."

"하지만……."

그녀가 몸을 굳혔다. 그의 머리가 이미 그녀의 가랑이 사이로 들어와 그녀의 흘러내리는 애액을 빨아들이고 있었다. 그의 대담한 애무에 머리가 하얗게 된 최 검사는 나무의 머리를 움켜쥐는 일밖에 할 수 있는 게 아무것도 없었다.

"츠읍, 츠읍."

나무는 여자의 터럭이 주는 이 느낌이 좋았고 그 물을 빨아들일 때의 쾌감이 자신의 페니스를 극도로 팽창시킨다는 것을 알았다. 그의 혀가 그녀의 단물을 빨아들이며 클리토리스를 혀로 치고 있었다. 조그만 그녀의 클리토리스를 혀로 칠 때마다 최 검사는 뒤로 몸을 꺾으며 이곳이 차 안이라는 사실도 잊은 듯이 거침없이 신음 소리를 내고 있었다.

"검사님, 당신이 나를 미치게 하는 것 같아."

"아~"

"이제는 더 이상 못 참겠어요."

나무가 바지를 내리고 자신의 페니스를 꺼낸 후에 그녀의 위에 올라갔다. 좁은 공간이라 몸이 불편하기는 했지만 그의 페니스는 거침없이 그녀의 질로 들어갔다.

퍽퍽퍽!

그의 피스톤 운동이 격해졌다.

"아~ 미치겠어요, 나 형사님."

"그만해요?"

"아니요. 더 깊이 와요."

최 검사의 거친 호흡 속의 고백에 나무는 마지막 이성을 놓았다. 그녀의 흘러넘치는 애액의 홍수 속에서 미끄러지듯이 질로 들어가는 느낌이란 이루 말할 수 없는 자극 그 자체였다.

그의 허리 짓이 미친 듯이 계속되었다. 그녀가 둘로 갈라질까 걱정이 될 정도로 그녀의 깊숙한 곳까지 들어간 나무였다.

"아~!"

"헉~ 헉~ 당신의 몸에서 나오고 싶지 않아."

그의 고백에 최 검사가 그를 더욱 세게 끌어안았다.

"나가지 마요."

그가 그녀의 입술을 삼키며 세차게 움직여 그녀의 배 위로 그의 마지막 분신까지 모두 쏟아냈다.

아이를 원하지 않는 그녀를 위한 배려였다.

"가만히 있어요."

그가 운전석으로 돌아와서 물티슈로 그녀의 배 위의 정액을 닦아주었다. 말없이 그를 보고 있던 최 검사가 몸을 일으켰다.

"미안해요."

"뭐가요?"

"제가 유난을 떠는 것 같다는 생각이 들어서요. 우리는 이렇게 서로 좋은 감정이었다가 나중에 어떻게 될지도 모르는데 애기니

뭐니 혼자서 너무 앞서 나가서요."

"나는 최 검사와 진지한 사이이고 싶어요. 아이는 당신이 원하면 낳고 그렇지 않으면 낳지 않아도 상관없어요."

"당신 자꾸 멋있는 말만 할 거예요?"

최 검사가 밝게 웃으며 말했다. 하지만 지금 나무는 그녀의 말이 귀에 들어오지 않았다. 언제나 단정한 최 검사가 블라우스 단추는 다 열리고 브래지어는 가슴 위로 올라간 채 아래는 완전 나체로 그의 옆에 앉아 있으니 그의 페니스가 다시 고개를 들고 있었다.

"옷 입어요."

그가 고개를 돌리며 말했다.

"네?"

"옷 입으라고요."

"……."

그녀가 움직이고 있었다. 그러더니 고개를 돌리고 있는 그의 어깨를 쳤다. 그가 고개를 돌리자 옷을 다 입은 줄 알았던 최 검사가 완전한 나신으로 그의 옆에 앉아 있었다. 달빛에 비친 그녀의 하얀 몸이 그를 유혹하고 있었다.

"나, 한 번 더 하고 싶어요."

"……."

놀란 그는 턱이 빠질 지경이었다. 그가 가만히 있는 것이 싫다는 의미로 느껴졌는지 그녀가 자신의 옷을 잡았다. 나무는 본능적으로 그녀의 손을 잡았다.

"싫은 게 아니라 놀란 거예요."

그녀의 표정이 밝아지더니 갑자기 그녀가 운전석에 있는 그의 위로 올라앉았다. 자신의 얼굴에서 안경을 뺀 그녀는 핸들 너머로 안경을 놓고 머리끈을 풀었다. 그러자 그녀의 길고 풍성한 머리가 그녀의 어깨 위로 물결을 쳤다.

이 여자가 오늘 그를 죽이기로 작정을 한 것이다. 그러더니 그의 눈을 마주 보며 그의 와이셔츠 단추를 하나씩 풀고 있었다. 그가 가만히 있기에는 그의 심장 소리가 너무나 컸다. 눈치 빠른 그녀가 말했다.

"당신 심장이 터질 것 같아요."

그렇게 말하며 와이셔츠를 벌리고는 그의 심장에 자신의 입술을 댔다. 그리고 그의 목으로 입술을 옮기며 그를 미치게 하고 있었다. 그녀의 손은 그의 바지의 단추를 풀고 지퍼를 내려 그의 발기한 페니스를 자유롭게 해방시켜 주었다. 그가 바지를 무릎 아래로 내리고 의자를 조금 뒤로 빼 그녀가 편하게 움직일 수 있게 해 주었다.

그녀가 그의 아랫입술을 빨아들이며 혀로 그의 치열을 훑어 내렸다. 그가 그녀의 자극에 입을 열자 그의 얼굴을 잡고 그를 잡아 먹을 듯이 강하게 그의 입안을 점령하고 있었다. 그리고 그녀는 어디서 배웠는지 엉덩이를 그의 페니스에 비비며 그를 애태우고 있었다.

"윽~!"

단단한 그의 페니스지 그녀 안으로 들어가고 싶어 아우성이었다. 하지만 그녀는 방금 전 그가 손가락으로 그녀를 애태운 것에 복수라도 하는 듯 계속해서 엉덩이를 비비기만 했다. 참다못한 그가 그녀의 허리를 잡아 자신의 페니스에 맞추려고 하자 그녀는 더 큰 움직임으로 질에 그의 페니스가 못 들어가게 했다. 그리고 그녀가 그의 귓가에 속삭였다.

"어떻게 해줄까요?"

그녀의 물음에 그가 망설임 없이 대답했다.

"넣어줘, 제발."

그녀가 요염한 표정을 짓더니 머리를 옆으로 움직이자 그녀의 긴 머리가 그를 홀리며 방향을 바꾸었다. 그리고는 그의 소원대로 그녀의 깊은 여성 속으로 그를 삼켰다. 위에서 자신을 누르는 그녀의 무게감이 너무나 좋은 나무였다. 그녀는 가벼웠지만 그의 중심을 삼킨 그녀의 질의 조임은 너무나 타이트했다.

그녀가 허리를 움직이기 시작하자 그도 본능적으로 리듬을 탔다. 그녀의 몸에서 땀이 흘러내려 가슴골을 지나고 있었다. 그녀는 태생적으로 물이 많은 여자 같았다. 그녀의 쾌감을 더해주기 위해 피스톤 운동을 하고 있는 그녀의 가슴을 한 손으로 주무르고 한 손으로는 그녀의 클리토리스를 자극하자 그녀의 질의 조임이 더욱 강해졌다.

"미치겠군. 당신은 마녀야."

이번에는 그가 두 손 두 발을 다 들었다. 그녀는 천부적인 마녀였다.

"아~ 미치게 좋아요."

"나두요."

그녀의 피스톤 운동이 계속되자 나무가 그녀를 들어 올렸다. 그리고는 티슈를 받치고는 자신의 정액을 받아냈다.

"당신 몸 안에 쏟아낼 뻔했어요."

그가 그렇게 자신의 분신들을 처리하자 최 검사의 표정이 좋지를 않았다.

"미안하다는 말은 하지 말아요. 이건 미안한 일이 아니에요."

"알았어요."

그녀가 이번에는 진짜로 옷을 입었다. 그리고 머리를 단정하게 하나로 묶고 다시 검은 테 안경을 고집스럽게 썼다.

"당신, 휴가 받으면 안 돼요?"

차를 출발시키며 나무가 말하자 봄이 놀란 표정으로 그를 보았다.

"네?"

"내가 라식 수술 시켜줄게요, 그 안경 좀 벗어요."

"안경이 어때서요."

"당신 예쁜 얼굴을 가리는 것 같아서요."

"그러다가 다른 남자들이 쫓아다니면 어쩌려고요?"

갑작스러운 최 검사의 말에 나무는 당황했다. 지금의 최 검사 옆에 남자들이 우글대는 건 진짜 싫었다.

"그럼 그냥 써요."

"당신 앞에서만 벗을게요."

그녀가 예쁘게 말하자 나무가 최 검사의 손을 슬며시 잡았다.

"진짜 집에 들여보내기 싫은 거 알아요?"

"……"

그녀가 말없이 웃었다.

"웃지 마요, 더 들여보내기 싫어지니까."

차를 몰아 그녀의 집 앞에 도착하자 나무의 아쉬움은 더했다. 이렇게 쉽게 이 여자에게 빠질 줄은 몰랐었다. 하지만 지금은 그 빠져드는 속도에 가속도가 붙은 것 같았다.

"다 왔어요."

"네, 오늘 너무 즐거웠어요."

"내일도 갈까요?"

"내일은 저 당직이에요."

"그러면 모레?"

"문자할게요, 당신도 당직 날이 있지 않나요?"

"모레가 당직이에요. 어떻게든 바꿀게요."

"아니에요. 그러지 말았으면 좋겠어요. 우리 서로 시간이 맞는 날 만나요."

이럴 때는 영락없는 대한민국의 고지식한 검사였다.

"알겠습니다."

그가 마음이 상해 극존칭을 하자 봄이 피식 웃었다. 그리고는 그의 얼굴을 당겨 깊은 입맞춤을 했다.

"저도 많이 아쉬워요."

눈의 초점이 풀린 채로 나무가 말했다.

"안 그런 것 같습니다, 최봄 검사님."

그녀가 다시 그의 입에 키스를 했다.

"지금도 너무 하고 싶어요. 하지만 다음 기회로."

그가 대꾸를 하기 전에 그녀가 차 문을 열고 내렸다. 그리고는 뒤도 돌아보지 않고는 아파트 안으로 들어갔다. 그녀의 마지막 말에 어김없이 그의 페니스가 고개를 들었다. 이놈이 이렇게 소신 있게 멋대로 아무 때나 일어서는 놈인지 나무는 300년 동안이나 알지 못했었다.

이렇게 자신이 미친 듯이 욕망에 타오를 줄은 꿈에도 상상하지 못했었다. 차 안에서는 아직도 그녀의 향기가 났다. 달달한 과일의 향과 맛을 가진 여자였다.

운전석에 머리를 기대고 잠시 눈을 감은 나무는 그녀와의 일을 떠올리며 미소 짓고 있었다. 앞으로 얼마나 더 적극적인 그녀를 보게 될지 기대가 되었다. 그의 사랑스런 최봄 검사는 그를 언제나 미소 짓게 만들어줄 것 같았다. 하지만 오늘도 그녀의 가슴의 점이 그의 시선을 붙들었다. 봄이 화연의 환생이라면 얼마나 좋을까. 이 기막힌 우연을 나무는 그렇게 생각하고 싶었다.

제8장 여우구슬의 부활

"최 검사님."

아침부터 이 계장이 다급하게 그녀를 부르고 있었다. 어제 나무와의 격정적인 카섹스로 인해 봄은 지금 피로에 지친 상황이었다. 온몸이 욱신거렸고 특히 허벅지가 뻐근하게 아팠다.

"네."

힘겨웠지만 아무렇지 않은 듯 대답을 한 봄이었다.

"이번에 돈암동 사건 있지 않습니까?"

"무당 살인 사건이요."

"길 건너에서 똑같은 시체가 발견되었다고 보고가 들어왔습니다. 현장에 저와 같이 가보셔야 할 것 같습니다."

봄은 잠이 확 깨는 느낌이었다. 그리고 온몸에 털이 솟는 기분이었다. 또 한 번 그 12령을 만나는 일은 정말로 그녀가 바라지 않는 일이었다.

이 계장의 차를 타고 돈암동으로 가는 동안 그녀의 손에 식은땀이 흘러내렸다. 이렇게 연쇄살인이 된다면 또 한 번 기자들의 입을 막기란 쉬운 일이 아니었다. 사람들의 입에 홍콩 할머니나 빨간 망토의 소문으로 막기에는 일이 커지고 있었다.

차가 도착을 하자 이번에는 지난번보다 더 많은 기자들이 몰려들어 있었다. 노란색의 폴리스 라인 안으로 오 박사의 모습도 보였다.

그녀가 차에서 내리자 기자들이 카메라를 들이대며 취재에 열을 올리고 있었다.

"최 검사님, 미아리고개 살인 사건의 첫 번째 사건과 두 번째 살인 사건이 수법이 비슷하다는데 사실입니까?"

"……."

"시체가 훼손이 되었다는데 원한 관계입니까?"

"……."

"이번 사건이 연쇄 살인의 시작이라는 소문이 있는데 어떻게 생각하십니까?"

"……."

그녀가 이 계장의 도움을 받으며 겨우 기자들을 뚫고 폴리스 라인으로 들어왔다.

"아이고, 거머리들 같아요. 안 그렇습니까?"

최 검사를 기자들로부터 보호하며 들어온 이 계장이 혀를 내둘렀다.

"고생하셨어요, 이 계장님."

"최 검사님, 안녕하십니까?"

피해자의 시신을 수습하던 오 박사가 살인 현장이란 게 무색할 정도로 반갑게 인사를 했다.

"요즘 우리 너무 자주 보는 것 같습니다."

마스크를 한 오 박사는 입매는 보이지 않았지만 그의 서글서글한 눈에 현장의 모습과는 대조적인 웃음이 가득했다.

"그러네요. 뭐, 특별한 게 있습니까?"

"저도 지금 막 도착해서요. 지금까지 본 걸로만 말씀드리면 지난번과 같습니다."

"그래요?"

"여전히 오른쪽 가슴 부위 전체의 살이 뜯겨져 나갔고 갈비뼈도 같이 뜯겨져 나간 상황이고 장기는 모두 그대로 있는 것 같습니다. 그런데 말입니다."

"……."

오 박사가 인상을 쓰며 최 검사의 손을 끌고 피해자의 시신 쪽으로 향했다. 오늘도 지난번처럼 악취가 진동해 그녀는 손수건을 꺼내 입을 막았다.

"이상한 점이 있습니다."

"뭐가요?"

역겨운 냄새가 손수건을 뚫고 그녀의 코를 자극하고 있었다.

"장기를 뒤적여서 뭔가를 찾은 것 같아요."

"네?"

"예를 들어 몸속에 있는 무엇인가를 빼내 간 것 같은데 그게 뭔지를 모르겠지만 장기는 아닙니다."

"뭔가를 빼가요?"

"그러지 않고서는 장기의 위치가 바뀔 정도로 휘젓지 않겠죠."

장기의 위치가 바뀔 정도로 안을 휘저어놓은 이유가 뭘까 생각에 빠진 최 검사였다. 오 박사의 말대로 몸속에 뭔가를 찾기 위해서라는 전제가 들어간다면 가능한 일이지만 그 또한 확실하지는 않았다.

"사라진 장기가 없었다는 얘기시죠?"

"네, 뒤적여서 장기의 위치가 변한 건 사실이지만 작은 장기 하나까지 그대로 있었습니다. 오늘도 아직 부검은 안 한 상황이지만 역시 장기가 적출된 상황은 아닌 것 같습니다."

"그럼 시체에서 뭘 가져간 걸까요?"

"글쎄요."

가만히 듣고 있던 이 계장이 노련한 베테랑답게 오 박사에게 물었다.

"예전에 마약 사범들 중에 신체에 마약을 숨겨서 밀반입된 사건이 있었습니다. 마약쟁이들의 소행이 아닐까요?"

"그런 가정하에 위장이나 직장, 여성의 질 내부를 다 지난 부검 때 검사하였지만 그런 흔적이 없습니다. 장기는 다 멀쩡한 상황입니다."

"그러면 수술 등을 통해서 삽입한 흔적은요?"

"오늘은 확인을 해봐야 하고 지난번에는 수술의 흔적이 없었습니다. 피해자는 아주 건강한 사람이었어요."

"도대체 뭘 찾으려 했던 걸까요?"

대부분의 살인 사건들은 죽은 사람이 말을 해주는 것처럼 부검을 하면 사인은 밝혀지게 되어 있었다. 하지만 지금은 교살이라는 것만 정확할 뿐 범행 동기조차도 알 수가 없었다. 하지만 지금으로서 가장 문제가 되는 것은 연쇄살인 사건이 될 가능성이 높다는 것이었다.

오 박사가 그런 그녀의 마음을 읽었는지 심각한 얼굴로 말을 이어 나갔다.

"사건에 같은 패턴이 생겨나고 있어요. 여기서 끝마치면 좋겠지만 앞으로 연쇄살인의 가능성이 있어요."

"저도 그게 걱정입니다."

"지금까지는 무당인 점과 살인 방법이 같다는 점 빼고는 단서가 없기는 하지만 이 지역을 중심으로 경찰 인력을 집중 배치해야 한다는 생각이 듭니다."

이 계장의 말이 전적으로 옳았다. 사람이 죽고 난 다음에 소 잃고 외양간을 고치는 격보다는 좋은 방법이지만 여우령의 경우라면 상황은 달랐다.

"이번 피해자는 모시는 신이 어떤 신이었나요?"

"산신인 것 같은데요. 벽에 붙은 그림들을 보니까요."

최 검사의 생각이 자꾸만 여우령 쪽으로 기울고 있었다. 지난번에도 여우신을 모시는 무당이 당했고 오늘은 산신을 모시는 무당이었다.

"다음 희생자가 생기기 전에 미아리고개와 아리랑고개, 수유리까지 무속인들이 많이 거주하고 있는 곳에는 우선 경찰들을 배치시켜 주세요."

"네, 알겠습니다."

이 계장이 검사의 명령대로 움직이기 시작하자 현장에는 오 박사와 봄만이 남았다.

"검사님, 이번에도 여우의 DNA가 검출되었습니다."

우려했던 것이 현실로 다가왔다.

"당분간은 비밀로 해주십시오."

"네."

피해자의 시신이 최 검사의 옆을 지나고 있었다. 하얀색 천에

덮여 이동하는 피해자를 보자 최 검사의 마음이 더욱더 심란해졌다.

　늦은 저녁 산기도를 다녀온 순옥이었다. 몸에 구슬이 들어온 꿈을 꾼 후부터 그녀는 불안한 마음이 들었다. 좋은 꿈이었는데 자꾸 불안한 마음이 들어 요즘은 산기도를 자주 가서 마음을 달래고 오는 그녀였다.
　순옥은 신당에 초를 밝히기 위해 주방에서 손을 씻고 신당 안으로 들어갔다. 평소와 다를 것이 없는 집이었지만 오늘따라 순옥의 기분이 좋지 않았다. 아니 털이 솟는 기분이었다. 아무래도 산기도를 갔다가 상문(잡귀)이 붙어온 모양이었다.
　"어험."
　잡귀를 떨치기 위해 괜히 기침을 하며 안으로 들어서는데 신당의 바닥에 웅크리고 앉아 있는 거대한 검은 그림자가 보였다. 부처님의 불상 앞에 앉아 있는 커다란 검은 그림자를 무당은 침착한 눈으로 바라보고 있었다. 어두운 산에서도 혼자서 불공을 드리는 그녀였기에 혼령의 존재는 무섭지 않았다.
　꽃다운 20세에 신을 받아들이고 지금껏 30년이 넘게 그녀는 영혼들과 소통을 하고 있었다.
　"누구냐?"
　"……."

신당을 가득 채운 검은 그림자는 말이 없었다.

"무슨 원한이 있기에 이곳에 왔느냐? 말해라. 안 그러면 지엄하신 우리 신령님께서 너를 가만두지 않을 것이다."

"히히히."

온몸에 털이 곤두서면서 처음으로 소름이 돋는 무당이었다. 사악한 기운이 그녀의 몸 전체를 감싸고 있었다.

"이놈! 당장 물러가지 못할까!"

"히히히."

소름 끼치는 웃음소리가 다시 한 번 좁은 신당을 울리더니 순식간에 검은 그림자가 괴물의 모습으로 변해 그녀의 목을 감쌌다. 숨이 막혀왔다.

"나는 내 것을 찾으러 왔다."

"컥! 나는 아무것도 없다."

공중으로 몸이 점점 떠오르고 있었다. 괴물이 잡고 있는 목이 온몸의 무게를 지탱하고 있었다.

"너의 몸에는 나의 아름다운 여우구슬이 있지."

숨이 막혀 정신이 몽롱한 무당의 머리에 몇 달 전 꾼 희한한 꿈이 스치듯이 지나갔다. 신당에서 초를 켜며 신자들의 기도를 하던 도중에 그녀의 배로 무언가 밝은 빛이 뚫고 들어왔다. 고통스럽지는 않았지만 놀란 그녀는 잠에서 깼었다. 그것이 꿈이 아닌 현실이었다니 그녀는 믿어지지가 않았다.

지금 그녀는 검은 그림자에게 목을 잡혀 숨이 막혔다. 피가 머리로 모조리 빠져나가는 듯 고통이 점점 밀려오고 있었다. 숨이 막혀서 발을 버둥거리는데 자꾸만 눈이 감겨왔다. 잠이 오듯이 자꾸만 정신이 혼미해 가고 있었다. 이러면 안 되는데 정신을 차려야 하는데 무심한 눈은 자꾸만 감겨졌다.

마지막으로 그녀가 살기 위해 발버둥을 치자 12령은 그녀의 목을 너무나 쉽게 부러트리고는 바닥에 눕혔다. 그리고는 그녀의 가슴을 자신의 강하고 긴 손톱을 이용해 순식간에 뜯어내고는 그 안에 손을 넣어 조심스럽게 여우구슬을 찾았다. 한참을 뒤적거린 후에야 그의 손에 여우구슬이 잡혔다. 무당의 피로 적셔진 그냥 투명한 구슬이었다.

산천지령이 마지막 호와의 대적에서 상황이 불리해지자 자신의 힘을 모두 모아 11개의 구슬 모두를 산신과 여우신을 모시는 무녀의 몸으로 집어넣었다. 결국 그의 모든 힘이 소진되어 호에 의해서 봉인이 된 상황이지만 산천지령의 놀라운 실력만큼은 인정하지 않을 수가 없었다.

11명의 무당들은 모두 실력이 월등한 여인들이었다. 대대로 무당 집안에서 자란 그녀들의 공통점은 조상 대대로 산신을 섬기는 정말 뼛속까지 그를 섬기는 무당들이었다. 산천지령도 그들이 신내림을 받을 때는 내림굿을 찾을 정도로 그들은 산천지령의 사람들이었다.

하지만 그들은 지금 산천지령에 의해 철저하게 이용당하고 있었다. 어차피 12령이 구슬을 꺼내려면 그들을 죽여야 했기 때문이었다. 산천지령은 정말로 잔인했다.

12령은 바닥에 있는 무당에게 다가갔다. 그리고 손을 어렵사리 육체로 만들어냈다. 지금은 온전한 육신으로 변하가가 힘들었다. 빛을 잃은 여우구슬을 삼키고는 기를 모았다가 소가 되새김질을 하듯이 여우구슬을 뱉어내자 구슬은 다시 눈이 부시도록 아름다운 푸른색의 빛을 띠었다.

"아름다워."

그의 눈앞에는 그가 뱉어낸 나머지 두 개의 구슬이 있었다. 지금은 3개의 구슬이 그의 눈을 즐겁게 해주고 있었지만 조만간 그는 8개의 구슬을 모두 모을 것이다.

세 개의 구슬이 공중에 떠오르며 밝은 빛을 내자 신당이 푸른빛으로 물들었다. 12령의 힘도 여우구슬과 함께 크고 있었다. 이번에야말로 그가 지존이 될 날이 머지않았다. 그때까지만 산천지령의 충실한 노예가 될 것이다. 모든 것이 모아지고 산천지령이 12개의 여우구슬을 합친 다음에 그가 빼앗으면 되는 것이었다.

호의 능력을 몰랐고 산천지령의 앞을 보는 안목을 무시했었다. 그는 한 번의 뼈아픈 패배로 많은 깨달음을 얻은 그였다. 앞선 두 번의 실패가 세상을 시끄럽게만 했지 득이 되지는 않았다. 그는 세상을 차지하기 위해 힘만 길렀지 산천지령처럼 교활한 지혜는 없었다.

이번에는 산천지령이 시키는 대로 차근차근 여우구슬을 모으고 있는 그였다. 그가 집중을 하자 구슬이 모두 그의 입속으로 들어갔다. 구슬이 좁은 목구멍으로 넘어갈 때의 고통조차도 그를 기쁘게 했다.

여우구슬이 사라지자 또다시 어두움이 신당을 덮고 있었다. 신들을 모시며 사는 무당들을 별로 좋아하지 않는 12령이었다. 힘없는 잡신까지 신으로 모시는 그들이 한심하기 짝이 없었다. 지금은 그렇게 모시던 산천지령의 희생물들에 지나지 않았다.

"얼마 안 있으면 모든 인간들이 나 12령을 찬양할 것이다."

방바닥에 널부러져 있는 무당을 보며 12령이 선포하듯이 말했다.

"여우구슬을 차지하면 옥황상제조차도 두려워하는 12령이 너희 약해빠진 인간들을 지배할 것이다."

그날이 얼마 남지 않았음을 그는 느끼고 있었다.

"기다려라, 산천지령의 졸개들아. 아니지 산천지령의 원수들인가? 하하하하."

그가 비웃음을 날리며 12령의 모습에서 다시 검은 그림자의 모습으로 바꾸고는 신당을 빠져나갔다. 어둠과 섞여 인간들의 눈에는 보이지 않는 영혼의 모습으로 그는 다음 여우구슬을 찾아 그렇게 사라졌다.

새로운 피해자가 생기면서 사건은 연쇄살인 사건으로 흘러가고 있었다. 일주일 사이에 벌써 3명의 무당이 죽었다. 범인은 보란 듯이 경찰이 지키고 있던 집에 침입해서 무당을 죽였다. 살해 방법은 같았고 무녀의 장기 속에서 무엇인가를 찾은 건 확실했다.

"뭘까?"

피해자들의 사진을 보면서 최 검사는 볼펜으로 책상을 툭툭 치고 있었다. 살인 방법 이외의 특이한 점은 이번에도 산신을 섬기는 무당이 죽었다는 것이다. 미아리 고개, 아리랑고개를 중심으로 퍼져 있는 무당촌에 산신을 섬기는 무당들은 생각보다 많았다. 일일이 감시를 한다는 건 사실상 불가능했다.

최 검사는 이번 사건도 여우령의 짓임을 확신했다. 아무리 생각해도 도저히 해답이 안 나오기에 묘를 찾아가 도움을 요청하기로 결심했다.

윙~

[여보세요?]

최 검사는 신호음이 울리자마자 단번에 전화를 받는 나무 때문에 깜짝 놀라면서도 웃음이 나왔다.

"바빠요?"

[조금, 왜요?]

기대에 찬 목소리였다. 무뚝뚝하게 말은 하지만 그 속에 많은 설레임이 있었다. 요즘 무당 연쇄살인 사건으로 며칠째 얼굴을 못 보고 있는 그들이었다.

"사실은 여동생분을 좀 만나고 싶어서요."

[묘를요?]

실망하는 목소리가 수화기로부터 전해졌다.

[저는 안 만나고 싶습니까?]

"제가 지금 사무실이라서요."

사무관들 세 명과 그녀가 옹기종기 앉아서 수사를 하는 곳이었다. 개인적인 대화를 나눌 수 있는 곳이 아니었다.

[그래서 안 보고 싶었다는 얘기십니까?]

"예?"

나무의 철없는 소리에 최 검사는 기가 막혔다. 사무실의 상황을 누구보다 잘 아는 사람이 이렇게 억지를 부리니 기가 막혔다.

[저는 많이 보고 싶습니다. 지금 며칠 못 봤더니 눈앞에 아른거립니다.]

"협조해 주셔서 감사합니다. 제 생각도 그렇습니다. 5시에 제가 카페 도사로 가겠습니다."

[하하하, 못 당하겠군요. 제가 묘를 데리고 가죠. 3시간을 어떻게 참죠. 보고 싶어서?]

"이따 뵙겠습니다."

최 검사가 최대한 아무렇지 않게 전화를 받았지만 심장이 쿵쾅거려서 옆에 있는 물을 단번에 들이켰다. 그의 고백에 그녀의 심장박동 수가 증가를 했다. 정말로 건강에 도움이 안 되는 남자였다.

묘에게 도움을 청하기 위해 잠깐 시간을 내서 수의 카페를 찾은 봄이었다. 이상하게도 이곳에 오면 참 마음이 편했고 종종 보는 혼령들에게서 해방이 되는 느낌이었다. 나무와 있을 때와 마찬가지로 이 카페는 봄에게는 편안한 장소였다. 그 이유는 알 수 없었지만 이곳은 좋은 힘이 있는 것 같았다.

"검사님, 안녕하십니까?"

수가 밝은 얼굴로 인사를 했다.

"네, 잘 지내셨죠?"

"그럼요. 약속 있으세요?"

"네, 묘 씨를 만나기로 했거든요."

"안녕하십니까?"

옆에 굉장히 아름다운 아가씨가 그녀에게 인사를 했다. 아마도 이곳의 직원인 것 같았다. 이름표에는 수지라고 적혀 있었다. 기분 좋은 얼굴이라 그녀도 미소로 인사를 했다.

"언제나 일등석으로 안내해 드리죠."

수가 너스레를 떨며 지난번에 앉았던 자리로 안내했다.

"이곳이 조용히 얘기 나누기에는 딱이에요."

"감사합니다."

"어, 저기 형이랑 묘가 왔네요."

"네."

최 검사가 자리에서 일어서며 묘와 나무를 맞이했다.

"안녕하세요, 오래 기다리셨어요?"

임신했다고는 믿어지지 않게 날씬하고 아름다운 묘가 웃으며 그녀에게 말했다.

"아니요. 금방 왔어요. 잘 지내셨죠?"

"네, 검사님은요?"

"저는 좀 복잡한 일이 있어서 의논 좀 드리려고요."

"무서운데요."

묘와 나무가 자리에 앉았다.

"무슨 일 있습니까?"

언제나 사람들이 있으면 투박해지는 남자였다. 둘만 있을 때는 마시멜로 같은 남자이기도 하지만 말이다. 봄은 나무의 이런 이중 적인 면이 좋았다. 하지만 지금은 사건에 집중할 때였다.

"연쇄살인 사건이 있었어요."

"네?"

"지금은 언론에 흘리지 않은 채 극비리에 수사 중인데 제 생각 으로는 추가 범행이 예상되는 사건이라 묘 씨에게 몇 가지 물어보 고 싶어서요."

"저한테요?"

"네."

최 검사의 표정이 심상치가 않자 나무도 진지하게 이야기를 듣기 시작했다.

"일주일 동안 세 명의 무당이 죽었어요."

"어디서요?"

나무도 관할서가 다르기 때문에 알지는 못했지만 연쇄살인 사건이라면 충분히 소문으로 들을 만했는데 이번에는 금시초문이었다.

"미아리고개에서요."

"사인은 뭡니까?"

"사인은 교살이지만 모두 목뼈가 부러져 있었고 가슴이 뜯겨진 채로 장기가 드러나 있는 상태였어요."

"여우령?"

나무의 얘기에 묘가 놀라는 표정이었다.

"첫 번째 시신에서 여우의 것으로 보이는 DNA가 검출이 되었고요."

"그런데 여고생이 아니라 무당이라……."

"그런데 특이 사항은 장기는 다 그대로인데 안을 휘저어가며 무언가를 찾은 흔적이 있어요."

"장기가 그대로였다고요?"

"네."

"검사님께서 저를 부르신 이유는요?"

"여우령의 짓은 분명한데 무당의 몸속에서 찾은 게 뭘까요?"

최 검사는 자신이 질문을 하고도 난감했다. 어떻게 묘가 이 사건에 대해 알겠는가. 그녀는 혼령만을 볼 뿐인데 말이다.

"……."

"제 질문이 너무 황당했죠?"

"아니에요, 답답하시니까 그러시겠죠."

"증거도 없고 아무것도 없는데 다음 범행이 왠지 더 있을 것 같다는 느낌을 떨칠 수가 없네요."

"답답한 상황이군요. 나무 오빠는 뭐 좀 짚이는 거 없어?"

"글쎄, 너도 알다시피 이런 일은 이제껏 한 번도 없었으니까 감이 오질 않아."

모두가 답답해하고 있는 그때에 옆 테이블을 치우며 조용히 그들의 대화를 듣고 있던 수지가 곁눈질로 그들을 자꾸 쳐다보았다. 나무는 얘기를 하면서도 수지의 온 신경이 이쪽에 있음을 느끼고 있었다. 하도 이상한 얘기라 신경을 쓰는 건지 알 수 없었지만 모두에게 소리를 낮추라고 얘기한 나무였다. 일반 사람들이 들으면 얼마나 황당한 얘기인가 말이다.

그때였다. 나무의 생각대로 이쪽이 의식이 되었는지 수지가 그들에게 다가왔다.

"제가 낄 자리는 아닌 것 같은데 그래도 도움이 될까 해서요."

놀란 세 사람이 모두 수지를 바라보고 있었다.

"옛날에 제가 아버지로부터 이야기를 하나 들었는데요, 이 일에 도움이 될 것 같아서요."

"……."

"옛날 하늘나라에 아주 아름다운 구슬이 있었대요. 그 구슬은 아름다울 뿐 아니라 막강한 힘을 가지고 있어서 옥황상제에게는 보물이기도 했지만 걱정거리이기도 했대요. 누가 훔쳐갈까 봐 날마다 전전긍긍이었죠. 그러던 어느 날 옥황상제는 가장 아끼는 정령에게 그 구슬을 보여주는 실수를 했고, 그 후 구슬의 아름다움에 현혹된 정령이 구슬을 훔치게 되었죠. 그래서 격노한 옥황상제가 정령은 지옥에 가두고 구슬은 12마리의 여우에게 나누어 지키게 했죠."

나무와 묘는 턱이 빠진 사람들처럼 입을 벌리고 수지를 쳐다보았다. 그녀의 지금 이야기는 산천지령이 그들에게 해주었던 이야기와 동일했다. 어떻게 이 이야기를 수지가 아는 것일까? 수지는 다음 이야기를 천천히 이어 나갔다.

"하지만 정령의 욕심은 지옥의 불구덩이에서도 계속되었고 아름다운 정령의 모습에 염라대왕도 마음이 흔들렸죠. 염라대왕을 구워삶은 정령은 12마리의 여우를 잡아들였고 그들의 몸에서 구슬을 빼내려고 했죠. 하지만 이를 보고만 있을 옥황상제가 아니었죠. 그는 여우들에게 각자의 구슬을 수호할 힘을 주었고 정령으로 변신시켜 그들 스스로 구슬을 지키게 했죠."

"……."

수지는 표정 하나 안 변하고 마치 옛날이야기를 하듯이 담담하게 말을 이어갔다.

"그들은 오랜 세월 동안 구슬을 지켰고 염라대왕에게서 풀려난 정령이 그중 하나를 꼬여 다른 11명을 죽일 때까지는 안전했죠. 정령은 그런 자신을 옥황상제가 보지 못할 거라 생각하지만 옥황상제는 그를 지금까지도 지켜보고 있다고 해요."

여기까지는 그들이 아는 내용이었다.

"그런데요? 얘기가 끝인가요?"

진짜로 뒷얘기가 궁금한 묘였다.

"무슨 이유에선지 하나의 구슬은 종적을 감췄고 11개의 구슬은 정령의 손에 들어갈 뻔하다가 사라졌죠."

이야기를 듣는 내내 나무의 얼굴이 굳어 있었다. 진짜로 이 이야기는 그냥 이야기가 아닌 실제 상황이었고 그 내용을 수지가 무슨 이유에선지 알고 있었다. 일반인들이 알 수 있는 내용이 아니었다. 나무는 형사의 촉으로 그녀가 범상치 않은 사람임을 느꼈다.

"정령은 위기의 순간 11개의 구슬을 자신을 섬기는 11명의 신녀의 몸속에 넣어 봉인시켜 버렸대요. 아무도 찾지 못하게."

"그래서요?"

이번에 나무가 다그쳐 물었다.

"옥황상제는 그의 모든 것을 다 보고 계셨지만 구슬을 가지고 오기에는 하늘의 상황이 좋지 않았죠. 하늘에서도 파가 갈려 옥황상제가 구슬을 찾기에는 시기가 적절하지 않았다고 해요."

정적이 흘렀다. 다들 너무나 놀랐고 특히 나무와 묘는 충격을 받은 상태였다. 이들의 정적을 깬 건 최 검사였다.

"아버지에게 들은 얘기라고요?"

"네, 얼마 전에 들은 얘기예요."

"아버지는 어디 계시죠?"

"……."

수지는 답을 하지 않았다.

"미안해요, 추궁을 하는 직업병이 있어서. 얘기 잘 들었습니다."

수지가 모두에게 인사를 하더니 카운터로 갔다.

"그냥 이야기 같지는 않아요. 뭔가가 있는 얘기예요."

묘가 놀라서 말했다.

"이 얘기가 의미가 담긴 얘기라면 이렇게 해석할 수 있죠, 11명의 몸에 구슬이 있고 지금 세 개를 여우령이 찾았다는 얘기고 나머지 피해자가 8명이 남았다는 얘기네요."

최 검사가 깔끔하게 정리를 해서 말했다.

"11명 모두 정령을 섬겼다는 건 맞는 얘기예요. 죽은 피해자 모두 산신을 섬겼거든요."

수지의 얘기가 신빙성이 있다고 최 검사는 판단을 한 모양이었다.

"전국에 산신을 모시는 무당을 다 찾는다고 해도 그들을 보호할 방법이 없어요."

그건 맞는 말이었다. 12령이 11개를 다 모을 동안 손을 놓고 기다릴 수만도 없었다.

"하지만 수지 씨의 말을 100% 신뢰할 수도 없고 저의 해석이 맞다는 결론도 내릴 수는 없네요."

최 검사의 말에 나무가 조심스럽게 얘기를 꺼냈다.

"수지 씨가 지금 일어났던 얘기를 한 건 확실해요. 지금은 검사님께 말할 수 없지만 과거에 일어난 일들은 확실히 맞아요. 그렇다면 나머지도 맞을 확률이 크다는 얘기죠. 이제는 돈암동만이 아닌 전국으로 확대를 해야겠네요."

최 검사가 잠시 생각을 하더니 뭔가를 결심한 듯이 말을 했다.

"사실……."

모두의 시선이 최 검사에게 쏠렸다.

"이런 걸 말해도 되는지 모르겠지만"

"말씀하세요. 무슨 일인데요?"

당찬 최 검사답지 않게 쉽게 말을 꺼내지 못하고 머뭇거리는 최 검사를 보며 나무가 말했다.

"엄마와 할머니도 산신을 모시고 계세요."

최 검사는 엄마와 할머니가 걱정이 되는 것이었다.

"일단은 두 분 다 서울로 모시고 오십시오."

"고집이 센 분들이라 안 올라오실 거예요."

"그래도 설득이라도 해봐야죠."

"12령이 얼마나 잔혹한 놈인지 보셨잖아요, 검사님. 오빠 말 들으세요."

"지금 어디에 계시죠?"

"아마 계룡산에 계실 거예요."

"갑시다."

"네?"

"묘에게 더 물어볼 말이 없다면 지금 출발해요."

"하지만."

"어머니가 다음 범행 대상이 될 수도 있어요."

그의 말에 최 검사가 자리에서 일어났다.

"가요, 저도 평생 후회할 짓은 안 하고 싶어요."

모두들 자리에서 일어났다. 그들이 가게를 나오자 수지가 인사를 했다. 아무것도 모르는 수는 그 옆에서 뭐가 그리도 좋은지 웃고 있었다.

"저희 가볼게요."

수지가 고개 숙여 인사를 했다. 역시 말없이 묵묵히 자신의 일을 하고 있었다. 나오는 길에 나무가 걸음을 멈추고 돌아섰다. 사건 때문에 바쁘고 지금은 최 검사의 일이 더 바쁜 관계로 카페에서 나오기는 했지만 수지라는 여자가 이제는 예사롭게 보이지 않았다.

　"나 형사님."

　최 검사가 그를 불렀다. 어머니와 할머니 때문에 마음이 급한 것 같았다. 잠시 생각을 접은 나무는 먼저 급한 불을 끄기 위해 수지를 뒤로하고 최 검사에게 달려갔다.

　묘를 집에 데려다주고는 그들은 경부고속도로를 탔다. 계룡산까지는 2시간 남짓한 거리였다. 가는 동안 최 검사는 이 계장에 전화를 걸어 전국으로 사건을 확대하고 유사한 사건 발생 시 보고하도록 지시를 내렸다.

　"이렇게 와도 되는 거예요?"

　"오늘은 일찍 퇴근한다고 했어요. 반장님께는 최 검사님과 의논할 게 있다고 했더니 너무 놀라시던데요."

　"미안해요. 아빠한테는 아직 말씀 못 드렸어요."

　서운하지 않다고 하면 거짓말일 것이다. 하지만 나무도 아직 그녀에게 하지 못한 말들이 많았다. 서로 아직은 때가 아니었다.

　"괜찮아요. 검사님이 편했으면 해요."

"고마워요."

나무가 그녀의 손을 꼭 잡았다.

"운전에 방해되지 않아요?"

"아뇨, 안 잡으면 잡고 싶다는 생각 때문에 더 방해가 돼요."

한마디를 안 지는 남자였다.

"걱정 많이 되죠?"

"네, 피해자들의 시신들을 안 본 것도 아니고 12령도 본 상태에서 혹시나 엄마나 할머니가 다음 범행 대상이 아닐까 하는 걱정도 돼요."

"걱정 말아요. 어머님은 제가 지켜 드릴게요."

"말이라도 진짜 고마워요."

2시간도 안 걸려 계룡산 국립공원에 도착했다. 여전히 최 검사는 걱정이 되는지 말이 없었다.

"검사님, 계룡산을 왜 계룡산이라고 부르는지 알아요?"

"……."

"닭 벼슬을 쓴 용같이 생겼다고 해서 그렇게 붙여진 거래요. 근데 어두워서 닭 벼슬을 쓴 용 모양인지 잘 모르겠네요."

"……."

그의 말에도 그녀는 앞만 보고 걸을 뿐 대꾸도 하지 않았다. 집이 국립공원과 가까운지 차를 국립공원에 주차시킨 후 그녀는 앞만 보고 걷고 있어서 혹시나 산으로 어머니를 찾으러 가야 하나 생각하며 나무가 최 검사에게 물었다.

"산에 들어가셨나요?"

"아니요. 산에는 매일 새벽에 가시고 지금은 집에 계실 거예요."

"집이요?"

"외할머니 집이요."

"아!"

조금 더 걸어가자 계룡산 입구에 작지만 아담한 집이 모습을 드러냈다.

"할머니!"

옛날 녹색 철 대문을 열고 들어가자 작지만 아담한 마당이 있는 집 안에서 백발의 머리를 곱게 쪽진 할머니가 버선발로 마중을 나오셨다.

"아니, 이게 누구야. 우리 귀한 검사님 아니신가?"

"할머니."

근엄하던 검사의 모습은 어디로 가고 할머니에게 응석을 부리는 꼬마가 된 최 검사였다. 할머니를 얼싸 안으며 그리도 좋은지 거의 방방 뛰고 있었다.

"할머니, 잘 지내셨어요? 너무 보고 싶었어요. 엄마는요?"

그때 집에서 최 검사와 비슷한 미모의 소유자가 나타나 나무를 당황스럽게 했다. 최 반장님이 왜 그렇게 가정적인지 알 것 같았다.

"봄아!"

"엄마!"

사이가 굉장히 안 좋을 거라 생각했는데 의외로 딸과 엄마의 사이가 굉장히 좋아 보였다. 한바탕 상봉의 기쁨을 누리고서야 나무의 존재를 알아본 어머니가 최 검사를 꾹 찔렀다.

"아 참, 죄송해요, 나 형사님. 이쪽은 제 외할머니 심옥숙 여사님, 이쪽은 우리 엄마 김혜옥 여사님이세요."

"처음 뵙겠습니다. 나무입니다."

그가 정중히 인사를 하자 김 여사는 그를 반갑게 맞이했지만 그녀의 외할머니는 그를 보자 호통을 치셨다.

"인간 세상에 오면 안 되십니다."

할머니는 그의 영적인 기운을 느끼신 듯했다.

"할머니!"

놀란 최 검사가 할머니를 집 안으로 모시고 들어갔다.

"죄송해요, 가끔 그러실 때가 있어요."

"아닙니다."

당황한 나무였지만 최대한 침착함을 유지했다. 집 안에 들어서자 바깥과는 다르게 신당의 느낌이 들었다. 불상들과 탱화 그리고 신도들의 이름이 쓰여 있는 초들이 즐비하게 켜져 있었다. 또한 향냄새가 진동을 했다.

"할머니는 나라 굿까지 하시는 아주 유명한 만신이신데 갑자기 신소리를 하실 때가 있으니까 그냥 이해해 주세요."

할머니의 말에 나무가 놀라자 최 검사가 말했다.

최 검사의 어머니는 주방에서 차를 준비하시며 연신 최 검사에게 말을 시키기에 바쁘셨다.

"얼굴에 살이 왜 그렇게 빠졌어? 밥은 제대로 먹고 다니는 거야?"

"응, 엄마도 살 빠졌는데?"

"안 빠졌어. 할머니랑 산기도 다니니까 타서 그런가 봐."

"그런가?"

어머니가 차를 내오셨다. 다시 봐도 굉장한 미인이셨다.

"어쩐 일이야?"

"엄마, 당장 짐 챙겨서 서울로 올라가자."

"왜?"

"이번 한 번만 내 말 듣고 할머니랑 올라가자."

"안 되는 거 알잖아. 100일 기도 마칠 때까지 안 돼. 이제 일주일 남았어."

조용했지만 단호함이 그 속에 있었다. 왜 최 검사가 고집이 세다고 얘기하는지 알 것 같았다.

"어머님, 지금 할머님도 그렇고 굉장히 위험한 상황입니다."

"왜요?"

"요 몇 달 사이에 이상한 괴물을 보셨다던지 아니면 좀 특별한 일을 경험하신 적이 없으십니까? 아름다운 구슬을 보셨다든지……."

"구슬?"

"예, 구슬이요."

왠지 불길한 예감이 드는 나무였다.

"어느 날인가 집에 있는 신당에서 기도를 드리는데 푸른색의 예쁘디예쁜 구슬 모양의 공이 내 몸속으로 들어오는 꿈을 꾸었는데 그걸 어떻게 알아요?"

최 검사의 어머니가 굉장히 의아한 듯이 나무에게 물었다.

"엄마~"

어머니의 꿈 얘기가 끝나기가 무섭게 최 검사의 눈에서 눈물이 흘러내리고 있었다. 우려했던 일이 현실로 다가오고 있었다.

"왜, 애가 왜 이러는 거예요?"

"어머님께서 굉장히 큰 위험에 처해 계십니다. 할머님과 서울로 바로 올라가셔야 합니다."

"봄아, 일주일 후에 올라갈게."

"안 돼요. 지금 서둘러서 짐 챙겨요. 빨리요."

딸의 눈물에 고집 센 엄마의 고집이 꺾일 리가 없었다.

"그만 울고. 엄마가 진짜로 일주일 후에 올라갈게."

그때였다. 최 검사의 외할머니가 짐을 챙기셨다.

"혜옥아, 짐 챙겨라."

"엄마."

"지금은 신령님이 하라는 대로 해야 해."

"엄마, 일주일만 고생하면 되는데 여태까지 치성으로 들인 기도가 아무 소용이 없잖아."

딸과 친정엄마까지 서울로 올라가자는 바람에 혜옥은 짜증이 났다. 이러려고 가족들 다 놔두고 이곳까지 와서 치성을 드린 것이 아니었다.

"아는데 이번에는 이 어미 말 좀 들어."

"그러니까 일주일 있다가 올라간다고."

혜옥이 고집을 부리자 심 여사가 갑자기 마당으로 혜옥의 짐을 던졌다.

"내 집이니까 나가."

"엄마."

"그렇게 다들 위험하다고 하는데 고집을 부리니 내쫓을 수밖에."

모두들 할머니의 강경함에 깜짝 놀랐지만 딸의 고집을 꺾기 위한 늙은 엄마의 최후의 방법이었다.

"알았어요."

늙으나 젊으나 자식들은 한번에 말을 듣는 법이 없었다.

"신령님, 이제 가시죠."

할머니는 나무를 말하는 것이었지만 그것을 알아챈 사람은 아무도 없었다. 하지만 할머니의 성화에 최 검사의 어머니도 짐을 챙기기 시작하셨다. 우여곡절 끝에 서울에 도착한 나무는 최 반장의 집으로 향했다.

제9장 보호하고 싶은 여자

　최 반장의 집에 도착한 나무는 어른들의 짐을 들고 자주 온 손님처럼 편하게 들어갔다.

　"들어가시죠."

　마치 자기 집인 양 어머니와 할머니를 안내하는 나무를 보니 최 검사는 웃음이 나왔다. 더 웃기는 건 엄마나 할머니가 전혀 어색해하지 않으신다는 거였다. 할머니는 계속해서 그를 보며 존댓말을 하시지만 그래도 은근히 마음에 들어 하시는 것 같았다. 엄마는 원래 잘생긴 남자한테 약했기 때문에 당연히 그를 좋게 보신 것 같았다. 이러다가 코 꿰는 게 아닌지 은근히 걱정이 되는 봄이었다.

문을 열고 들어가자 최 반장이 혼자서 식탁에 앉아 소주잔을 기울이다 왔냐는 소리도 안 하고 넋을 놓고 그들을 보고 있었다.

"장모님!"

"나 왔네."

"여보."

"나 왔어요."

"봄아."

"다녀왔습니다."

"나 형사!"

"안녕하십니까? 사모님 모시고 왔습니다."

최 반장을 안 지 꽤 오래되었지만 지금처럼 바보 같은 표정은 처음이었다.

"무슨 일이야?"

"엄마, 할머니, 들어가서 쉬세요."

엄마와 할머니가 피곤하셨는지 방으로 들어가시자 자기 집처럼 소파에 가서 냉큼 앉은 나무를 어처구니없다는 식으로 바라보던 최 반장이 나무의 앞에 앉아 다짜고짜 물었다.

"뭐야? 진짜로 가서 데리고 오면 어떡해?"

최 반장은 자신 때문에 부인을 나무가 데리고 온 줄 알고 나무를 나무랐다.

"쓸쓸하시다고 했잖아요."

"야!"

이때 최 검사가 주스를 따라가지고 와서 나무 앞 소파 테이블 위에 놓았다.

"앉아요."

최 검사가 나무의 옆에 앉자 최 반장의 눈이 매섭게 빛났다.

"어째 그림이 좀 이상하다?"

"뭐가요?"

"이 수상한 냄새는 뭐지?"

"거, 쓸데없는 소리 좀 그만하시고 주스나 드세요."

"너만 줬잖아."

"참, 삐칠 걸 삐치세요, 자요."

"아빠, 주스 안 좋아하시잖아요. 물이라도 가져올까요? 다른 게 없어서……."

최 검사가 미안해하며 자리에서 일어서려고 하자 나무가 최 검사의 손을 잡아 앉혔다.

"그냥 앉아 있어요. 지금 그게 급한 게 아니잖아요."

최 검사가 다시 자리에 앉자 최 반장이 큰소리로 말했다.

"난 지금 이 상황이 제일로 궁금해. 빨리 얘기하는 게 나무의 신상에 좋을 것이야."

"……."

눈치 빠른 최 반장이었다. 하지만 나무로서는 아직 둘이 사귀고 있음을 본인이 밝힐 수는 없었다.

"아빠, 저희 사귀기로 했어요."

말을 하지 않을 것 같았던 최 검사가 갑자기 사귄다는 말을 꺼내자 나무도 당황했다.

"뭐?"

최 반장이 오늘 이래저래 정신없이 펀치를 맞고 있었다.

"그래서 나 덜 외로우라고 널 위해 기도하는 엄마를 데리고 왔어?"

"아니에요."

"아니긴 뭘 아니야."

최 반장이 화가 단단히 난 것 같았다. 갑자기 최 검사가 아버지에게 폭탄선언을 하는 바람에 집 안에 폭풍전야의 냉기가 흐르고 있었다. 그때 갑자기 나무가 최 반장 앞에 무릎을 꿇었다. 이왕 이렇게 된 바에야 확실히 허락을 받는 것도 좋겠다 싶었다.

"뭐 하는 짓이야?"

"따님과 사귀고 싶습니다."

"......"

"진지하게 생각하고 있습니다."

"미친놈, 너 봄이 싫어했잖아."

"일하는 게 맞지 않았을 뿐 여자로서는 좋아했습니다."

"안 돼."

"허락을 해주시라는 것이 아니라 이제부터 제가 더 아껴줄 거라고 통보하는 겁니다."

"안 된다니까."

"제가 뭐가 그렇게 마음에 안 드십니까? 검사가 아니라서 그러십니까?"

"누가 그렇대?"

"모든 사람은 자신의 몸에 맞는 옷이 있습니다. 저는 경찰이 제 몸에 맞는 옷이고요."

"그래, 너 말 잘했다. 나는 얘가 잘난 놈한테 가는 걸 바라는 게 아니야. 그냥 따뜻하게 아껴주고 평생 예뻐해 줄 놈을 바라는 거지."

"저는 못할 것 같습니까?"

"너는 너무 잘났어."

"만년 경사가 뭐가 잘났습니까? 승진도 못하는데……."

"넌 돈도 많고 잘생겨서 여자들이 항상 붙어서 안 돼."

"네?"

"난 무난하고 다정한 놈한테 보낼 거야."

"여하튼 오늘은 이 문제로 여기에 온 게 아니니까 다음에 얘기하시죠."

무릎을 꿇고 있던 나무가 다시 소파에 앉았다. 지금은 자신들의 문제보다 최 검사의 어머니의 안전이 더 중요했다. 자신들의 이야기는 그 뒤에 시간을 갖고 최 반장을 설득하면 되는 것이었다.

"뭐? 봄아, 너 똑바로 들어. 저놈은 안 돼."

"저도 양보 못합니다."

"너 나가!"

"못 나갑니다. 제 할 말 다 할 때까지는요."

최 검사는 두 사람을 보며 말들은 투박하게 하지만 일을 하면서 둘의 정이 깊이 든 것 같았다.

최 반장이 뒷목을 잡으며 말했다.

"할 말이 뭐야?"

"사모님이 위험하십니다."

"뭐라고?"

"이번에 미아리고개 무당 연쇄살인 사건에 대해서 들으신 적이 있으십니까?"

"그래."

그의 표정이 순간적으로 바뀌었다.

"이번에 담당이 최 검사님이십니다."

"얘가 그 사건을 맡는 것과 애 엄마가 무슨 상관이야?"

"피해자들이 어떻게 죽었는지 아십니까?"

"나는 잘 몰라. 미아리고개 부근의 무당촌에서 연쇄살인이 일어났다는 정도지. 3명이 죽었다고 했나?"

"네, 현재는 3명이 죽었고 앞으로 저희 예상에는 8명이 더 죽을 것 같습니다."

"……."

최 반장은 확신에 찬 나무의 얘기에 할 말을 잃은 듯했다.

"그게 우리 집사람과 무슨 관계가 있지?"

"피해자 세 명 모두 교살당했고 몸 안에서 무엇인가를 가져갔다고 합니다."

"그게 뭐야?"

"구슬이요."

"이 자식이 미쳤나."

"아빠, 얘기 좀 들어보세요."

"봄이 너까지 왜 그러니."

최 반장의 얼굴에 불안함이 가득했다.

"솔직히 현실적인 얘기가 아니라서 보통 사람들은 믿기 어렵겠지만 사모님이 무당이시고 따님은 혼령을 보니 이번 사건을 최 반장님만은 이해하실 거라 믿습니다."

"말해봐."

"여우령이라는 혼령이 있는데 그 여우령이 구슬을 갖고자 사람들을 죽이는 겁니다."

"사람의 몸속에 구슬이 있다는 게 말이 돼?"

"산신을 모시는 무당 11명에게 구슬이 영적인 힘으로 들어갔습니다. 모두들 그것이 꿈일 뿐이라고 생각하시겠지만 실제로 구슬은 그분들의 몸에 들어갔고 여우령은 지금 그 구슬을 찾고 있습니다."

"이게 무슨 말인지 도통 모르겠군."

"그런데 산신을 모시는 사모님께서 그 꿈을 꾸셨답니다."

"뭐라고?"

"순서가 어떻게 될지는 모르지만 일단 사모님을 지켜야 합니다. 현재 일주일 동안 3명이 죽었어요. 놈은 그 구슬을 다 찾을 때까지는 살인을 멈추지 않을 겁니다."

"그래서 어떻게 하려고."

"제가 사모님을 계속 지킬 수 있도록 허락해 주십시오."

"네가 무슨 수로 귀신을 이겨."

"일단은 저를 좀 믿어보시죠."

"안 되겠다. 내일 병원에 가서 엑스레이를 찍어봐야 되겠다. 몸에 정말로 구슬이 있는지 없는지 이건 불안해서 견딜 수가 있어야지. 아니다, 지금 엄마 옷 입고 나오라고 해."

"왜요?"

"응급실에라도 가보자."

불안한 마음에 최 반장이 안방의 문을 열고 들어가 장모의 옆에 누워 있는 혜옥을 깨웠다.

"여보, 빨리 옷 입고 나와."

"왜요."

매일 산기도로 피곤한데다 갑작스럽게 차를 타고 이동해서 너무나 피곤한 혜옥이었다.

"너무 피곤한데 내일 하면 안 돼요?"

"내가 죽을 것 같으니까 응급실에 좀 다녀오자고."

"당신 어디 아파요?"

혜옥이 벌떡 일어나 급하게 옷을 입었다.

"내가 지금 걱정이 돼서 죽을 것 같아."

최 반장은 나 형사의 얘기가 거짓이기를 바라며 나 형사와 봄이까지 데리고 병원으로 향했다.

근처 종합병원 응급실에 간 그들은 기어이 엑스레이를 찍었다. 그리고는 당직 의사의 놀란 얼굴을 뒤로하고 엑스레이 사진만을 받아 병원을 나왔다.

"정말 구슬이 내 몸 안으로 들어왔던 거야?"

혜옥은 이 사실이 너무나 얼떨떨했다. 산신을 모신 지 30년이 훌쩍 넘었지만 이런 일은 처음이었다.

"엄마, 괜찮을 거야. 아프지는 않아?"

"응."

최 검사는 엄마를 모시고 국과수로 향했다. 새벽 시간이었지만 오 박사와 다행히 연락이 됐기 때문이었다.

오 박사가 피곤에 지친 모습으로 그들을 기다리고 있었다.

"최 검사님, 오셨습니까?"

"죄송해요. 밤새 일하시는데 저희가 방해가 되는 건 아닌지 모르겠습니다."

"안녕하십니까?"

"오, 나 형사, 최 반장님."

오 박사의 눈이 최 검사의 어머니에게로 향했다.

"누구신지?"

"제 어머니세요."

"아~ 안녕하십니까."

새벽 시간에 최 검사의 어머니라니, 오 박사는 조금 의아한 시선으로 그들을 다시 보았다.

"이것 좀 봐주셨으면 하구요."

오 박사가 엑스레이를 받아 엑스레이 판독기에 끼웠다. 그걸 본 그의 눈이 커다랗게 되었다. 오른쪽 갈비뼈 뒤로 골프공만 한 크기의 원이 보였다.

"이게 도대체 뭔지?"

"이게 여우령이 찾는 구슬이에요."

"이건 누구의 엑스레이입니까?"

"저희 엄마요."

"네?"

"지금 찍고 바로 이곳으로 온 거예요."

"확실히 찾는 게 있기는 했군요."

"네, 이 구슬은 모두 11개예요. 그중에 3개를 찾았으니 나머지 8명의 목숨이 위험한 거죠."

여우령들의 이야기는 이제 놀랄 것도 없었다. 어떻게 인간이 영혼들의 생각을 알 수 있을까. 그들의 이상한 행동들에 오 박사는 이제 놀랄 것도 없었다.

"미아리고개 무당촌의 무당들을 엑스레이로 일일이 확인할 수도 없고."

"엄마는 미아리에 계시지 않았어요."

"그럼 전국으로 확대 수사를 하는 건가요?"

"비슷한 유의 살인 사건이 터지면 보고하라고 지시는 내려놓았어요."

"그렇군요."

"일단은 엄마는 나 형사님께서 보호해 주시기로 했어요."

"지난번의 녀석이 맞다면 그 복면을 썼던 남자들을 찾는 게 유일한 해결책인 것 같은데요."

오 박사의 말이 맞았다. 그들만 찾을 수 있다면 얼마나 좋을까. 지금의 경찰이나 특수부대도 여우령을 당할 수는 없었다. 어느 날 갑자기 세상 밖으로 튀어나온 여우령에 그에 맞서 싸우는 이상한 능력의 사람들에 최 검사는 요즘 정신이 혼미한 상황이었다.

"운이 좋다면 또 나타나겠죠."

"그렇군요."

"오 박사님, 수술로 빼낼 수는 없나요?"

"너무 깊어요. 잘못하면 다른 장기를 손상시킬 수도 있어요."

"……."

"일단은 방법을 생각해 봅시다. 그때까지 나 형사가 사모님 잘 모시고."

"네."

오 박사의 얘기에 모두들 표정들이 좋지 않았다. 빼낼 수 있을 거라는 생각을 했던 나무였지만 오 박사의 말을 듣고 나니 희망이 사라진 느낌이었다.

"일단은 사모님을 모시고 댁으로 가세요, 최 반장님."

나무가 말했다.

"알았네."

"저는 일단 사모님이 안전하게 계실 만한 곳을 찾도록 할게요."

"고마워."

"무슨 말씀이세요, 당연한 일이죠."

그리고는 최 검사를 불렀다.

"일단은 집도 위험하니까 다른 장소를 알아보도록 할게요. 그리고 수술을 할 수 있는지 오 박사님이 알아보시는 동안은 제가 어머님 곁에 있을게요. 걱정 말아요."

그가 최 검사를 위로하고는 자신의 차를 타고 어디론가 사라졌다. 봄은 그가 사라지는 모습을 말없이 바라보았다. 어른들이 계시지 않았다면 그의 품에 안겨 한없이 울고 싶은 심정이었다.

　엄마의 안전이 너무나 중요했다. 피해자의 시신만 보지 않았어도 그녀가 이렇게까지 공포를 느끼지는 않았을 것이다. 엄마가 그 자리에 누워 있다는 생각만 해도 그녀는 오금이 저려왔다.

　"엄마, 아빠, 빨리 집으로 가요."

　차에 탄 혜옥이 딸에게 물었다.

　"도대체 왜들 이렇게 부산한 거야? 엄마한테는 왜 말을 안 해주는 거야? 내용을 알아야지 무턱대고 위험하다고만 하고."

　"⋯⋯."

　"내 배 안의 구슬이 뭐가 어떻다는 건데, 신령님이 직접 주신 구슬이고 난 아프지도 않고 의사는 생명에 지장도 없다는데 너무 요란한 거 아니야?"

　"엄마, 잘 들어."

　"그래."

　이제는 엄마에게도 정확하게 말을 해줄 때라고 판단한 최 검사였다. 돌려서 말하기에는 일의 진행이 너무나 빨리 돌아가고 있었다.

　"엄마 몸속에 든 구슬을 누군가 노리고 있어. 벌써 산신을 모시는 무당이 세 명이나 죽었어. 범인은 모두를 목 졸라 죽였고 죽인 후에는 가슴이 갈비뼈까지 뜯겨져 나가고 장기 속에 손을 넣어서 구슬을 가지고 사라졌어."

최 검사의 말에 엄마의 표정이 굳어졌다.

"앞으로 8명의 몸에서 구슬을 빼앗아갈 거고 그중에 한 명이 엄마야."

"뭐? 사실일 리가 없어."

"나도 농담이었으면 좋겠어, 엄마. 당분간은 나무 형사와 아빠가 지켜줄 거고 가능하다면 빨리 수술을 했으면 좋겠어."

"그래도 내가 죽는다는 증거가 어딨어."

"엄마, 일주일 사이에 3명이 죽었고 나머지 사람들도 안전하지 못해. 그나마 엄마는 구슬의 존재를 미리 알아냈기 때문에 보호를 받을 수 있는 거야."

위험하다는 말에 치성을 드리다 부랴부랴 올라오기는 했지만 이 정도로 위험할 줄은 몰랐던 혜옥이었다.

"여보, 너무 걱정하지 마. 내가 있잖아."

"……."

갑자기 온몸에 소름이 끼쳤다. 솔직히 구슬이 몸에 들어오는 꿈을 꿨을 때는 봄이 시집을 가는 꿈인 줄 알고 내심 좋아했었다. 그리고 그런 봄 때문에 백 일 동안 산기도를 하려고 계룡산으로 들어갔었고 일주일을 남겨두고 내려오기가 더욱더 아쉬웠었다.

봄이 데리고 온 나 형사가 혜옥은 봄의 짝이라는 생각이 들었다. 그를 처음 보았을 때 비범한 인상을 받았고 친정 엄마는 자꾸 그가 하늘에서 온 신령이라고 하셨다. 그만큼 그의 인상이 귀하다는 뜻이었다.

오늘 봄이 친정집에 찾아오기 전까지 그녀는 그냥 평범한 무당이자 무당 어머니를 둔 평범한 딸이었다. 남들의 점이나 봐주고 가끔 굿이나 하면서 아이들을 기르던 엄마이기도 했다.

너무나 자신을 예뻐해 주는 신랑도 있었고 훌륭하게 커준 오남매도 있었다. 갑자기 교통사고가 난다거나 집이 무너진다거나 하는 쓸데없는 생각도 안 하고 그냥 평범하게 살았던 사람인데 지금은 뭐가 뭔지 도저히 알 수가 없었다.

아까 봄이 자신을 붙잡고 울 때는 억장이 무너졌지만 도대체 무슨 상황인지 와 닿지가 않아 도리어 무덤덤했었다. 하지만 지금은 달랐다. 엑스레이로 몸 안의 구슬까지 확인하고 다른 죽은 무당들의 얘기까지 듣고 나니 무서웠다. 봄이와 봄이 아빠 앞에서 힘들어하는 모습은 보이기 싫었지만 어쩔 수 없이 그녀도 사람이기에 온몸에 소름이 끼치고 두려움에 몸이 저절로 떨리고 있었다.

여태 정성으로 키운 아이들이 하나둘씩 자리를 잡고 있을 이때에 죽는다니 너무나 억울했다. 아이들 다 키우고 남편이랑 여행을 다니며 노후를 보내는 게 그녀의 꿈이었다. 이제 그 꿈이 실현되려면 얼마 남지 않았는데 죽는다니 참 허망했다.

"여보?"

"걱정 안 해요. 당신이 지켜줄 건데 뭘⋯⋯."

혜옥의 얼굴에 근심이 가득했다. 옆에 앉아 있던 봄이 혜옥의 손을 꼭 잡았다.

"일단은 조심하자는 의미니까 엄마 너무 걱정하지 말아요. 그리고 꼭 엄마의 몸속에 있는 구슬을 빼내도록 할게."

나무는 차를 몰고 집으로 향했다. 집 안은 언제나 그렇듯이 조용했다. 나무는 베란다로 달려가 수를 깨웠다. 그러자 물속에서 물이 점점 솟아나 사람의 형상을 만들더니 그 형상이 성큼성큼 걸어나왔다. 그리고 점점 수의 모습으로 변해갔다.

"이 시간에 뭐야?"

"급해, 빨리 나가자. 나머지는 묘의 집에 가면서 설명을 해줄게."

"지금이 몇 신 줄 알아?"

"이제 조금 있으면 아침이야. 그리고 요즘 푹 쉬었잖아."

"어!"

나무가 수의 손을 잡고 끌어당겼다.

"알았어, 간다고 가."

새벽부터 들이닥친 손님들로 놀라서 깬 건 묘 부부도 마찬가지였다. 부스스한 머리에 나이트가운만 입은 부부는 비몽사몽 한 얼굴로 나무를 보고 있었다.

"무슨 일이야?"

나무가 최 검사 어머니의 엑스레이 사진을 모두에게 보여줬다.

"나도 대충 내용은 묘로부터 들어서 알고 있고 수도 묘에게 들어서 알고 있겠지만 상황은 우리에게 불리해. 사람들을 찾는 게 우선인데 찾은 건 한 명뿐이고."

호가 답답했는지 먼저 말을 꺼냈다.

"8명 중에 한 명을 찾은 거야. 순서는 정해져 있지 않으니 최 검사의 어머님에게 12령이 언제 올지 모르는 부분인 거지."

나무가 지금의 상황을 담담하게 말했다.

"그럼 나머지 일곱은 어떻게 찾을 건데?"

"일곱은 찾을 수가 없어. 전국의 모든 무속인들의 엑스레이를 찍을 수도 없고 찾아낸다고 한들 지난번처럼 여학생들 때처럼 한 곳에 모아두고 지킬 수도 없고."

"그래서 나무의 생각은 뭔데?"

호가 나무에게 물었다.

"이번에는 호가 우리를 좀 도와줬으면 좋겠어."

"어떻게?"

"우리는 혼령을 볼 수 없고 묘는 임신 중이니 자네의 도움이 필요해. 우리에게는 영혼을 볼 수 있는 묘의 눈과 우리처럼 싸울 수 있는 자네의 능력이 그 어떤 때보다 필요하네."

"좋아. 내가 돕도록 하지. 하지만 회사의 일 때문에 하루 종일 있지는 못해."

"고마워."

"별말씀을……."

"그리고 묘야, 여우환이 지금 얼마나 있지?"

"왜?"

"일단은 결전을 대비해서 대비를 해두는 게 좋을 것 같아. 너는 집에서 꼼짝도 하지 말고. 알았지? 위험한 일이니까."

"알았어. 그리고 여우환 여기 있으니까 먹어."

나무와 수는 묘가 주는 여우환을 먹었다. 뭔가 다른 때와는 비교가 되게 힘이 솟는 기분이었다.

"내 기분인가? 오늘은 좀 다른데?"

나무의 말에 수도 동감을 했다.

"오늘의 여우환에는 산천지령이 준 천주를 넣어봤어, 아마도 부상을 당했을 때 회복력이 클 거야."

"호도 먹어보는 게 어때?"

"나는 여우구슬이 있으니까 여우환은 필요치 않아."

그랬다. 호는 12령의 여우구슬을 몸속에 가지고 있었다. 가장 힘이 강력한 구슬이었다. 여우령이 가장 탐을 냈지만 반은 사람이고 반은 여우령인 호와 하나가 된 여우구슬의 힘을 그들은 당해낼 수가 없었다.

구슬의 위력으로 호도 그들처럼 시간이 멈추고 있었다. 묘처럼 그도 늙지 않는 것이었다. 아직은 호가 깨닫지 못하고 있는 것 같앉지만 이 사건이 해결이 되면 묘가 고양이로 변한다는 것과 그의 능력이 강화되었다는 걸 차근차근 설명을 해줘야겠다고 생각하는 나무였다.

"지금 이 이야기를 하려고 새벽부터 왔나? 날이 밝은 다음에 회사로 찾아와도 될 일인데……."

호는 묘가 임신 중인데 새벽에 깬 것이 마음에 들지 않았던 모양이었다.

"궁금한 게 있어서."

"뭐지?"

"자네는 구슬을 몸 밖으로 뱉어낼 수 있지 않나. 혹시나 최 검사의 어머니도 뱉어낼 수 있는 방법이 있지 않을까 해서 궁금해서 왔네."

"나는 입으로 삼킨 것이니 입으로 뱉을 수 있지만 이쪽은 빼내야 하네."

"수술을 하기 힘든 깊은 곳에 위치했다고 하더군. 지난번 산천지령과의 싸움에서 보니 산천지령이 12령의 몸에서 구슬을 빼내던데 자네는 그렇게는 못하나?"

"안 해봐서 잘은 몰라. 그래도 한번 해보지. 하지만 기대는 말게."

"고마워."

"모르긴 몰라도 그때 12령이 크게 부상을 당하지 않았나? 우리는 12령이 죽었다고 생각할 만큼."

호의 말이 맞았다. 산천지령이 12령의 몸에서 구슬을 빼앗았을 때 12령이 죽은 줄 알았었다.

"하지만 내가 한번 해보도록은 하지. 내일 퇴근 후에 나무의 집으로 가지. 집중하기에는 밤이 좋으니까."

"고마워. 하지만 오늘 밤이네."

"그렇군."

날이 밝아오고 있었다. 수와 나무는 묘와 호에게 인사를 하고는 최 검사의 집으로 향했다.

최 검사의 집은 그야말로 초상집 분위기였다. 30평이 조금 넘는 집에 어른 열 명이 모여 있으니 답답하기 그지없었다. 아이들도 모두 엄마가 왔다는 소식에 새벽같이 집으로 들어온 모양이었다.

거실에 있는 소파에 다 앉지를 못해서 막내와 넷째는 서 있었다. 모두들 사람들이 많아 좁거나 말거나 다들 혜옥의 걱정을 하느라 정신이 없었다.

"의사가 둘이나 있는데 엄마 몸속의 구슬 하나 못 빼."

최 반장이 가슴을 쳤다.

"아빠, 엄마 몸속에 있다는 구슬이 심장의 바로 옆에 있어서 잘못하다가는 큰일 날 수도 있기 때문에 빼낼 수가 없는 거예요."

둘째 동준은 흉부외과 레지던트였다.

"형 말이 맞아요. 위치가 너무 안 좋아요."

셋째 비뇨기과 인턴 동수가 형의 말을 옹호했다.

"아무리 우리 집이 무속인 집이라고는 하지만 지금 이게 말이 된다고 생각하세요?"

넷째 동민은 이번에 사법고시를 패스해서 누나의 뒤를 잇는 예비 검사였다. 천성이 논리적이고 차가운 아이였다. 이번 일이 몹시도 마음에 안 드는 눈치였다.

"어디 막내도 한마디 하지?"

넷째의 말이 몹시도 귀에 거슬린 나무가 빈정대며 말했다.

"거기는 누구신데 남의 집 가정사에 끼어드십니까?"

넷째 동민이 욱해서 나무에게 대들었다.

"나는 엄마를 경호할 사람."

엄마를 지켜줄 사람이라는 말을 듣고는 동민이 입을 다물었다.

"그래서 수술은 아예 불가능하다는 거야?"

최 검사의 물음에 둘째 동준과 셋째 동수가 고개를 끄덕였다.

"그러면 엄마를 위험하게 그대로 둘 수밖에 없다는 거야?"

최 검사의 눈에서 눈물이 흘러내렸다. 이때 조용히 앉아 있던 혜옥이 아이들을 보며 말했다.

"나는 좋은 신랑을 만나서 행복했고 너희들이 너무나 잘 자라 주어서 좋았다. 더 이상 바랄 것이 없으니 너무들 걱정들 말고 각자의 자리로 돌아가."

그녀가 소파에서 일어나려고 하자 자리에 잠자코 앉아만 있던 심옥숙 여사가 혜옥의 팔을 붙들었다.

"엄마."

"앉아봐. 나 형사님은 방법이 있죠?"

"네."

"그러면 우리는 나 형사님만 믿습니다. 그리고 옆에 같이 오신 신령님도 우리 딸을 잘 보살펴 주시리라 믿습니다. 저한테 백일기도를 하라고 하시면 할 것이고 천일기도를 하라고 하면 할 테니까 우리 딸 좀 살려주소."

늙은 어미의 애끓는 부탁이었다. 자식을 여우령에게 잃어본 경험이 있는 나무로서는 심 여사의 부탁을 흘려들을 수만은 없었다.

"최선을 다하겠습니다."

"저는 두 분 신령님만 믿습니다."

심 여사가 나무와 수가 있는 곳으로 가서 손을 꼭 잡았다. 늙은 어미의 마음이 그대로 전해지고 있었다.

"아이고, 내 팔자가 박복해서 자식에게 무당 팔자 물려주고 손녀도 귀한 검사 자리 팽개치고 무당 짓시키려니 마음이 찢어집니다. 부디 굽어살펴 주십시오."

"장모님, 나 형사가 무슨 신령이라고 그러십니까? 속상한데 어머니까지 그러십니까? 동혁아, 할머니 모시고 들어가."

"네. 할머니, 좀 더 주무세요."

막내 동혁이가 할머니를 부축해서 방으로 모시고 들어갔다.

"동수는 엄마 모시고 들어가고."

"네."

"동수야, 내 가방에 영양제랑 수액 있어. 엄마하고 할머니 놔드려."

둘째 동준이 말하자 동수가 고개를 끄덕이더니 혜옥을 부축해서 들어갔다. 거실에는 최 반장, 최 검사, 나무, 수, 둘째 동준 그리고 까칠한 동민이 소파에 앉아 있었다.

"도대체 어떻게 일을 처리해야 할지 모르겠군."

최 반장이 답답해하고 있었다.

"아버지, 제가 수술에 대해서 좀 더 알아볼게요."

둘째 동준이 말했다.

"저는 이번 일이 그닥 믿어지는 일이 아니어서 엄마가 살해의 위협을 받는다고는 생각하지 않지만 엄마의 몸속에 있는 구슬은 당장은 위험하지 않고 엄마가 고통스러워하지 않으니까 괜찮은 것 같지만 언제 위험의 변수가 될지 모르니 그대로 둘 수는 없을 것 같아요."

이 집안의 아이들은 똑똑한데다가 이성적이기까지 해서 정이 들지 않는 나무였다. 뭐, 인간미라고는 눈을 씻고 봐도 찾을 수가 없었다.

"저의 생각은 달라요. 지금은 확률인 것 같아요. 엄마가 범죄의 대상이 될 확률이 그렇지 않을 확률보다 굉장히 높다는 게 문제고 단 1%의 가능성이 있다고 해도 우리는 엄마를 지켜야 해요. 괜히 무시했다가 엄마에게 진짜 일이 생긴다면 큰일인 거니까."

동민의 말에 모두들 고개를 끄덕였다.

"나 형사님은 무턱대고 지키는 것 말고 다른 방법은 없습니까?"

역시 예리한 동민이었다. 달리 사법고시를 패스한 게 아니었다.

"하루 종일 어머님 곁에 있다가 저녁에 저희 집에 모시고 갈 생각입니다."

"왜요?"

모두가 나 형사를 쳐다봤다.

"녀석의 활동 시간이 저녁이기도 하고 여기에 계시면 가족들도 위험하고 해서 어머니만 따로 모실 생각입니다. 또 저녁에 구슬을 몸속에서 뺄 수 있을지 어떨지 모르지만 구슬을 빼는 의식이 가능한 사람이 올 겁니다."

"집에서 수술을 한다고요?"

흉부외과 레지던트인 동준이 놀라서 말했다.

"수술이 아니라 의식이죠. 뭐 굳이 말을 한다면 퇴마식 같은 거죠."

"점점 더 가관이네. 퇴마식이라니."

넷째 동민이 비꼬며 말하자 가만히 앉아 잇던 수가 발끈했다.

"세상에는 과학으로 설명이 안 되는 것이 많지. 그럼 사람들을 그것을 철학으로 설명을 하지. 그래도 설명이 안 되면 신학으로 돌려 버리지."

수의 표정에 차가운 살기가 흘렀다. 이렇게 차가운 수의 모습을 나무도 오랜만에 봤다.

"동민이라고 했나? 그쪽의 얼마 안 되는 지식으로 설명할 수 있는 일이 아니야. 어머니의 목숨을 담보로 삶고 싶지 않다고 했으면 그만 입 좀 다물었으면 좋겠군."

"뭐요?"

"나도 한가해서 이곳에 온 게 아니야."

"수야!"

"동민이 너."

나무와 최 검사가 각자의 동생들을 진정시켰다.

"가만히 손을 놓고 있을 수 없으니 이번에는 나 형사한테 신세 좀 지겠네."

최 반장이 결론을 내고는 자리에서 일어났다.

"난 출근 준비를 해야겠어. 너희들도 빨리 출근하고 동민이 너도 학교에 가."

"네."

"나 형사는 집에 있을 건가?"

"네."

"동생분한테는 미안하지만 신세 좀 지겠습니다."

"별말씀을요."

수가 다시금 사람 좋은 미소를 지었다.

"봄이 너는?"

"저는 출근해야 해요."

"같이 나가자. 태워다 줄 테니."

"네."

모두가 분주하게 출근 준비를 하고 있을 때 나무가 모두의 눈을 피해 슬며시 최 검사의 방으로 들어갔다. 그리고는 방문을 잠갔다.

"뭐, 하는 짓이에요?"

속옷 차림의 놀란 최 검사가 그를 보고는 소리를 죽여 말을 했다. 너무 작게 말해서 입모양으로 무슨 말을 하는지 알아들을 수 있었다.

"잠깐 얼굴 좀 보려고요."

"오늘 엄마 잘 부탁드려요. 그리고 얼른 나가요. 아빠한테 들키면 진짜 혼나요."

"잠깐만요."

그가 봄의 팔목을 잡아끌어 당겼다. 봄의 얼굴이 그의 가슴에 닿자 그의 쿵쾅거리는 심장 소리가 그녀의 귓가를 맴돌았다.

"내가 못 살아……."

그가 그녀의 얼굴을 잡아 입을 맞추었다. 무엇보다 달콤한 그녀의 입술이었다. 그녀가 그의 목에 팔을 감고 그의 입술을 받아들였다. 사람들 속에서 숨어서 하는 키스는 이브의 선악과를 먹는 맛이었다. 위험하고 달콤한.

그가 그녀의 엉덩이를 손으로 감쌌다. 맨살이 주는 이 폭신하고 탱탱한 느낌이 너무나 좋았다. 당장 그녀의 침대에 눕히고 가지고 싶었지만 자제력을 끌어모으고 있는 나무였다.

"으음~"

그녀의 입에서 신음 소리가 흘러나오고 있었다. 그때였다.

"봄아~ 아직 멀었니?"

둘은 누구랄 것도 없이 빛의 속도로 떨어졌다.

"10분만요."

"나가서 시동 걸고 있으마."

"네."

최 검사는 나무를 베란다로 연결된 창문으로 내보냈다. 얼떨결에 나무는 도둑처럼 창을 넘어 베란다로 나갔다.

"나 형사."

"네!"

절묘한 타이밍이었다.

"아니, 왜 베란다에 있어?"

"아니, 집 안 구조를 알아야 될 것 같아서요."

"뭐, 한눈에 다 보이는구만."

"사는 사람과 같습니까."

"그렇긴 하네. 오늘 잘 좀 부탁하네. 이따가 나도 자네 집으로 갈게."

"아니요. 여기서 할머니와 함께 계십시오. 어르신도 불안해하시니까요. 이따가 최 검사님이 오시면 될 것 같아요."

"알았네. 의식인지 뭔지 끝나면 전화라도 해줘."

"네."

"나는 자네만 믿네."

"너무 걱정하지 마십시오. 잘될 겁니다."

최 반장이 나 형사의 어깨를 치더니 나갈 차비를 했다.

"동생분께도 신세 좀 지겠습니다."

"아닙니다."

최 반장는 수에게 잘 부탁한다는 말을 거듭하고서야 집을 나왔다. 집을 나가면서도 그의 고개가 쉽게 돌려지지 않고 있었다.

걱정이 되었는지 쉽게 발길을 떼지 못하는 최 반장이었다.

제10장 여우구슬을 지켜라

안개가 자욱한 금강산 기슭에 갑자기 커다란 구멍이 생기더니 그곳에서 검은 그림자가 뱀처럼 스윽 나왔다.

스륵. 스륵. 스륵.

그가 지나갈 때마다 소름 끼치는 소리가 났다. 마치 숲의 유령 같이 그가 지나갈 때마다 살아 있는 짐승이나 꽃과 나무들이 그 음산함에 몸을 움츠렸다.

스르륵.

그가 멈춘 곳은 산천지령이 봉인되어 있는 커다란 소나무 앞이었다.

"주인님."

탁한 음색이 귀에 거슬리는 소리를 냈다. 인간의 모습으로 변한 지가 오래되어 그의 목소리가 점점 인간의 소리에서 멀어져 가고 있었다.

쩌억!

소나무의 껍질이 갈라지며 그 속에서 산천지령의 얼굴이 빛을 발하며 나왔다.

"여우구슬은 찾았느냐."

"네."

"어디 보자꾸나."

아름다운 산천지령의 얼굴에서 뱀의 간교한 표정이 흘러나오자 12령은 속으로 그의 욕심을 비웃었다.

그리고 몸에서 여우구슬을 토해내자 네 개의 구슬이 아름다운 빛을 내며 공중에서 회전을 하고 있었다.

"아름답구나."

"네, 다음은 어디로 가면 될까요?"

이렇게 여우구슬의 행방을 묻고는 다시 여우구슬을 삼키려 하자 산천지령이 여우구슬을 자신의 몸속으로 빨아들였다.

"어찌하여……."

놀란 12령이 산천지령에게 물었다.

"어차피 내 것이니라. 왜? 여우구슬에 아직도 미련이 있는 것이냐?"

"아닙니다. 저는 산천지령님이 12개의 구슬을 가지시고 세상을 가지시면 저에게도 큰 자리를 주시리라 믿습니다."

"옳거니. 지금은 그게 너의 소임이니라."

속으로 칼을 가는 12령이었다. 당연히 그에게 구슬을 맡길 것이라고 생각했는데 그의 착각이었다. 지금은 그가 약하기 때문에 어쩔 수 없는 일이었다.

여우구슬 네 개가 산천지령의 소나무로 들어가자 얼굴의 형태만 보였던 산천지령의 손이 나무 밖으로 나왔다.

"앞으로 7개의 무당의 몸속 구슬과 호의 구슬 1개를 모으면 소나무의 봉인이 풀릴 것 같습니다."

"그렇구나."

"제가 열심히 가져오도록 하겠습니다."

"봉인이 풀리는 날 내가 그것들부터 죽일 것이야."

산천지령은 끝내 자신을 배반한 나무, 수, 묘를 가만두지 않을 생각이었다.

"네, 주인님."

12령은 자신이 생각해도 비굴할 정도로 산천지령의 소나무에 바짝 엎드렸다. 그러자 산천지령이 다음 여우구슬이 있는 곳을 가르쳐 주었다.

12령은 머리를 굴리고 있었다. 12개의 여우구슬을 훔쳐서 세상을 혼자 차지할지 아니면 산천지령에게 붙어 높은 자리 하나를 차지할지 생각 중이었다. 둘 중에 뭘 해도 그에게는 나쁘지 않았다.

일단 지금은 산천지령의 심부름꾼 노릇을 먼저 할 때였다. 그가 다시 커다란 천공를 빠져나갔다. 다섯 번째 희생자를 찾아서.

하루 종일 거실에 앉아서 혜옥을 지키던 나무와 수는 12령이 어떤 모습으로 나타날지 걱정이 되었다. 그와 동시에 최 검사로부터 부산에서 네 번째 피해자가 발생 했다는 전화를 받고는 표정이 좋지 않았다.

마치 올가미로 점점 조여오는 느낌이었다. 12령도 나무와 수가 여우구슬을 가지고 있는 사람을 보호하리라고는 상상도 못하겠지만 언제 올지 모르는 12령을 기다리는 그들도 불안하고 초조했다.

"형, 이따가 가게에 잠깐 들러야 할 것 같아."

"왜?"

"수지 씨한테 전화가 왔는데 저녁에 단체 손님이 예약되었다고 혼자서는 힘들고."

"알았어, 몇 신데?"

"7시."

"그러면 너 먼저 가서 일하고 있어. 끝나는 시간에 맞춰서 갈 테니까. 안 그래도 수지 씨에게 뭘 좀 물어볼 게 있거든."

"뭐?"

"지난번에 여우구슬에 대해서 너무나 잘 알고 있었어. 물어봐야 할 것 같아서."

"나도 그 얘기 듣고 신기했어."

"알았으니까 너는 시간 맞춰서 가게에 나가."

"고마워."

"아니야, 내가 고맙지 뭐."

시간이 흘러 수는 가게로 먼저 나가고 나무는 혜옥을 데리고 집으로 가려 하자 심 여사가 같이 간다며 계속해서 떼를 쓰고 계셨다.

"엄마, 위험해서 안 된다니까."

"너는 잔말 말어. 나 형사님, 집에서 최 서방이 지키는 것보다 나 형사님이 지키는 게 더 안전하잖아요. 안 그래요?"

그녀는 나무를 처음 봤을 때부터 이상하게 그의 능력을 알아봤다. 나무의 느낌으로도 굉장한 무당인 것 같았다.

"알겠습니다. 같이 가세요."

"네."

심 여사의 표정이 밝아졌다. 최 반장에게 전화를 해서 허락을 받은 나무는 두 어른들을 모시고 수의 카페로 향했다.

"이쪽으로 들어오세요."

그냥 어른들과 차에서 기다릴 수 없었던 나무는 어른들에게 시원한 주스를 대접하고자 그녀들을 카페로 모시고 들어갔다.

카페에 들어서자 수가 정신없이 일을 하고 있었다.

"형, 왔어."

"어, 수지 씨도 안녕하세요."

수지가 고개를 숙여 인사를 했다.

"잠깐만. 단체 손님들이 지금 막 빠져나가서 설거지만 하고 나 갈게."

"알았어. 어르신들, 이쪽으로 오세요."

나무가 자리를 안내하는데 심 여사의 표정이 심상치가 않았다.

"무슨 일 있으십니까?"

"내가 요즘 갈 날이 머지않았는지 하늘의 분도 보고."

"네?"

나무가 심 여사의 눈길을 따라가자 거기에 수지 씨가 있었다.

"저기 여자분이요."

"네, 하늘의 따님이시지요."

나무도 수지를 다시 한 번 쳐다보았다. 지난번 일이 있은 후에 는 수지가 다르게 보이는 나무였다.

수지가 나무가 주문한 자몽주스를 내려놓고 가려고 하자 심 여 사가 수지의 팔을 잡았다.

"저희 좀 도와주십시오."

"……."

수지는 심 여사의 행동에 놀라지도 않고 잠시 서 있었다.

"지금 저희를 도와주실 분은 당신 하나뿐이지 않습니까?"

"어르신."

수지가 그녀를 뿌리치려 하자 심 여사가 눈물을 흘리며 수지의 팔을 놓지 않았다. 심 여사의 눈물을 보자 쉽게 뿌리치지 못하는 수지였다.

"수지 씨, 지난번부터 뭔가를 알고 계신 것 같은데 저희 좀 도와주시죠."

"저는 아무것도 모릅니다."

"수지 씨!"

나무의 말에도 수지는 돌아서 자신의 자리로 갔다.

"일단은 저희끼리 해결을 해보도록 하죠. 나중에 제가 한 번 더 부탁을 드리도록 하죠."

"안 도와주실 겁니다."

"네?"

"도와주실 수가 없으신 입장일 겁니다."

"그건 또 무슨 말씀이신지?"

"저도 하늘의 사람이 아니라 자세한 것은 모릅니다만 지금 저 분은 이 일에 나서실 수 없으신 입장일 겁니다. 하늘에서 쫓겨난 신세니까요."

나무가 생각하기에 심 여사는 참 신기한 사람이었다.

"엄마, 그만해요."

"알았다."

"엄마가 하는 말은 그냥 신소리는 아닐 거예요. 이래 봬도 엄마는 무당들 중에서 가장 혼령들을 잘 보시는 분이거든요."

"네, 저도 인정합니다."

심 여사는 죽은 혼령들만을 보는 것이 아니라 신령한 령들도 보는 능력이 있는 것 같았다.

손님들이 계속해서 들어오고 있었다. 더 이상 기다리다가는 밤을 샐 기세였다. 호도 집에 거의 다 왔다고 연락이 와서 나무는 수에게 먼저 집으로 간다고 얘기를 하고는 자리에서 일어났다.

집에 도착하자 현관에서 기다리는 호를 보고는 심 여사가 털을 세우는 고양이 같은 이상한 행동을 했다. 호의 몸속에서 여우령의 기운을 느낀 것 같았다. 놀라긴 호도 마찬가지였다.

무당으로서는 물리칠 수 없는 거대한 힘을 느낀 심 여사는 호를 계속해서 경계했다.

"엄마!"

"할머님, 괜찮습니다. 저희를 도와줄 사람입니다."

심 여사와 혜옥을 안심시켜 집으로 들여보내고는 나무가 호를 불러 심 여사의 영혼을 보는 능력을 설명했다.

"그랬군."

"나도 조금 놀라고 있어."

"하여튼 알았네. 참고하지."

"들어가자고."

소파에 앉아 있는 심 여사와 혜옥의 눈이 집으로 들어오고 있는 호에게 꽂혀 있었다. 경계의 눈빛이었다.

"어머님, 일단은 소파에 길게 누워보십시오."

호가 그 앞으로 가자 심 여사가 긴장을 하고 있었다. 호가 조용히 쪼그리고 앉아 그녀의 배를 만지자 오렌지색의 빛이 호의 손과 혜옥의 배 사이에서 빛났다.

"여우구슬이 진짜로 속 안에 있군."

"느껴지나?"

"그래, 하지만 빛이나 힘이 없이 여우구슬도 봉인이 된 상태야. 지금은 그냥 돌일 뿐이지."

"꺼낼 수 없겠나?"

"12령이 왜 배를 가르고 꺼냈는지 이해가 가."

호가 손을 치우고는 다시 소파에 앉았다. 혜옥도 다시 자리에 앉았지만 방금 전의 신비한 빛에 놀란 가슴을 손으로 쓸어내리고 있었다.

"12령이 빼내려고 해도 산천지령이 봉인을 해버렸기 때문에 풀 수가 없었던 거야."

"그러면 봉인은 어떻게 풀지?"

"그건 잘 모르겠어. 일단은 내 힘으론 꺼낼 수가 없어."

"답답하군."

딩동!

초인종 소리에 나무가 나가 문을 열자 최 검사가 들어왔다.

"봄아!"

"엄마, 할머니, 아무 일 없으셨죠?"

"그래."

"오늘은 별일 없었어요?"

"아니요. 희생자들이 계속해서 생겨나고 있어요. 오늘은 강원도에서 같은 사건이 발생했어요."

"부산 아니에요?"

"오늘만 2건이에요."

"큰일이네요. 그렇다면 6명 남았군요."

사건의 터울이 점점 빨라지고 있었고 검찰총장은 딸이 죽은 이래로 여우령이라면 치를 떨고 있었다.

"궁금한 게 있어서요."

"뭔가요?"

"지난번 복면을 쓰고 여학생들을 구했던 그분들은 찾을 수가 없을까요?"

"왜요?"

"왠지 그분들만이 여우령들과 싸울 수 있을 것 같아서요."

그녀의 말은 맞는 말이었고 지금 그들은 그녀를 돕고 있었지만 현실적으로 정체를 드러낼 수는 없는 노릇이었다.

그때였다. 일을 마치고 수가 왔다.

"왔어?"

최 검사가 고개를 숙여 인사를 했다. 그리고는 놀란 눈으로 수를 보고 있었다. 아니, 수의 뒤에 서 있는 사람을 보고 있었다.

"안녕하세요."

심 여사가 수지를 보자 소파에서 벌떡 일어나 그녀의 앞으로 가더니 높은 사람에게 예를 갖추듯이 그녀를 맞이했다. 모두들 놀란 얼굴로 수지를 바라보았다.

"제가 이렇게 오면 안 되는 일이지만 지난번에 저도 모르게 이 일에 관여하게 되어 그냥 마무리를 짓고 싶었습니다. 그리고 노부인의 간곡함이 저의 마음을 움직였고요."

도대체 수지가 뭐라고 하는지 아무도 이해를 못한 듯했지만 심 여사만은 아는 것 같았다.

"일단은 소파에 누워보세요."

잠시도 지체하고 싶지 않은지 수지는 서둘러 혜옥을 눕게 만들었다. 그리고 옆의 사람들을 보며 말했다.

"지금부터 보시는 모든 것은 잊어주시기 바랍니다. 저에게 묻지도 마시고요."

언제나 따뜻하고 착한 이미지의 수지였다. 처음으로 그녀의 입에서 차가운 말이 흘러나오자 모두들 당황스러움을 감추지 못했다.

소파에 누운 혜옥의 앞에 수지가 가부좌로 앉자 그 뒤로 심 여사가 무릎을 꿇고 합장을 하고 앉았다. 마치 하늘에 제사를 올리는 무거운 느낌이라 나무와 수, 호조차도 아무런 말 없이 그녀의 뒤에 서 있었다. 최 검사도 할머니 옆에 앉아 엄마를 위해 합장을 했다.

"숨을 깊이 들이쉬고 내쉬세요."

수지의 말에 혜옥이 눈을 감고 숨을 깊이 들이마시고 내쉬었다.

"절대로 눈을 뜨시면 안 됩니다. 제가 눈을 뜨라고 할 때까지 뜨지 마십시오. 아셨습니까?"

"네."

혜옥이 감고 있던 두 눈을 더 힘을 주어 꼭 감았다.

수지가 양팔을 벌리자 그녀의 강한 물기둥이 만들어졌다. 수의 물 화살과는 비교도 되지 않는 엄청난 크기의 에너지였다. 수지의 양쪽에 일어난 물기둥이 마치 나무의 집을 받치고 있는 기둥과도 같았다.

"옥황상제시여, 제 소원을 들어주소서."

이 말을 제외하고는 영어도 아닌 일어도 아닌 정말로 이상한 언어를 그녀가 말하고 있었다.

그녀가 주문 같은 말을 하자 이번에는 타오르는 불기둥이 솟아오르더니 혜옥의 앞에서 타오르고 있었다. 두 개의 물기둥과 하나의 불기둥이 솟아오르자 뒤에 있던 이런 광경을 처음 보는 나무와 수 그리고 호는 입을 다물 줄을 몰랐다.

수지가 다시 그녀의 언어로 주문을 외우자 소파에 누워 있던 혜옥의 몸이 공중으로 떠올랐다. 그리고는 무지개색의 빛이 그녀를 감싸자 그녀의 몸이 여우령의 푸른색 빛으로 물들었다. 아마도 그녀의 몸속에 있는 여우구슬의 봉인이 풀린 것 같았다. 왜 혜옥에게 눈을 감으라고 말했는지 알 것 같았다. 아마도 혜옥이 놀랄까 걱정을 했던 것 같았다. 수지의 뒤에 있는 그들도 입을 쩍 벌리고 놀라고 있었다.

　"풀렸어."

　나무가 자신도 모르게 중얼거렸다.

　수지의 주문이 점점 더 빨라지고 있었다. 이제는 무슨 소리인지조차 알아들을 수 없는 엄청난 속도로 그녀는 주문의 클라이맥스를 읊고 있었다.

　윙~ 윙~

　마치 모기의 소리같이 들리는 주문이 주위에 있는 사람들을 어지럽게 만들고 있었다. 그때였다. 공중 위의 떠 있는 혜옥의 윗옷이 들리더니 그 위로 공 모양의 형태가 솟아올랐다. 그리고 계속되는 주문에 순식간에 옷 위로 구슬이 올라왔다.

　혜옥의 몸에는 상처 하나 없어 보였고 구슬은 완벽하게 혜옥의 몸 밖에 그 모습을 드러냈다. 아름다운 푸른빛의 여우구슬이었다. 공중에 떠 있던 혜옥이 소파 위로 떨어졌다.

　그녀는 마치 물과 불, 바람을 다스리는 신 같았다. 공중에 떠 있던 여우구슬이 수지의 몸속으로 들어갔다. 모두들 그저 그 신기한 모습을 멍하게 바라볼 뿐이었다. 빛이 사라지고 물과 불기둥이 수지의 합장한 손안으로 빨려 들어갔다.

갑자기 실내가 조용해졌다.

"다 되었습니다. 이제 눈을 뜨십시오."

혜옥이 눈을 뜨자 뒤에서 혜옥과 같이 눈을 감고 합장을 하던 심 여사가 수지의 발 앞에 엎드려 감사의 절을 했고 최 검사는 혜옥에게 달려가 엄마의 상태를 확인했다.

수지가 혜옥과 최 검사를 향해 말했다.

"구슬은 빼내었습니다. 하지만 구슬이 있는 줄 알고 반드시 12령이 찾아올 것입니다. 그때는 몸속에서 구슬을 다른 이가 빼갔다 말하십시오. 미리 말하면 죽일 것이니 목숨을 살려주면 알려준다 말하십시오. 알았다 말하거든 원하는 것이 있다고 말하십시오."

"원하는 거요?"

"네, 그렇지 않으면 어디에 있는지 알아내고는 그 자리에서 죽일 것입니다."

"뭐라 말하면 됩니까?"

수지의 얼굴에서 전에 없이 빛이 났다.

"이렇게 말하십시오. 제가 그분이 계신 곳으로 직접 안내해 드리겠다고 말씀하십시오."

"저에게 길 안내를 하라고 말씀하시는 겁니까?"

"네, 그리고 이곳으로 오십시오. 그리만 하시면 목숨은 구할 수 있습니다."

수지는 주머니 속에서 메모지를 꺼내 혜옥에게 주었다.

"그렇게 하면 되는 것입니까? 그곳에 항상 계십니까?"

"네, 그곳으로 제가 갈 것입니다."

그리고는 나무와 수, 호를 보며 수지가 물었다.

"지금 본 것은 기억에서 잊으십시오."

모두들 멍하게 수지를 바라보았지만 수만은 슬픈 눈으로 그녀를 보았다. 그녀가 떠나 버릴까 봐 걱정인 수가 그녀의 뒤를 쫓아 나갔다.

수지와 수가 나간 자리는 놀라움과 당황스러움이 공존하고 있었다.

"할머니, 수지 씨가 어떤 사람인 줄 아는 거예요?"

"옥황상제의 딸 수화공주시다."

"네? 누구의 딸이요?"

"옥황상제의 따님이 왜 세상에 계시는지는 모르겠으나 분명히 수화공주님이셔."

"할머니, 지금 할머니까지 이 비현실적인 상황에서 그렇게 얘기를 해요."

"최 검사님, 할머니 말씀이 맞는 것 같아요."

"아니, 나 형사님까지 왜 그러세요."

최 검사가 아직 놀란 마음을 진정시키지 못하고 있는 것 같았다.

"일단은 어머니 몸에서 구슬이 나왔으니까 다행이잖아요. 오늘은 다른 건 생각하지 말아요."

"나 형사님의 말이 맞는 것 같아."

혜옥의 말에 최 검사가 말을 멈추었다.

"그만 집으로 가요."

"수와 제가 저녁에는 댁으로 가서 지켜 드리도록 하겠습니다."

최 검사가 집으로 전화를 걸어 최 반장에게 상황을 말하고는 데리러 오라고 말했다. 나무와 수 그리고 호는 앞으로의 일에 대한 대화가 필요한듯해서 나중에 이동하기로 하고 우선은 집에 남았다. 수지와 대화를 마친 수가 들어오고 최 반장이 가족들을 데리고 가자 집 안이 조용했다.

"수지 씨는 뭐래?"

"그냥 묻지 말라고만 말하더라고. 아직은 얘기를 할 수 없다고."

"카페에 이제는 안 나온데?"

"아니, 오래는 못 있겠지만 당분간은 있을 거라고 얘기했어."

"수, 너는 어때?"

"뭐가?"

"너 수지 씨 좋아하는 거 아냐?"

"아니야."

"거짓말은 하는 거 아니다. 다 티가 나는고만."

"아니래도."

믿을 수 없는 상황에 놀란 호의 눈에 커다란 구멍이 갑자기 보였다.

"저게 뭐지?"

옥신각신하고 있는 나무와 수도 호가 말한 방향을 보고 있었다. 베란다 쪽에 커다란 천공이 생겼고 검은 도포를 입은 사람이 갑자기 그 속에서 나왔다.

"누구냐?"

소파에 앉아 있던 세 남자가 일제히 일어나 경계의 자세를 취했다.

검은 도포를 입은 남자는 긴 머리를 하나로 묶고 있었고 하얗다 못해 창백한 피부를 가지고 있었다. 하지만 그의 얼굴은 조각과 같이 아름다웠다.

"수화공주는 어디 갔느냐?"

"뭐?"

"다시 한 번 묻겠다. 수화공주는 어디 있느냐?"

"수화공주가 누군데 우리에게서 찾는 것이냐? 그리고 너는 누구냐?"

"나는 저승의 길을 인도하는 자이니라."

"뭐? 저승사자?"

나무는 너무나 놀랐다. 아직 그는 한 번도 저승사자를 본 적이 없었지만 이렇게까지 잘생긴 남자일 줄은 몰랐다.

"우리는 진짜 모르는 일이다."

그것은 사실이었다. 왠지 수지 씨가 수화공주일 것 같은 느낌은 들었지만 그들도 확실하지 않기에 말을 해줄 수가 없었다.

"너희들이 거짓을 말한다면 나는 용서치 않을 것이다."

그렇게 말하고는 저승의 길을 인도하는 자가 천공 속으로 사라졌다. 아무래도 그녀의 흔적을 찾아 돌아다니는 것 같았다.

"능력을 쓰면 안 되는 것이었어."

나무가 중얼거리자 수가 말했다.

"그녀가 후회는 안 한다는 말을 했어."

"왠지 이제는 우리가 수지 씨를 지켜줘야 할 것 같은 느낌이 드는군."

호가 저승사자가 사라진 베란다 쪽을 보며 말했다.

"그나저나 수지 씨가 여우구슬을 가지고 있으니 이제 수지 씨를 12령이 노릴 테고 최 검사 어머니의 방패막이까지 자초했으니 걱정이야."

나무가 걱정스레 말을 해도 수는 가만히 서 있을 뿐이었다.

"아까 저승사자도 수지 씨를 찾는 것 같던데 도대체 뭐가 뭔지 도통 모르겠군."

"수는 어떻게 할 생각이지?"

"일단은 수지 씨를 지켜야죠. 제가 지금 할 수 있는 일은 그것뿐인 것 같습니다. 하지만……."

"하지만?"

"마음에 걸리는 게 있어요."

"뭔데?"

"저승사자의 눈빛이요."

"눈빛?"

"슬프면서도 뭔가 살기가 느껴지는 알 수 없는 묘한 감정의 눈빛."

수는 저승사자가 마음에 걸렸다. 왜 그런 복잡한 느낌을 자신이 받았는지는 모르지만 수지 씨와 저승사자가 보통의 관계는 아님을 느꼈다.

나무가 수에게 수지에 대해 물었다.

"너 수지 씨 어디에 사는지 알아?"

"응."

"어딘데?"

"커피숍 근처의 원룸."

"가봤어?"

"응, 내가 얻어준 거니까."

"뭐?"

"사정이 있었어. 좀 복잡한."

"일단은 아까 수지 씨가 얘기한 곳이 어딘지는 알아?"

"우리 카페에서 조금 떨어진 곳이야. 요즘에 아파트를 짓느라 시끄러운 곳인데 지금은 기초 작업 중이라 운동장 정도의 공터야."

"12령과 싸울 생각을 하는군."

호의 말에 모두들 고개를 끄덕였다.

"일단은 수지 씨가 옥황상제의 딸이든 뭐든 굉장한 힘을 가지고 있다는 건 분명해. 그리고 다행인 건 우리 편이라는 거지."

"나는 지금 최 반장님 댁으로 갈 테니까 수는 조금 쉬었다가 카페로 가서 수지 씨와 함께 있고 호는 집으로 일단은 돌아가."

나무의 말에 모두들 새로 시작될 싸움을 생각하며 뿔뿔이 흩어졌다.

제11장 가슴 깊이 사랑한다

　차 안의 시계가 새벽 2시를 가리키고 있었지만 최 검사의 방의
불은 꺼지지 않고 있었다. 오늘 어머니의 몸에서 구슬을 빼내어서
기쁘기도 할 테고 지극히 이성적인 최 검사가 오늘의 일을 보며
많이 놀랐을 생각을 하니 마음이 아픈 나무였다.

　빗방울이 그의 차창을 두드리고 있었다. 늦은 밤 최 반장의 집
으로 들어가기가 미안했던 나무는 그이 집 앞에 차를 대고는 집
안을 주시하고 있었다.

　윙~

　최 검사였다.

　"여보세요?"

[왜 안 들어오고 차 안에 있어요?]

"모두들 주무시는데 들어가기 미안해서요."

[들어오세요, 제가 문 열어드릴게요.]

"아니요. 비도 내리고 그냥 밖에서 혼자 낭만을 즐기려고요."

[오늘 고마웠어요.]

"오늘은 수지 씨에게 고마워해야죠."

[내일 찾아가서 인사하려고요.]

"피곤할 텐데 자요. 요즘 연쇄살인 사건 때문에 이래저래 쉬지도 못했잖아요."

[잘 거예요?]

"아니요, 밤새워 지켜볼 테니까 걱정 말아요."

[알아요. 당신이 지켜줄 거라는 거.]

"우리 검사님 너무 부드러운데요."

[원래 부드러운 여자예요.]

"하하하, 그런가?"

[지금 놀리는 거죠?]

"아니요. 그냥 당신이랑 얘기하니까 좋아서요. 그만 자요, 피곤할 텐데……."

[네.]

전화를 끊고 나자 최 검사 방에 불이 꺼졌다. 나무는 미소를 지으며 그녀의 집을 뚫어지게 응시하고 있었다. 빗방울이 조금씩 더

굵어지고 있었다. 그때였다. 노란색 우산이 펴지며 낯익은 바디라인이 그를 향해 다가오고 있었다. 최 검사였다.

"똑똑!

멍하게 그녀의 움직임을 바라보던 그가 그녀의 노크 소리에 정신을 차리고는 얼른 차 문을 열어주었다.

그가 시선을 빼앗겼던 반바지와 헐렁한 박스티 차림의 그녀가 그의 조수석에 앉았다.

"최 검사님?"

놀란 그가 바보처럼 얼빠진 표정으로 말하자 최 검사가 살짝 미소 지으며 물었다.

"정말 밖에서 안 보여요?"

"아마도."

그녀가 그의 위에 앉아 그를 마주 봤다. 그리고 그가 그녀를 위해 좌석을 뒤로 빼는 데 정신이 팔린 사이 그의 입술을 그녀가 먹어치웠다.

"윽!"

그녀의 공격에 놀란 나무가 좌석을 완전히 뒤로 젖혔다. 뒤로 쿵 하고 넘어지는 순간에도 최 검사의 입술은 떨어질 줄을 몰랐다.

그녀의 혀가 그의 목젖까지 들어올 기세로 세차게 그를 몰아붙이고 있었다. 그의 자제심도 그녀의 공격에 무너져 그의 손이 그녀의 티셔츠 안으로 들어가 그녀의 가는 허리를 자신에게로 강하게 끌어당겼다.

"헉, 헉."

키스만으로도 100m 달리기를 한 것처럼 숨이 찼다. 그녀가 나무의 머리를 넘기며 눈을 마주 보며 말했다.

"오늘은 이 말을 꼭 해야겠어요. 사랑해요."

"……."

나무는 지금 이 상황이 도대체 뭔가, 라는 생각이 들 정도로 멍한 기분이었다.

"처음 본 그 순간부터 사랑했는데 너무 무서웠어요. 날 닮은 아이가 세상에 나와 고통받을 생각을 하니까. 하지만 이제 그런 생각을 잠시 접어둘 만큼 당신을 사랑해요."

"……."

"엄마가 위험에 처하고 나니까 앞이 깜깜했는데 당신이 옆에 있어줘서 너무나 고마웠어요. 그리고 만약에 내가 죽을 만큼의 위험에 처하고 이 말을 당신에게 못하고 죽는다면 정말 한이 될 것 같아서 미리 말해두는 거예요. 사랑해요."

그녀의 입술이 그의 입술을 덮었다. 아까와는 다르게 짠맛이 느껴졌다. 아마도 그녀의 눈물이 섞인 맛인 것 같았다.

나무가 그녀의 얼굴을 들어 올려 두 눈의 눈물을 닦아주었다.

"나도 최 검사님을 사랑해요. 그냥 보고 싶고 생각하면 웃음이 나오고 만나면 이렇게 가지고 싶고 옛날의 기억이 조금씩 사라지는 게 사랑이라면 나는 당신을 사랑하고 있는 것 같아요."

하지만 나무의 마음은 가볍지가 않았다.

"그런데 왜 그렇게 힘들어 보여요?"

최 검사가 나무의 핵심을 짚었다.

"당신이 아이에 대해 생각이 깊은 만큼 나에게도 당신이 알아야 할 비밀이 있어요."

"……."

한동안 침묵이 흘렀다.

"당신에게 여자가 있다는 소리만 아니면 다 이해할 수 있어요."

"하하하. 여자라니 말도 안 돼요."

"그럼요? 문제 될 게 없을 것 같은데……."

최 검사가 여전히 나무의 위에 마주 보고 앉아 그의 얼굴을 양손으로 감싸고는 자신과 눈을 마주치게 했다.

"조금 더 생각할 시간을 줘요."

"아니요. 지금 말해요. 매도 먼저 맞는 게 나아요."

최 검사의 표정이 단호했다.

"그럼 말할게요. 놀라지 말아요."

"……."

"지난번 여고생들을 구한 두 명의 의문의 사람들이 나하고 수예요."

"……."

"나는 여우령들을 잡는 일을 해요. 그건 수도 마찬가지고요. 묘도 그래요. 묘의 신랑인 호도 같은 일을 하죠."

"지금 당신이 지난번에 12령을 죽인 가면을 쓴 그 사람이라고 말하는 거예요?"

나무가 고개를 끄덕였다.

그녀가 갑자기 자신의 머리카락을 쓸어 올리며 어쩔 줄을 몰라 하고 있었다. 그리고는 나무에게서 내려오려고 하자 나무가 그녀의 허리를 붙잡아 꼼짝 못하게 했다.

"잠깐. 그러니까 당신이 몸에서 줄기 같은 걸 뽑아내고 이순신 장군이 가진 검처럼 큰 칼을 가지고 12령을 찌르고 물로 화살을 만들어 마구 쏘아대던 그 두 사람 가운데 하나라는 건가요?"

그가 고개를 끄덕였다.

"그래서 얼굴을 사람들이 알아볼까 봐 가면을 쓴 거고요?"

"묘의 아이디어였죠."

"당신은 사람이 아닌가요?"

최 검사의 질문에 나무는 뭐라 얘기를 해야 할지 잘 몰랐다.

"온전한 사람이라고 말하기에는 모순이 있죠."

최 검사의 불안해하는 모습이 나무는 몹시도 안타까웠다.

"다 말해줬으면 좋겠어요."

그의 얼굴을 감싸고 있는 그녀의 손이 떨리고 있었다. 그 떨림이 그녀가 그를 이해하려고 애를 쓰고 있다는 느낌으로 그에게 다가왔다.

"이해하려고 애쓰지 말아요. 감당하지 못하리란 걸 알고 있었으니까. 내 욕심이 자꾸 당신이 내 영혼의 반려이기를 바라고 있었나 봐요. 견디기 힘들면 말해요."

그가 자신의 얼굴에 놓여진 그녀의 손을 잡았다.

"나는 300년을 살았고 앞으로도 이 모습 그대로 살아갈 거예요. 나는 300년 전에 영혼이 나무에게로 들어가 낮에는 나무로 밤에는 사람으로 살아가고 있죠. 오랜 세월을 살다 보니 이제는 낮에도 사람의 모습으로 지낼 수 있어요. 물론 묘의 여우환이 한몫을 하기는 하지만."

"······."

"이런 나를 견딜 수 있겠어요?"

그녀가 그의 손에서 자신의 손을 빼더니 그의 심장에 가져다 댔다.

"거짓말. 이렇게 뛰고 있는데······."

그녀의 눈에서 눈물이 흘러내렸다.

"평생에 처음으로 사랑이라는 걸 한다고 생각했는데······."

나무가 최 검사를 당겨 안았다.

"나는 이제 어떻게 하면 좋아요?"

"당신이 하고 싶은 대로 해요."

"흑흑~ 나한테 도대체 어떻게 하라는 거예요?"

"……"

"당신이 말해요. 농담이었다고."

"……"

"말하란 말이에요! 흑~"

그녀의 울음소리가 차 안에 퍼지고 있었다. 그녀를 안고 있는 나무도 말없이 눈물을 흘리고 있었다. 차창 밖의 비가 그들의 마음을 아는지 세차게 내리고 있었다.

"도저히 믿어지지가 않아요. 내가 보았던 사람들은 12령처럼 사람이 아니었단 말이에요. 그런데 그게 당신이라니, 그게 말이 돼요?"

"최 검사님."

"요즘 나에게 너무나 많은 이상한 일이 생기고 있어요. 이건 지금 꿈이에요."

그녀가 그의 몸에서 벗어나 그가 말리는 데도 불구하고는 차 밖으로 뛰쳐나갔다. 그녀의 노란 우산은 차에 그대로 놔둔 채.

나 형사와의 일이 있은 후에 일주일의 시간이 흘렀다. 시간이 지나면 좀 나아질 줄 알았지만 최 검사 가슴은 점점 더 무너져 내리고 있었고 그와 비례하게 그녀의 몸도 점점 말라가고 있었다. 그와의 이별로도 벅찬 그녀에게 엄마의 일까지 겹쳐져 있어서 안

팎으로 너무나 힘든 상황이었다.

희생자가 모두 10명이었다. 다행인지 불행인지 이제 엄마만이 남았다. 엄마가 수지의 말대로만 해준다면 괜찮을 테지만 사람이 극도로 공포에 사로잡히면 어떻게 할지 아무도 모르는 것이었다. 다만 침착하게 잘하시길 바랄뿐이었다. 지금의 키는 엄마가 쥐고 있는 것이다.

엄마는 집 안의 엄마만의 작은 신당에서 할머니와 나오지 않으시고 계속 기도만 드리셨다. 아빠도 그런 엄마의 마음을 이해하시는지 그저 묵묵히 지켜만 보고 계셨다. 사랑하는 이가 위협을 받고 있는데도 지켜주지 못하는 미안함이 그대로 느껴졌다.

"이거 범인의 단서가 너무 없어요."

"……."

"아무리 귀신의 짓이라고는 하지만 세상에 귀신이 어디 있습니까."

이 계장님의 말이 옳았다. 모두가 그렇게 생각하고 있었다. 수사에 난항이 생기니까 모든 걸 알 수 없는 존재의 소행으로 돌리려 한다는 비난 여론이 나왔다.

"피해자가 열 명인데 국과수 오 박사는 계속해서 여우령이니 12령이니 이상한 소리만 해대고 있으니 답답할 따름입니다. 기자들도 자꾸 이번 연쇄사건을 특종으로 터트리려고 여기저기 쑤시고 다니니 머리가 아픕니다."

봄의 머리가 터질 것 같았다. 혼령을 보는 것도 힘이 들어 하는 그녀였다. 그것이 싫어서 자식도 안 낳고 결혼도 안 하려는 그녀였다. 하지만 하늘은 그녀에게 무슨 억하심정인지 그녀가 사랑하는 사람이 나무에 혼이 들어가 있는 300년을 살아온 사람이란다. 할아버지의 할아버지 그 위의 할아버지보다 나이가 많은 남자였다.

"악~!"

최 검사가 자신의 머리를 감싸고는 책상에 머리를 박았다. 그런데 그 늙은 영감탱이가 봄은 너무나 좋았다. 가슴이 시릴 만큼 그녀는 그를 사랑했다.

"아~ 미치겠다."

최 검사는 풀리지 않는 수학 문제를 풀고 있는 느낌이었다. 그 누구도 푸는 방법을 가르쳐 줄 수 없는 문제를 말이다.

"최 검사님?"

"네?"

"괜찮으십니까?"

"네."

모두의 눈이 그녀에게 쏠려 있었다. 쥐구멍이라도 있으면 기어 들어 가고 싶은 심정이었다. 너무 생각에 빠져서 이곳이 사무실이라는 것도 잊어버린 봄이었다.

"네, 너무 어려운 사건이라서요."

"맞습니다. 이건 정말 스트레스라고요."

모두들 동의하는 눈빛이었다.

"당분간은 언론에 새어나가는 건 좀 막아주세요."

"최선은 다하겠지만 이게 서울만 국한된 사건도 아니고 지방에서는 벌써 터진 것 같은데. 일단은 최대한 막아보도록 하겠습니다."

이 계장이 현장에 나가고 나머지 사무관들도 검찰로 송치된 다른 사건들의 피의자들을 조서를 꾸미느라 정신이 없었지만 최 검사는 핸드폰의 액정만 들여다보고 있었다.

나무의 연락을 기다리고 있었지만 그에게는 연락 한 통이 없었다. 퇴근 후에는 어김없이 보아야 하는 그의 검은색 차는 그녀의 시선을 한 몸에 받았다. 하지만 그 차의 주인은 문을 한 번도 열고 차에서 나오지 않았다.

그녀에게 사랑한다고 말했는데 그녀가 그날 그렇게 가버렸다고 그는 연락이 없었다. 그녀가 얼마나 놀랐을지 어떻게 이 상황을 받아들여야 할지 그가 설득하고 다독여 주기를 그녀는 내심 바라고 있었지만 그는 그럴 마음이 없는 것 같았다.

"후~"

한숨이 절로 나왔다. 인간이 아닌 그를 어떻게 받아들여야 할지 그녀는 망설여지고 있었다. 이대로 그를 접어야 하는 것일까.

시간은 무심하게도 잘 가는 것 같았다. 300년을 살면서도 시간이 더디게 간다는 생각을 못했는데 요즘은 너무나 느리게 시계가 움직이고 있었다. 차라리 빨리 12령이 나타나 싸우고 싶었다. 미친 듯이 싸우면 마음이 괴롭지는 않을 것 같았다.

10명의 희생자가 나왔고 이제는 12령이 이곳을 찾을 때만 기다리고 있으면 되는 것이다. 수지 씨의 말대로만 최 검사의 어머니가 해준다면 더할 나위가 없겠지만 말이다.

하지만 사람이 하는 일이라 최 검사의 어머니가 12령을 보고 놀라 돌발 상황이 벌어진다면 위험을 감수하고 나선 수지의 노력이 물거품이 되고 최 검사의 어머니의 목숨마저 보장할 수가 없기에 나무는 매일 이곳에서 그녀를 지키고 있었다.

그때 창밖으로 최 검사가 퇴근하는 모습이 보였다. 검은색 정장의 최 검사는 바늘로 찔러도 피 한 방울 안 날 것 같은 완벽하게 까칠한 모습으로 그가 있는 쪽으로는 시선조차 두지 않고 자신의 집으로 걸어가고 있었다. 당장 문을 열고 나가서 와락 끌어안고 싶었지만 그는 지금 그럴 입장이 아니었다.

처음부터 그의 욕심이었다. 해서는 안 되는 사랑이었다. 묘처럼 차라리 같은 입장의 반인반령의 짝을 만나는 행운이 그에게는 없었다. 그는 온전한 인간을 사랑했다. 늙고 죽는 진짜 인간을 말이다.

그는 그녀의 늙고 병든 모습도 다 받아들일 수 있지만 그녀의 입장은 다를 것이다. 70살 먹은 노부인의 신랑이 30대의 모습을 하고 있으면 얼마나 끔찍할까.

자신이 반대 입장이라도 앞을 내다볼 줄 아는 사람이라면 충분히 고민이 될 부분이었다.

그녀의 어깨가 처져 보였다. 그녀도 아무렇지 않다면 그건 거짓말이겠지만 그의 무너지는 가슴에 비하면 아무것도 아닌 것이다.

300년 만에 귀하게 만난 짝이었다. 그가 자신도 모르게 손을 들어 그녀의 뒷모습을 손으로 쓸어내렸다. 그의 손에서 그녀는 점점 멀어지고 있었다.

나무는 그 손을 자신의 뛰는 심장 위에 놓았다. 힘들어 죽을 것 같은데 심장은 멀쩡하게 뛰고 있었다. 차라리 늙어서 죽을 수만 있다면 나무로 변하지 않고 사람의 모습으로 나머지 인생을 살 수 있다면 영혼이라도 팔고 싶은 그였다.

그녀의 방에 불이 켜졌다. 일부러 그러는지 그녀는 창문을 활짝 열고는 옷을 갈아입었다. 지나가는 사람이 볼 수 있는 위치는 아니지만 나무는 정면으로 그녀의 너무나도 잘 아는 아름다운 몸을 바로 볼 수 있었다.

일부러 그를 말려 죽일 속셈인 것이다. 그의 시선이 그녀의 봉긋한 가슴에 머물렀다. 그는 마른침을 삼키며 그녀가 한참 동안이나 속옷도 입지 않고 서 있는 것을 바라보고 있었다.

똑똑한 여자였다. 그를 어떻게 하면 바싹바싹 약을 올리며 말려 죽일지를 아는 여자였다. 이래서 머리 좋은 여자들을 건드리면 안 되는 것이었다.

그녀가 그가 좋아하는 그녀의 편한 평상복 차림을 하고는 거실로 나왔다. 그녀의 어머니는 그녀를 위해 밥을 준비하셨고 모두가 행복해 보였다. 이렇게만 보면 아무 일이 없는 그냥 평범한 가정이었다. 거실 소파에 누워 TV를 보는 최 반장은 여느 집의 아버지와 같았고 그 아래서 과일을 깎고 있는 최 검사와 그 옆에 앉아서 최 검사와 얘기를 하고 계시는 할머니의 모습이 오늘따라 나무는 부러워 보였다.

뭐든지 저렇게 평범한 것이 좋은 것이었다. 시간이 흘러 거실의 불이 꺼지고 누구의 발길도 없는 늦은 밤이 되었다. 새벽 1시가 되어서야 최 검사의 방의 불도 꺼졌다.

그때였다. 나무의 온몸에 소름이 끼쳤다. 뭐라고 딱 꼬집어 말을 할 수는 없었지만 분명이 집 안에 뭔가가 들어간 느낌이었다. 12령이 드디어 최 검사의 어머니를 찾아온 것이다. 그는 서둘러 차에서 내려 최 검사의 집으로 향했다.

모두가 잠든 시간에 혜옥은 신당에 앉아 이번에 죽은 무당들이 좋은 곳으로 가기를 기도드리고 있었다. 아무도 알아주지 않는 그들의 죽음이 안쓰러워 그녀는 이미 무당들이 죽을 때마다 그녀의 작은 신당에서 천도제를 드려주고는 했다.

이번에 자신의 몸에서 기적같이 구슬이 나왔고 꿈에서도 보기 힘든 하늘의 사람까지 만났다. 수화공주라고 했던가, 그분의 능력은 실로 대단한 것 같았다. 눈을 감고 있으라고 하기에 눈을 감기는 하였지만 자신의 몸이 깃털처럼 가볍게 뜨는 느낌은 그녀도 느낄 수 있었다.

그녀의 주문에 빛이 나는 게 감고 있는 그녀의 눈에도 그대로 느껴졌다. 밝고 따뜻했다. 그리고 몸 안에서 열이 나기 시작하더니 무언가가 빠져나오는 느낌이 들었다. 그리고 잠시 후에 그녀는 소파 위로 떨어졌고 눈을 뜨자 눈앞에 구슬이 영롱한 빛을 발하고 있었다. 그리고는 이내 수화공주의 몸으로 빨려 들어갔다.

직접 보지 않았다면 믿기 힘든 일이었다. 하지만 더 큰 걱정은 아직 끝나지 않았다는 것이다.

딸랑딸랑~

그녀는 방울을 흔들며 연신 죽은 그녀들의 이름을 부르며 그녀의 산신령님께 기도를 드렸다. 방금 전까지도 옆에 있던 그녀의 어머니는 어느 사이에 방으로 가시고 이제 신당에는 그녀뿐이었다.

딸랑 딸랑 딸랑 딸랑 딸 따 라라라~

방울이 령이 찾아왔음을 알리고 있었다. 그녀의 손에 들린 방울이 미친 듯이 흔들리고 있었다. 드디어 올 것이 온 것이었다. 그녀가 눈을 뜨자 검은 그림자가 그녀의 작은 신당을 가득 채웠다. 너무 무서워서 소리조차 지를 수 없는 그녀였다.

그녀의 놀란 눈을 보며 검은 그림자가 여우 형상의 거대한 괴물로 변하였다. 키가 어찌나 큰지 몸을 웅크려도 천장에 머리가 닿았다.

"네 이놈, 당장 사라지지 못할까?"

"네년들의 똑같은 얘기가 오늘로 끝이구나. 지겨워서 원."

"너는 누구냐?"

"나는 12령이다. 너의 몸속에 있는 그것만 가지고 조용히 갈 것이다. 물론 너는 죽겠지만 다른 자들도 죽이고 싶지 않다면 조용히 하는 것이 좋을 것이다."

혜옥은 정신을 똑바로 차리고 자신에게 있는 모든 용기를 끌어모아 수화공주가 말해준 대로 12령에게 말했다.

"여우구슬은 나의 몸속에 없다."

여우령의 얼굴이 심하게 일그러졌다.

"여우구슬이라는 것을 어찌 알았느냐?"

"내 몸에서 구슬을 빼낸 분이 알려주셨다."

"구슬을 빼내?"

"그렇다. 나의 몸에는 구슬이 없다."

"내가 직접 네년의 몸을 확인해야겠다."

"그러면 나는 죽을 것이고 구슬은 영영 못 찾을 것이다."

"꽤 영리하구나. 그래, 너를 살려줄 것이니 구슬을 있는 곳을 말하여라."

"싫다."

"싫어?"

"구슬이 있는 곳을 말하고 나면 네가 나를 죽일 것이 뻔한데 가르쳐 줄 수 없다."

"그래?"

"다만 나를 살려주면 구슬이 있는 곳에는 데려다줄 수 있다. 그리고 내가 살아 있어야 그분이 나를 살려주는 조건으로 너에게 구슬을 준다고 하였다."

"머리들이 좋구나. 그래 가자. 그곳이 어디냐."

"……."

혜옥이 잠시 머뭇거리자 그가 혜옥의 목을 움켜잡았다.

"너의 용기는 여기까지다. 더 이상은 용서가 안 되니까."

혜옥이 고개를 끄덕이고는 수화공주가 가르쳐 준 곳을 말하자 12령이 천공을 만들어 그곳으로 이동했다. 그녀가 이렇게 사라지는데도 집 안의 그 누구도 알지 못했다. 그런데 어떻게 수화공주가 그곳으로 올지 12령에게 이끌리어 천공으로 이동하는 동안 혜옥의 머리에 많은 생각이 스쳐 지나갔다.

쾅쾅쾅!

나무가 문을 두드리자 식구들이 모두 깨어났다. 최 반장이 자다 말고 문을 열어주자 나무가 부리나케 혜옥의 신당으로 뛰어들어 갔다. 역시나 혜옥이 보이지 않았다.

　"사모님이 사라지셨어요."

　"뭐?"

　"일단은 제가 아는 장소로 가볼 테니 기다리고 계세요."

　나무가 말을 하고 있는 동안 최 검사가 나무 옆에 섰다.

　"같이 가요."

　"위험하니까 집에 있어요."

　"아니요. 꼭 같이 가야겠어요, 제가 담당하는 사건이에요."

　"빨리 와요."

　"아빠, 다녀올게요."

　얼떨결에 나무는 최 검사를 차에 태우고 서초동의 공사장으로 향하고 있었다. 최 검사는 반바지에 티셔츠, 운동화 차림이었다. 이건 검사라기보다 대학교 새내기 같은 인상이었다. 다만 너무나도 어울리지 않게 그녀는 총기를 소지하고 있었다.

　"위험할 겁니다."

　"알아요."

　너무나도 차가운 대꾸에 나무는 더 이상 말을 하지 않았다. 가는 동안 수와 호에게 연락을 한 나무는 자신의 보검을 가방에서 챙겨 차에서 내렸다. 보검인 천문검을 칼집에서 빼자 칼이 어린아이의 키만큼이나 커졌다. 그 모습을 본 최 검사의 눈이 놀라 동그랗게 변했다.

"이쪽으로."

다행히 공사현장이 그린아파트 근처라 오는데 10분도 안 걸렸지만 지금 상황이 얼마나 진전이 됐는지 아무도 모를 일이었다. 늦은 시간이라 공사현장에는 사람이 없는 듯했다. 그나마 다행인 건 담을 높게 잘 만들어 도심인데도 불구하고 내부가 잘 보이지 않았다. 미관상 좋게 보이려 기업의 광고 문구만이 보일 뿐 겉으로는 한없이 조용했다.

"이제부터는 놀라지 말아요. 당신이 놀라는 것 싫지만 지금은 어머님을 구하는 게 우선이니까."

큰 도로 쪽이 아닌 주차장의 뒷길 인적이 드문 곳에 차를 세운 나무가 출입구를 찾더니 엄청난 힘으로 철재를 휘어 조그만 통로를 만들었다. 넋을 놓고 그의 괴력을 보고 있던 최 검사의 손을 잡아끌었다.

"서둘러야 해요."

그들이 들어서자 믿을 수 없는 광경이 그들 앞에 펼쳐졌다. 아직 공사에 들어가지 않은 곳이라 학교의 운동장처럼 휑했다. 달빛이 바닥을 비추고 있어서 조명이 없어도 어둡지 않을 곳이었지만 지금은 나무의 눈에도 보이는 커다란 빛이 넓은 공사 현장을 환하게 비춰주고 있고 그 맞은편에 12령이 서 있었다.

최 검사의 어머니는 겁에 질려 공사장의 담벼락에 붙어서 웅크리고 있었다. 나무는 최 검사를 시켜 어머니를 바깥으로 모시고 나가라고 얘기를 했다.

"최 검사님, 이거 받아요. 그리고 이제부터 여기서 벌어지는 일에 신경 쓰지 말고 이 길로 어머니를 모시고 집으로 돌아가요."

그녀가 나무가 주는 열쇠를 받았다.

"당신은……."

"빨리요."

나무가 그녀의 말을 듣지도 않고 자신의 할 말만을 한 채 12령의 뒤쪽으로 이동하기 시작했다. 아마도 12령의 시선을 돌리려는 의도인 듯했다. 최 검사는 조심스럽게 혜옥이 있는 쪽으로 향했다. 혜옥이 가까워지자 최 검사는 놀라운 장면을 목격했다. 운동장을 밝게 비추던 빛의 한가운데에 수지가 서 있었다.

지금은 12령과 마주 보며 대치 중인 것 같았다. 수지는 약속을 지킨 것이다. 그녀가 정말로 이곳에 그들보다 먼저 와서 엄마를 지켜주고 있었다.

"엄마."

최 검사가 부르는데도 혜옥은 넋을 놓고 앞을 보고 있었다.

"엄마."

최 검사가 넋이 나간 혜옥을 일으켜 세우고는 그녀의 앞에 서 있는 12령을 쳐다보았다. 12령의 시선은 혜옥이 아닌 수지에게 쏠려 있었다.

"여우구슬은 어디에 있느냐?"

"여우구슬은 나에게 있다."

"거짓말인지 내가 저년의 배를 갈라보아야겠다."

12령의 시선이 도망치려던 최 검사와 혜옥에게 갑자기 쏠렸다.

"어딜 가려는 것이냐?"

"……."

12령의 말에 얼음처럼 얼어버린 모녀였다. 그때였다.

"이것은 여기 있다 하지 않았느냐."

수지의 목소리가 근엄하게 운동장에 울려 퍼졌다. 그리고는 그
녀의 손에 푸른색의 영롱하고 아름다운 여우구슬이 있었다. 12령
의 시선이 수지에게로 향하기가 무섭게 최 검사가 혜옥의 손을 붙
잡고 달리기 시작했다.

"엄마, 빨리 뛰어."

젖 먹던 힘을 다해 뛰어간 최 검사는 숨이 목까지 차올라서야
겨우 나무가 열어둔 출입구에 도착할 수 있었다. 그리고는 나무가
있을 장소를 쳐다보고는 밖으로 나가 나무의 차를 타고 집으로 향
했다.

"제발 무사히 돌아와요."

그녀가 차를 타고 코너를 도는데 수와 호가 탄 차가 공사현장에
도착하는 것이 보였다. 조금은 안심이 되는 최 검사였다.

부웅─

최 검사는 차의 속력을 최대한 내서 집에 도착했다. 정신이 거의 반쯤나간 엄마를 부축하고는 집으로 들어갔다.

"아빠, 엄마 좀 부탁해요. 청심환이라도 좀 먹이시고요."

"어, 그래."

놀란 가슴을 부여잡으며 아빠가 넋이 빠져 있는 엄마를 거의 안다시피 해서 소파에 앉혔다. 현관에 신발을 신고 그대로 서 있는 최 검사를 최 반장이 쳐다보자 아빠에게 이제는 끝이 났음을 알리고는 부리나케 집을 나왔다.

"봄아, 위험해."

"다녀올게요."

"봄아!"

최 반장의 외침을 뒤로한 채 봄은 나무의 차에 올랐다.

"제발 무사해야 해요."

그녀는 차를 다시 공사장으로 몰았다. 그녀의 나무가 있는 곳으로.

거대한 불꽃 가운데 수지가 서 있었다. 파란색의 불꽃은 일렁이는 물과 같은 아름다운 푸른색이었다. 여우구슬이 가지고 싶은 영롱한 푸른빛이라면 수지의 푸른빛은 심해의 묵직하고 깊은 푸른색이었다. 색으로 보면 빛이 아닌 물과 같았지만 그 열기는 타는 듯이 뜨거웠다.

　이를 지켜보고 있는 나무는 그 열기에 온몸이 땀으로 젖어들고 있었다. 그 뜨거움은 수지가 흥분을 할 때마다 더욱더 뜨거워지고 있었고 그럴 때마다 12령이 조금씩 뒤로 물러났다.

　"네가 감히 나에게서 여우구슬을 빼앗으려는 게냐?"

　수지의 차분한 목소리가 울려 퍼지고 있었다. 제법 떨어진 거리라서 얼굴 표정까지는 볼 수 없었지만 손가락 안에 여우구슬을 올려놓고는 12령을 약 올리고 있었다. 12령이 한 발짝 다가서면 여지없이 강한 불꽃을 일으켜 12령을 뒷걸음치게 만들었다.

　"하늘의 것이다. 너같이 하찮은 것이 탐할 수 있는 구슬이 아니다."

　"히히히, 구슬을 탐하는 자가 어디 나 하나뿐이겠느냐. 너 같은 계집이 어찌 나의 큰 뜻을 알겠느냐. 구슬을 이리 내놓아라."

　한 치의 물러섬도 없는 12령이었다.

　"야~아~앗!"

　12령이 틈을 노려 공격을 시작하였다. 전에 없이 거친 몸짓으로 수지를 향해 달려드는 그를 수지는 우아한 몸놀림으로 자연스럽게 피하며 한 손에는 아직도 구슬을 약 올리듯이 가지고 있었다.

　"그렇게 굼뜬 동작으로는 나에게서 여우구슬을 빼앗지 못할 것이야."

약이 바짝 오른 12령이 다시 한 번 공격의 기회를 노리듯이 수지의 주위를 돌고 있었다.

"야~ 앗!"

눈에 보이지 않을 정도로 빠르게 수지의 주위를 도는 12령 때문에 거대한 회오리가 일어나고 있었다. 나무는 12령의 회오리 때문에 보이지 않는 수지가 걱정이 되었다.

탁!

소스라치게 놀란 나무 뒤로 호와 수가 나타났다.

"지금 12령이 수지 씨의 주위를 돌며 회오리를 만들고 있어."

수가 물로 화살을 만들어 쏘려고 하자 나무가 수의 팔을 잡았다.

"잘못하면 수지 씨가 다칠 수도 있어. 기회를 봐야 해."

쉬~이~익!

회오리 안의 상황을 도저히 알 길이 없어 애를 태우고 있는 그 때 거대한 회오리 사이로 푸른빛이 번쩍였다.

"뭐지?"

놀란 수의 소리에 모두들 공격의 자세를 취했다. 나무는 천문검을 뽑아 들었고 수는 물로 화살을 만들었고 호는 자신의 몸을 변화시킬 준비를 하고 있었다.

"아~아~악!"

갑자기 회호리가 사라지더니 12령이 바닥으로 쓰러졌다. 여전히 수지의 몸에서는 빛이 나고 있었다.

"나는 살생을 할 수가 없는 몸이다. 오늘은 네가 운이 좋구나."

12령의 몸에서 연기가 나고 있었다.

"가서 산천지령에게 말하거라. 영원히 잠들어 있으라고."

수지가 그녀의 몸 안으로 여우구슬을 넣었다. 그리고는 커다란 천공을 만들어 12령을 보내 버렸다. 아마도 산천지령이 있는 곳일 듯했다.

세 사람은 넋을 놓고는 수지를 바라보았다. 모든 것이 해결이 되자 수지가 그 자리에서 쓰러졌다. 몸에 이는 불꽃도 사라졌다.

"수지 씨!"

가장 먼저 수가 달려갔다. 나무와 호가 그 뒤를 따랐다. 하지만 나무와 호는 몇 발자국 못 가서 거대한 물의 장막에 부딪치고 말았다. 수가 자신도 모르게 몸에서 물의 기운을 뽑아내고 있었다.

"수지 씨, 제발 눈 좀 떠요."

12령을 상대하느라 힘을 다 소진한 수지 씨를 위해 수는 자신도 모르게 자신의 기운을 그녀에게 불어 넣어주고 있었다. 파랑색의 오로라가 수에게서 나와 수지를 감싸고 있었다. 그렇게 얼마의 시간이 흘렀을까. 수지의 눈이 떠지고 순식간에 오로라와 물의 장막이 사라졌다.

"둘 다 괜찮은 거야."

둘이 동시에 고개를 끄덕였다. 수가 수지를 안고 공사현장을 빠져나왔다.

"여하튼 수지 씨 굉장했어요."

나무가 수지를 보며 칭찬의 말을 하자 강인한 모습으로 12령과 싸울 때의 수지가 아닌 평소의 수지로 돌아와 얼굴을 붉혔다.

그들이 수의 차로 가는 사이에 멀리서 그들의 모습을 숨어서 보는 이가 있었다. 봄은 나무가 무사히 공사장에서 나오는 모습을 보며 가슴을 쓸어내렸다. 그의 변한 모습과 괴력을 본 봄이었지만 아직은 놀란 가슴을 진정시키기에 바빴다.

나무가 괴물로 변한 것에 놀랐다기보다 신기하게도 그녀는 나무의 안전이 더 걱정이 되었다. 자신이 사랑하는 남자가 위험에 빠져 있자 그녀는 자신의 안전 따위는 생각도 안 한 채 이곳으로 다시 와야만 했다.

지금 나무의 웃는 모습을 보자 안도하는 마음과 저들과 같이 기쁨을 나누지 못하는 서운함이 묘하게 섞이는 봄이었다.

"다행이다."

말은 이렇게 하고 있었지만 그녀의 눈길은 자신을 한 번도 돌아보지 않는 나무에게 가 있었다. 나무가 봄을 끝까지 보지 못하고 수의 차에 몸을 싣고 가버리자 봄은 다시 나무의 차에 올랐다. 봄이 차에 타자 나무의 향이 차 안에 가득했다.

새록새록 차 안에서 벌인 그들의 뜨거웠던 기억이 떠올랐다. 유난히 차에서 많은 사랑을 나누었던 그들이었다. 불같은 열정이 있었고 그들은 서로에게 솔직했다.

봄이 운전대를 잡자 나무의 숨결이 그대로 느껴졌다. 그가 그녀의 입술을 머금고 그녀의 온몸을 그의 거칠고 강한 손으로 다급하게 매만지던 느낌이 그녀의 몸을 뜨겁게 만들고 있었다.

"나 형사님."

자신도 모르게 그를 부르고 있는 봄이었다. 그가 부드럽게 어루만지던 그녀의 가슴이 부풀어 오르고 유두가 그의 손길을 기다리면 빳빳하게 섰다. 언제부터 자신이 이렇게 음탕한 여자가 되었는지 모르겠지만 봄은 이제 나무의 숨결만 생각해도 뜨겁게 타오르는 자신을 느꼈다.

당황스럽고 민망했지만 아래까지 젖어드는 자신을 보며 봄은 자신이 나무를 떨쳐 버릴 수 없음을 알았다.

그렇게 넋을 놓고 있는데 그녀의 앞에 커다란 구멍이 생기더니 갑자기 남자가 나타났다. 검은 도복 같은 옷을 입은 남자는 긴 머리를 단정하게 하나로 묶고는 주변을 살폈다. 느낌이지만 여우령을 찾는 자이거나 아니면 나무나 수, 호를 찾는 사람이 아닌 다른 존재인 것 같았다.

요즘 하도 영혼들의 세계를 보고 듣다 보니 봄도 이제 웬만한 영혼을 보곤 놀라지도 않았다. 하지만 남자는 멀리서 보기에도 아름다웠다. 애타게 무언가를 찾던 남자가 다시 그 구멍 속으로 사라졌다.

여우령을 보았을 때처럼 두렵지 않았다. 나쁜 영혼은 아닌 것 같았다. 봄은 차의 시동을 걸고 집으로 출발했다. 그녀의 머릿속은 오늘 그녀가 경험한 일보다 나무의 생각으로 가득했다.

다시 집으로 돌아온 봄은 차에 한참 동안을 앉아 있다가 내렸다. 복잡한 마음은 여전했지만 한 가지 그녀가 절실히 깨달은 것은 그가 괴물이든 사람이든 아니면 그 이상의 이상한 존재여도 자신이 여전히 그를 원하고 있다는 것이었다.

집으로 들어오자 아직도 잠을 이루지 못하고 소파에 앉아 있는 최 반장이 보였다.

"엄마는요?"

"할머니 옆에서 잔다."

"아빠, 엄마도 이제 괜찮은데 편히 주무세요."

"그러마."

"아빠!"

봄이 다그치자 최 반장이 소파에서 몸을 일으켜 막내 방으로 들어갔다. 안방에는 할머니와 엄마가 주무시기 때문일 것이다. 자신의 방으로 들어온 봄은 나무가 몰래 들어와 자신의 입술을 훔쳤을 때가 생각나서 자신의 입술을 한 번 쓸어내렸다. 그리고는 엄마를 보호하기 위해 항상 차를 대놓고 기다리던 곳을 창 너머로 바라보고 있었다.

"사랑해요."

그녀는 그를 너무나 사랑하는 자신을 다시 한 번 느꼈다. 하지만 조금의 시간이 봄에게는 더 필요했다.

제12장 사람이 아니어도 괜찮아

　모든 일이 마무리가 되었고 최 반장님의 부인도 무사했다. 한 달 가까이 시간이 지나자 최 반장님의 가족들이 생각이 나는 나무였다. 자신을 알아보는 귀여운 할머님은 잘 계시는지 까칠한 남동생들은 잘 있는지 맘고생이 심하셨을 어머님은 잘 계시는지 궁금한 나무였다.

　"김 형사, 검찰에 좀 다녀와."

　이제는 절대로 나무를 검찰에 보내지 않는 최 반장이었다. 딸을 이상한 놈으로부터 지키고 싶은 아빠의 마음일 것이다. 나무도 최 반장의 마음을 이해하기에 그가 하는 일에 맘 상해하는 일 없이 평소대로 최 반장과도 잘 지내고 있었다.

"반장님, 저 이놈 좀 데리고 현장 검증 좀 다녀오겠습니다."

대낮에 주택에 침입해 집주인을 칼로 찌르고 귀금속을 훔쳐 달아났다가 잡힌 놈이었다. 오늘은 종로의 귀금속점에서 장물을 팔았다고 진술함에 따라 그가 장물을 팔았다는 곳으로 현장 검증을 나가는 길이었다.

"다녀와."

범인을 포승줄로 묶고 박 형사와 같이 나가려는데 최 반장이 나무를 불렀다.

"이따가 끝나고 소주 한잔하자."

"좋지요."

"오늘은 내가 쏜다."

"내일은 해가 서쪽에서 뜨겠네요."

"언제는 안 샀어?"

"제가 기억하기로는 처음인 것 같은데요."

"잔소리 말고 다녀와."

"네."

현장 검증을 다녀온 나무는 퇴근 후에 최 반장과 근처의 껍데기집으로 갔다.

"내가 비싼 걸 살 형편이 아니니까 그냥 먹어."

"나 참, 집에 가니까 부자더구만."

"뭐?"

"아니, 검사가 셋에 의사가 둘이면 뭐 부자지."

"아직 밥값도 못해, 큰 녀석 빼고."

"아니, 사모님도 버시잖아요. 반장님도 벌고. 그럼 부자지. 그냥 등심 사줘요."

"미친놈."

껍데기를 한 점 먹은 나무가 다시 넉살 좋게 얘기했다.

"맛있어서 못 일어나겠네."

"……."

최 반장이 능청을 부리는 나무를 한참을 바라보더니 빈 술잔에 술을 따랐다.

"고마웠다."

"……."

갑작스러운 그의 말에 나무가 멍하게 최 반장을 보았다.

"내가 고마운 걸 모르는 게 아닌데 좀 많이 복잡했다. 솔직히 나처럼 평범한 사람들이 이해하기는 힘든 일 아니냐?"

"……."

"이건 무슨 전설의 고향도 아니고 귀신에 괴물에 마누라는 죽다가 살아나고 죽은 사람들도 많고 내 평생에 요즘처럼 경찰로 무능하다고 느낀 적도 없었다. 지 마누라 하나 못 지키니."

"최 반장님, 취했어요?"

"취하긴. 두 잔 마셨다."

"그런데 왜 그래요?"

"뭐, 인마."

"잘 해결됐으면 그만이지."

"네 말이 맞다. 마셔라."

최 반장이 잔을 들어 올렸다. 건배를 한 최 반장이 나무를 한참을 쳐다보고 있었다.

"왜요? 너무 잘생겼어요."

"뭐?"

"뭘 그렇게 뚫어지게 보십니까?"

"그래 너 잘났다."

"아니, 건배를 해놓고 시비십니까?"

"요즘, 최 검사가 힘들어한다."

최 검사 얘기에 나무는 술잔을 테이블에 놓고는 멍하게 술잔만을 쳐다봤다. 지금 나무는 가슴이 무너지는 것을 참고 있느라 너무나 힘이 들었다. 최 검사를 찾아가지 않으려 너무나 애를 쓰고 있었다.

밤마다 차가 그린아파트로 향하는 걸 다시 돌려서 집으로 돌아오기를 수도 없이 반복했지만 용케도 잘 견디고 있는 그였다. 지금 최 반장은 간신히 참고 있는 나무의 상처에 소금을 뿌리고 있는 중이었다. 마음을 다시 한 번 독하게 먹은 나무였다.

"최 검사님은 좋은 남자를 만나실 겁니다. 최 반장님과 사모님에게는 자랑스러운 딸 아닙니까. 한때 제가 너무나 큰 욕심을 부렸습니다."

"그래서 포기했다?"

"아니요. 차였습니다."

"뭐?"

"최 검사님이 저를 차신 겁니다."

"비겁한 놈!"

"……."

최 반장이 술잔에 술을 채우더니 연거푸 마시기 시작했다. 나무가 말렸으나 소용이 없었다.

"언제는 뭐 사귄다고 지랄을 하더니 남자 새끼가 여자네 집안이 그렇고 그러니까 포기해 놓고 이제 와서 차였다고? 에라, 쪼잔한 놈아!"

"최 반장님은 저를 반대하지 않으십니까?"

"난 네놈은 좋지만 사위로는 마음에 안 들어."

"……."

"딱 여자 맘고생시킬 스타일이지."

"……."

"잘생겼지, 돈 많지, 일도 잘하지. 뭐 좀 이상한 구석이 있기는 하지만 그래도 여자들이 사족을 못 쓰는 매력이 있는 놈이니 내 딸을 주고 나면 내가 더 걱정이 되겠지."

"저를 바람둥이로 보시나 봅니다."

"아니야? 네가 가만히 있어도 예쁜 여자들이 벗고 덤비면 배겨 낼 장사 없다."

"저는 그렇지 않습니다."

최 반장이 오늘은 과하다 싶게 술을 마시고 있었다. 벌써 다섯 병이나 빈병이 테이블 위에 있었다.

"여기 한 병 더."

"그만 드시죠."

"더 마시고 싶다. 최 검사가 부모를 잘못 만나 자기가 좋아하는 사람하고 제대로 만나지도 못하고 속상하다."

"아니, 제가 차였는데 왜 최 검사가 불쌍합니까?"

나무도 화가 나서 한 소리를 했는데 최 반장은 테이블에 머리를 박고 있었다.

"아니, 반장님! 오늘 술 산다고 해놓고 이렇게 뻗으면 어떻게 하십니까?"

"……."

나무는 계산을 하고는 최 반장을 업고 자신의 차에 밀어 넣었다. 나무는 술이 몸에 흡수가 되어 음주 측정에도 걸리지 않았지만 자꾸 블랙아웃이 되는 최 반장을 집까지 데려다주는 건 내키지 않았다.

"술을 산다고 했을 때 알아봤어야 하는 건데……."

딩동!

최 반장을 어깨에 짐처럼 걸치고는 현관의 벨을 눌렀다. 내심
최 검사가 나와주기를 바라는 마음이 있었던 나무였지만 모든 것
은 그저 바람일 뿐이었다. 지난번에 최 반장을 업고 왔을 때는 반
바지와 박스티의 그녀가 나무를 너무나 놀라게 했었다. 오늘도 그
런 최 검사의 모습을 볼 수만 있다면 얼마나 좋을까 나무는 문이
열리자 기대에 찬 얼굴로 현관문을 쳐다봤다.

"아이고, 나 형사님!"

사모였다.

"아니, 이 양반이 왜 이렇게 술을 많이 마신 거야."

나무는 최 반장을 업고 안으로 들어갔다. 동생 동혁이 그를 보
더니 반갑게 인사를 하고는 그를 따라 안방으로 들어와 아버지를
침대에 눕히는 걸 도왔다.

"매번 아빠 때문에 고생이 많으시네요."

제법 어른 티를 내며 말하는 동혁은 이번에 사법고시에 합격을
했다. 집안사람들이 다 천재인 것 같았다. 최 반장은 그렇게 머리
가 좋은 것 같지는 않은데 참 신기한 일이었다.

"아이고, 우리 최 반장님은 날로 무거워지시네."

"아빠가 요즘 살이 좀 찌시긴 했어요."

"그렇네. 아 참, 축하해."

"감사합니다."

"언제 한번 서에 놀러 와. 밥 살게."

"진짜요?"

"그래, 맛있는 거 사줄 테니까 혼자 몰래 와."

"네."

귀여운 막내였다. 안방에서 나오자 사모님이 차를 주셨다.

"이거 헛개나무차예요. 술 먹은 후에 좋은 거니까 마시고 가
요."

"네."

이제는 익숙한 소파에 앉아 나무는 차를 마시며 주변을 둘러봤
다. 눈으로는 계속 최 검사를 찾고 있었다.

"할머님은?"

"주무세요."

"아, 너무 늦은 시간이죠?"

시계가 1시를 넘기고 있었다.

"요즘은 좀 어떠세요?"

살이 많이 빠지신 것 같았다.

"신기하게도 산신이 이제는 들어오지 않아요."

아마도 산천지령이 떠난 것 같았다.

"수화공주님 덕분이라 그분을 위한 기도만 드릴 뿐 지금은 무
당 일은 안 하고 있어요."

"잘됐네요."

"평생에 한번은 혼령들로부터 해방이 되고 싶었는데 지금은 보이지 않으니 시원섭섭하네요."

"잘되신 겁니다. 이제는 반장님과 여행도 다니시고 편하게 지내세요."

"그렇게 하려고요."

나무가 차를 마시자 그 모습을 지켜보던 혜옥이 조심스럽게 말을 떼었다.

"최 검사가 요즘 많이 힘들어요."

"……."

"갑작스럽게 이런 말을 해서 당황스러우시겠지만 애가 잘 먹지도 않고 웃지도 않고 일 마치고 돌아오면 방에서 나오지를 않으니 걱정이에요."

"……."

"무슨 일이 있는지는 모르겠지만 나 형사님이 아이하고 친하시니 한번 얘기라도 나눠보시는 게……."

오늘 이 부부가 나무의 속을 헤집어놓고 있었다. 잊는 것이 힘든 것은 나무도 마찬가지였다. 하지만 최 검사가 귀신을 보는 것보다 더 큰 문제를 그가 안고 있었다. 300년을 살아오면서 그가 평범한 인간이 아니라고 싫었던 적이 없었다.

여우령들을 물리칠 수 있는 자신이 자랑스러웠다. 솔직히 이런 자신이 있게 만들어준 산천지령에게 감사한 적도 있었다. 다만 오랜 세월이 흐르자 이제는 편하게 하늘나라로 가서 아내와 아들을 만나고 싶다고 생각이 들 때 최 검사를 만난 것이다.

"너무 늦었습니다. 그만 가보겠습니다."

"네."

나무가 자리에서 일어나자 더 이상 혜옥도 최 검사에 대한 이야기를 하지 않았다. 현관문을 나오자 차가운 공기가 그의 답답한 마음을 위로해 주는 것 같았다. 나무는 자신의 차에 타고는 무심결에 최 반장의 집을 쳐다보았다.

사람의 습관이라는 게 참으로 무서웠다. 그녀의 어머니를 지킬 때 항상 주차시키던 자리였다. 그녀의 방이 보이는 위치였다.

나무는 그녀의 방을 보다가 자신이 잘못 본 것이 아닌지 다시 한 번 보았다. 분명히 사람의 모습이었다. 그녀가 그를 보고 있었다.

나무도 한동안 그녀를 쳐다보고 있었다. 그녀는 보이지 않겠지만 그는 지금 가슴이 저며오는 고통에 인상을 찡그리고 있었다. 그가 시동을 켜자 그녀의 모습이 사라졌다. 아마도 그에게 들킬까 봐 침대에 누운 것 같았다.

갑자기 나무가 차에서 내렸다. 이제는 최 검사를 안 보면 자신이 죽을 것 같았다. 최 검사의 얼굴을 딱 한 번만 보고 나올 생각이었다. 딱 한 번만. 그렇다면 분명히 그는 잊을 수 있을 것 같았다. 나무가 아무 생각 없이 그녀의 창문으로 다가가 창을 열었다.

안 열리면 부숴 버릴 생각까지 했지만 창문은 쉽게 열렸다. 창을 타 넘어 들어간 그는 신발을 벗어 그녀의 책상 위에 올려놓고는 그녀가 누워 있는 침대로 향했다.

한 걸음 한 걸음 그녀 가까이 다가가자 그녀의 흔들리는 어깨가 그의 눈에 들어왔다. 그녀가 울고 있었다.

"가요."

"……."

"제발……."

흐느낌에 그녀의 목소리가 묻혔다. 나무가 조용히 침대로 다가가 돌아누워 있는 그녀를 살며시 자신을 향해 돌렸다. 그리고 침대 옆에 앉아 그녀의 눈물을 조용히 닦아주었다.

"마지막으로 얼굴 한번 보려고 왔어요."

마지막이라는 그의 말에 봄의 눈에서 눈물이 하염없이 흘러내렸다.

"이런 나 때문에 울지 마요."

그가 봄의 눈에서 흐르는 눈물을 닦아주고는 자리에서 일어섰다.

"최 검사님의 눈에 띄지 않도록 노력할게요."

그의 목소리가 흔들렸다. 그리고 그가 일어서려 하자 봄이 그의 팔을 잡았다.

"가지 마요."

"……"

"가지 말아요, 부탁이에요."

그녀가 그를 잡았다.

"지금 가지 않으면 내가 당신을 못 놔줘요."

"놓지 말아요, 제발."

그녀가 그의 팔을 잡고는 울고 있었다. 집 안에 어른들이 계시기 때문에 최대한 목소리를 줄이고 있는 그녀였다. 그래서 나무는 그런 그녀가 더 안타까웠다.

그가 그녀의 침대 위에 걸터앉았다. 창밖의 달빛만이 그들을 비춰주고 있었다. 오래전 이제 기억도 가물거리던 그때도 사랑하는 사람의 모습을 달빛을 통해 보는 걸 좋아하던 그였다.

지금 그는 사랑하는 여인의 얼굴을 그때처럼 달빛을 통해 보고 있었다. 이제는 그 무엇이 방해를 한다 하더라도 이 여인을 놓을 수가 없는 그였다.

"사랑해요, 당신이 사람이 아니어도."

"……"

"내가 생각이 짧았어요. 나의 어렸을 때의 삶이 너무나도 힘들어서 행복했던 부모님의 삶을 생각하지 못했던 것 같아요. 그 안에서 저도 행복했다는 것도요."

그녀가 자신의 얼굴에 있는 그의 손에 얼굴을 비볐다.

"엄마가 무당이어도 아빠와 행복하셨는데 그리고 우리도 자라면서 행복했는데 그걸 잊다니 참 바보 같죠?"

"아니요. 어릴 때는 친구들의 시선이 가장 중요하니까요."

"가지 말아요."

그의 얼굴이 누워 있는 그녀의 얼굴 위로 점점 다가오고 있었다. 이 짧은 순간도 기다리기가 싫어 그녀가 나무의 목을 빠르게 잡아당겼다. 그들의 뜨거운 입술이 만나자 나무는 세상을 모두 다 얻은 기분이었다.

그녀의 부드러운 입술을 물고 빨면서 나무의 몸이 점점 달아오르고 있었다. 그녀의 말랑한 혀가 그의 입안에서 맴돌고 있었다. 그녀의 혀가 주는 짜릿함에 그의 페니스가 고개를 들었다. 키스만으로는 만족할 수 없는 그가 그녀의 티셔츠를 단번의 동작으로 벗겨냈다. 그리고 속에는 아무것도 입지 않은 그녀의 몸에는 팬티만이 그녀를 가리고 있는 전부였다.

그의 입술이 그녀의 가슴에 와 닿자 그녀의 유두가 그의 페니스처럼 발칙하게 고개를 들고 있었다. 그의 젖은 입술이 유두를 핥자 그녀의 몸이 뒤로 휘었다. 그가 가슴을 주무르며 그녀의 유두를 계속 자극하는 동안 그녀는 괴로운 듯이 입을 두 손으로 막고 있었다.

"소리 내면 안 돼요."

이렇게 말한 나무는 조금 더 짓궂은 장난을 하기 시작했다. 그동안 그의 마음을 지옥에 다녀오게 한 소심한 그의 복수였다. 그의 입술이 그녀의 가슴에서 배꼽 아래로 점점 내려오고 있었다. 그리고 그녀의 얇은 레이스 팬티를 벗겨내고는 그녀의 검은 숲에 입술을 댔다.

놀란 그녀가 몸을 굳혔지만 이미 때는 늦었다.

그가 입을 크게 벌리고는 그녀의 여성을 집어삼켰다.

"으윽~"

그녀의 가린 입에서 작은 소리가 새어 나왔다. 그에 만족한 나무는 입안의 여성을 쪽쪽 빨다가 가운데를 혀로 가르더니 그 속의 클리토리스를 찾아 혀로 훑었다. 비릿한 그녀의 맛이 그의 입안에 가득 퍼졌다.

"아~ 흐~"

그의 자극에 그녀가 허리를 비틀고 다리를 오므리자 그가 잠깐 고개를 들어 그녀에게 조용히 속삭였다.

"쉿, 소리 내지 마요."

이렇게 얄밉게 얘기를 하고는 계속해서 그녀의 여성을 입으로 빨고 있는 그였다. 그녀가 어느 정도 그의 자극에 익숙해질 즈음 그는 그녀의 다리를 완전히 벌리고는 그녀의 여성을 아래서부터 위로 혀로 쓸어댔다. 그의 이런 짙은 애무에 그녀는 입을 손으로 막은 채 욕망으로 들뜬 자신의 몸을 비틀고 있었다.

맑은 애액이 홍수처럼 쏟아지고 있었다. 혀로는 클리토리스를 훑으며 손가락으로는 그녀의 질 입구를 자극하고 있었다. 미끈거리는 그녀의 애액을 그녀의 여성 전체에 문지르며 그는 그녀의 이성을 점점 몰아내고 있었다.

지금껏 신음 소리를 막고자 가렸던 손을 잠시 치운 그녀가 그의 머리카락을 잡으며 말했다.

"넣어줘요."

모기만 한 소리로 달뜬 소리를 내며 그녀는 그의 머리를 세게 움켜잡았다.

"아직 안 돼요."

그가 그녀의 욕망에 더욱 불을 지피며 그녀의 애액으로 끈적이는 손가락을 그녀의 질 안으로 밀어 넣었다. 큰 그의 페니스가 아닌 손가락이어서 실망한 것도 잠시 질벽을 긁어대는 그의 현란한 손놀림에 그녀는 다시 터져 나오는 신음 소리를 막고자 자신의 입을 손으로 가렸다.

"으~ 윽~"

나무도 더 이상은 참을 수가 없어 그의 바지와 속옷을 단번에 내리고 침대 위로 올라온 나무는 그의 큰 페니스를 그녀의 여성에 문지르기 시작했다. 그녀의 애액이 그의 페니스를 적시고 있었지만 그의 애태우는 듯한 몸짓은 한동안 계속되었다.

"제발……."

그녀의 입에서 애원의 목소리가 흘러나오자 그때서야 그의 큰 페니스가 그녀의 좁은 질을 뚫고 들어가고 있었다.

퍽, 퍽, 퍽.

고요한 방 안에 그들의 살 부딪치는 소리가 가득했다. 소리가 나고 어른들이 들어온다고 해도 그는 이제 멈출 수가 없었다. 그녀의 좁고 깊은 질이 그의 페니스를 꽉 조이고 있었다. 미칠 것 같은 쾌감이 그를 덮치고 있었다.

허리 짓을 미친 듯이 하면서 그는 그녀의 입을 가리고 있는 손을 치우고는 그녀의 입술을 머금었다. 욕망에 미친 건 그만이 아니었다. 그의 얼굴을 손으로 감싸고 그의 얼굴을 마주 보며 쾌락의 고통으로 일그러진 그녀가 그의 혀를 뽑을 듯이 빨았다. 그의 혀는 마치 그녀의 질을 파고들고 있는 페니스처럼 지금 그녀의 입술을 파고들고 있었다.

그녀는 확실히 섹스에는 솔직한 여자였다. 무엇을 원하는지 말했고 어떻게 그를 기쁘게 할 수 있는지도 알았다. 그녀에게 빨리고 있는 그의 혀가 얼얼할 정도 정도였다. 마찬가지로 아래의 페니스도 그녀의 질이 꽉 움켜잡고 있었다. 온몸이 땀으로 범벅이 되고 있었다.

어찌나 그의 허리 짓이 강한지 그녀가 침대 헤드로 밀려 올라가 머리를 찧고 있었다. 그가 그녀를 다시 아래로 끌어 내렸다. 욕망에 들뜬 그들은 집에 사람들이 있다는 것도 잊은 채 서로의 몸을 탐하기에 바빴다.

그가 갑자기 그녀를 그의 몸 위로 올렸다. 이제는 그녀가 원하는 대로 하라는 뜻이었다. 나무가 침대에 눕자 그녀가 나무가 생각지도 못한 자세를 취해 그를 당황하게 만들었다.

그의 몸에 올라탄 그녀가 갑자기 몸을 돌려 앉았다. 그리고는 그의 페니스를 입에 물었다. 그녀의 갑작스러운 행위에 당황한 나무였지만 이내 그녀의 엉덩이를 잡아 자신의 얼굴 위로 가져와 그녀의 질을 혀로 자극했다. 서로의 성기를 빠는 느낌이 그들의 오르가슴을 최고치로 끌어 올리고 있었다.

그녀의 따뜻하고 촉촉한 입안은 그녀의 질과는 다른 느낌으로 그를 자극하고 있었다. 그리고 그녀가 페니스를 빨아들이는 강도가 그를 미치게 만들었다.

"윽~ 쌀 것 같아요."

그가 재빠르게 그녀를 침대로 눕히고는 그의 페니스를 그녀의 질에 넣고는 빠른 허리 짓을 했다. 그녀의 몸 안에 그의 작은 씨앗들이 퍼지고 있었다.

"아~ 미안해요. 도저히 참을 수가 없었어요."

"아니에요, 전 좋았어요. 혹시 오늘 우리의 아이가 우리를 찾아온다고 해도 이제는 기쁘게 받아들일 거예요."

나무의 눈가에 고마움의 눈물이 맺혔다.

"울지 마요. 남자가 우는 거 싫어요."

나무가 그녀의 옆에 그녀를 누워 꼭 안아주었다.

"사랑해요, 최 검사님."

"저도요."

"제가 앞으로 얼마를 살지는 모르지만 당신을 사랑하는 마음은 변함이 없을 거예요."

"고마워요."

"이제 가봐야겠어요. 내일 끝나고 검찰청으로 데리러 갈게요."

"네."

그가 못내 아쉬워하면서 그녀의 창문으로 나갔다. 조금 우습긴 했지만 그를 잃지 않아도 된다는 마음에 봄은 너무나도 행복했다. 그녀의 사랑이 이루어지는 순간이었다.

아침 해가 오늘따라 그를 반갑게 맞아주고 있었다. 오전 내내 계속 실없이 웃음이 나는 나무였다. 검찰에 송치할 사건을 정리하던 나무는 검은 비닐봉지를 들고 들어온 최 반장을 보았다.

"어, 이게 뭡니까?"

책상 위에 시원한 음료수 캔이 놓이자 김 형사가 물었다.

"그냥 먹어. 어제 반장님이 한턱 쏘시려다 만 기념이다."

어제 나무가 계산한 것이 미안했는지 최 반장이 모두에게 음료수를 돌리자 나무가 한마디를 했다.

"네?"

"그냥 처먹어."

어제의 일이 떠올랐는지 최 반장이 버럭 화를 냈다.

"네, 잘 먹겠습니다."

넉살 좋은 김 형사가 괜히 심통을 부리는 최 반장을 보며 말했다. 최 반장이 맨 마지막으로 나무에게 음료수를 들이밀었다.

"잘 먹겠습니다."

"다음엔 내가 꼭 사마."

"싫습니다."

"왜?"

"아니, 또 술 먹다가 취한 척하면 그게 더 기분이 나쁩니다."

"어제는 취한 척한 게 아니고 취한 거라고."

"네, 네."

"야!"

"저 바쁩니다. 이따가 칼퇴근해야 하거든요."

"누구 맘대로."

"노동법에 근거한 거죠."

"미친놈."

"저는 어느 때보다 멀쩡합니다."

"한마디를 안 지네."

"죄송합니다."

나무가 음료수를 따서 원샷을 하고는 다시 서류에 눈을 돌렸다. 최 반장은 다시 자신의 자리로 돌아갔다. 어제 무슨 일이 있었는지 아침에 봄의 얼굴이 활짝 폈다. 자식이 뭔지 어제 되지도 않는 연극을 하느라 몹시도 힘들었던 그였다. 일을 하고 있는 나 형사를 보니 배가 다 부른 느낌이 들었다.

같은 남자가 봐도 멋있는 놈이었다. 봄이 찼다고는 하지만 말라가는 딸을 보기가 안쓰러운 아빠의 마음에 술 취한 척이라도 해서 녀석의 마음을 돌려보려고 하긴 했지만 잘되었는지는 아직은 미지수였다.

오늘 웬일로 아침부터 화장을 하며 신나 하는 봄이를 보며 마누라에게 슬쩍 물어보니 어제 둘이 만나지는 않았다고 했다. 일단은 그래도 봄의 얼굴에 웃음이 돌아왔으니 다행이었다. 이번에도 봄이에게 눈물을 보이게 한다면 나 형사를 가만히 안 둘 생각이었다.

"너무 쓸데없이 멋있어."

최 반장은 나무에게서 시선을 돌리며 구시렁거렸다. 너무 멋진 놈하고 살면 봄이 맘고생 할까 봐 걱정인 최 반장이었다.

7시 칼퇴근을 한 나무는 검찰청 뒤의 주차장에서 최 검사가 퇴근하기를 기다리고 있었다.

멀리서 그녀의 모습이 보였다. 어김없이 검은 테 안경에 검은 정장이었지만 나무만이 아는 섹시함이 그 속에 있었다.

나무의 입꼬리가 자신도 모르게 포물선을 그리고 있었다.

"오래 기다렸어요?"

그녀가 차에 타며 물었다. 그녀의 향기가 차 안에 은은하게 퍼지고 있었다. 그가 대답 대신 그녀의 얼굴을 잡고는 길게 키스를 했다. 놀란 그녀가 차 문을 다 닫지도 못한 채 그의 키스를 받아들였다.

"이건 그동안 못한 키스의 보충이에요."

"네?"

"이제 익숙해져야 해요. 언제든지 계속 보충할 거니까."

"호호호, 당신 정말 엉뚱해요."

"엉뚱한 게 아니라 당신을 그만큼 사랑하는 거죠."

"고마워요."

그녀가 차 문을 닫자 바로 출발을 하는 나무였다.

"뭐가 그렇게 급해요?"

"백화점에 주문해 놓은 거 찾으러 가야 해요."

"뭔데요?"

"누구에게 잘 보여야 하거든요."

"선물 같은 거 필요 없어요."

"미안하지만 검사님 거 아니거든요."

"그럼요?"

"비밀."

내심 속으로 서운했는지 그 후로 말이 없는 최 검사였다. 백화점에 도착하자 나무는 정신없이 코너를 돌아다니며 거의 돈만 주고 물건을 찾기에 정신이 없었다. 최 검사는 졸지에 그의 짐꾼이 되었다.

"도대체 얼마나 산 거예요? 이거 쇼핑할 시간이 있었어요?"

"아뇨, 아까 묘한테 부탁했어요. 묘가 저보다 보는 안목이 있거든요."

명품에 대해서는 거의 모르는 봄이 봐도 모두가 최고급 물건이었다. 백화점에서는 이제 폐점 음악이 흐르고 있었다.

"다 샀어요? 끝나는 시간인 것 같은데…….”

"네, 다 샀어요."

나무가 묘에게 메일로 받은 품목을 다 확인을 하고는 봄에게 말했다.

"이제 가요."

나무의 양손에 쇼핑백이 가득 들렸고 봄의 손에도 쇼핑백이 가득했다. 그것도 모자라 갈비와 과일은 백화점 직원이 차 있는 곳까지 들어다 주었다.

"자, 이제 출발하죠."

나무가 차 문을 열고는 최 검사를 태웠다.

"크게 인사를 드려야 할 곳인가 봐요. 이런 중요한 약속이 있으면 우리 내일 만나도 되는데 그랬어요?"

"내 인생에서 가장 크게 인사를 해야 할 곳이죠."

"그래요."

그 뒤로 최 검사는 말없이 창밖만을 보았다. 나무도 특별히 그녀에게 이렇다 할 말 없이 그녀의 집으로 향했다.

"다 왔네요."

"……."

"얼른 가봐요. 어른들 기다리실 텐데."

조금은 새침하게 말하는 그녀가 마냥 귀여운 나무였다. 그녀가 차에서 내리자 그도 따라 내렸다.

"내릴 필요까지는 없는데. 얼른 가요."

"짐 같이 들어야지 혼자 가면 이걸 다 어떻게 들고 갑니까?"

"잠깐만요."

그의 말을 이해하기도 전에 그가 어디론가 전화를 하자 집에서 동혁이와 동민이가 나왔다.

"형님, 오셨습니까?"

"그래, 이것 좀 같이 들자."

"네."

"최 검사님은 안 도와줄 겁니까?"

얼떨결에 쇼핑백을 받아 든 그녀였다.

"자 들어갑시다. 인사드리러."

얼떨결에 집 안에 들어가자 식구들이 모두 모여 있었다. 소파에 할머니께서 아빠와 같이 앉아 계셨고 주방에서는 엄마가 뭐가 그리 바쁜지 계속해서 움직이고 있었다.

"그래, 우리 다 집합했다."

최 반장이 나무에게 말하자 나무가 피식 웃었다.

"아버님, 저에게 따님을 주십시오."

"뭐?"

"내가 왜 네 아버님이야?"

"아버님께서 허락해 주신다면 제가 최 검사님을 평생 아끼며 사랑하며 살겠습니다."

"야, 동혁아, 동민아, 저놈 바깥으로 내보내."

"아빠!"

이번에는 최 검사가 최 반장을 말렸다.

"뭐야, 벌써 넘어간 거야? 헤어졌다며?"

"우리 안 헤어졌어요."

"야, 변덕이 죽 끓듯이 하는 놈 만나면 뭘 해. 너 빨리 안 나가?"

"아 참, 반장님, 그만 좀 봐주시죠?"

"야, 아버님이라고 할 땐 언제고 또 반장님이래?"

"아버님! 큰사위 예쁘게 봐주십시오."

그리고는 백화점에서 산 선물을 안겨 드렸다.

"뭐야?"

"쉽게 포기 못 할 뇌물이죠."

그가 쇼핑백에서 상자를 꺼내 풀려고 하자 나무가 최 반장의 손을 잡았다.

"일단 뜯으면 환불이 안 되니까 그런 줄 아시고 뜯으십시오."

최 반장이 선물을 뜯었다. 발렌타인 25년산이 그 안에 있었다. 애주가인 그가 마다할 이유가 없었다.

"마음에 드십니까."

"……."

"일단 뜯으셨으니까 환불은 안 되니 알아서 하십시오."

"흠."

이번에는 할머니와 어머니에게는 구찌 백을 그리고 남동생들에게는 만년필과 넥타이를 선물했다. 그리고 갈비와 과일 바구니까지. 그가 준비한 선물에 모두들 눈이 동그랗게 변해 있었다. 아니, 아예 하트를 날리고 있었다. 선물은 좋은 것이었다. 무뚝뚝하던 동생들도 모두 좋아하고 있었다. 선물도 선물이지만 식구들의 특성에 맞게 준비하고 그렇게 하기 위해 신경을 썼을 그가 너무나도 고마웠다.

"봄아, 이것 좀 차려봐."

"네."

착한 딸인 봄은 식구들의 저녁 상차림을 도왔다. 대식구의 저녁 상이다 보니 식탁이 모자라서 거실의 소파를 치우고 잔치 때나 쓰는 큰 상을 두 개로 연결시키고 식구들이 둘러앉았다.

막내 동혁과 넷째 동민이 상차림을 도왔고 셋째 동수가 소파 주위를 정돈했다. 모든 상차림이 끝나고 모두가 둘러앉아 저녁을 먹고 있을 때 갑자기 나무가 자리에서 일어났다. 그리고는 최 검사를 일으켜 세웠다.

　모두들 밥을 먹다 말고는 그들을 쳐다보았다.

　"지금부터 제가 중대 발표를 할 생각입니다."

　"뭐야, 또 있어?"

　최 반장의 얘기에 나무가 대답했다.

　"이번은 반장에게, 아니, 아버님에게 있는 게 아니고요."

　나무가 최 검사를 쳐다보며 주머니에서 뭔가를 꺼내 들었다.

　"저와 결혼해 주시겠습니까?"

　"와~ 우~!"

　남동생들이 난리가 났다. 여기저기서 휘파람을 부르며 나무를 응원하고 있었다. 모두들 나무가 어머니를 위해 한 일을 알기 때문에 그에 대한 깊은 호감이 있었다.

　"누나~"

　답을 하라는 것이었다. 그가 내민 건 커다란 다이아몬드가 박힌 웨딩 링이었다. 자신은 평생 외롭게 살 거라 생각했었다. 아이도 낳지 않고 그렇게 일을 벗 삼아 살아갈 거라 생각했는데 어느 날 나타난 이 남자가 그녀의 마음을 모두 바꾸어놓았다. 그리고 평생을 자신과 행복하게 살자고 프러포즈를 하고 있었다. 눈물이 그녀의 눈 안 가득 차올랐다. 너무 감격스러워 대답조차 나오지 않았다.

　"우리 누나 뜸 들일 줄도 알고."

동생들이 오히려 더 난리였다.

"할게요."

그녀의 눈에서 기쁨의 눈물이 쏟아졌다.

"와~!"

모두들 박수를 쳐주었다. 나무가 그녀의 손에 반지를 끼워주었다. 그녀의 얼굴에 행복한 미소가 떠올랐다. 나무가 최 검사의 손을 꼭 잡고 최 반장에게 인사를 하자 최 반장이 짐짓 화난 표정을 하고는 말했다.

"결혼하라고는 말 안 했다."

"술병 뜯으셨잖아요, 반장님."

"야, 너는 아버지라고 불렀다가 불리하면 반장님이라고 했다가 일관성이 없어."

"그야, 반장님도 그러시잖아요."

둘의 티격거림에 모두들 웃으며 저녁을 먹었다. 장인과 사위의 말싸움은 그 밤 내내 계속되었다.

또 다른 시작

어둠이 숲을 지배하고 있었다. 밤의 어두움뿐만이 아닌 사악한 어두움이 온 산을 뒤덮고 있었다. 커다란 소나무 아래에는 작은 여우가 죽은 듯이 쭈그리고 앉아 있었다. 마치 주인 앞에 개처럼 말이다.

쩌억~

나무가 둘로 갈라지더니 그 안에서 밝은 빛과 함께 사람의 인영이 나타났다. 그리고는 앞에 누워 있는 작은 여우를 안아 들었다.

"천치 같은 놈, 그리도 세상을 갖고 싶어하더니 꼴이 좋구나."

산천지령의 길고 가느다란 손이 작은 여우의 털을 쓰다듬었다. 산천지령의 빛이 어두운 숲을 비추고 있었지만 그것은 그의 사악함을 가리는 가증스러운 빛에 불과했다.

깨갱~!

산천지령이 갑자기 안고 있던 작은 여우를 집어 던지자 여우가 바닥으로 나뒹굴었다.

"나오거라."

바닥에 나자빠져 있던 여우의 몸이 인간의 형상으로 바뀌었다. 온몸에 멍이 들고 살갗이 찢어져 있는 국제건설의 최태호 회장의 모습이었다.

"쯧쯧쯧. 이렇게 불쌍한 몰골이라면 차라리 죽는 것이 너의 그 알량한 자존심을 지키는 것이거늘 어찌 이리도 모진 목숨을 부지하는 것이냐."

"……."

"이제는 너는 12령조차 될 자격이 없다."

12령의 붉은 불빛조차도 그의 몸에서 나오지 않았다. 아니, 여우령의 푸른 불빛조차도 없었다.

"주인님, 한 번만 저에게 기회를 주십시오."

"한 번의 기회는 이미 주었다."

"제가 뼈가 가루가 되고 살갗이 찢겨져 나간다고 해도 나머지 두 개의 여우구슬을 꼭 가지고 오도록 하겠습니다."

"열 개의 구슬을 찾아올 때보다 더 힘든 상대들이 각자 하나씩 가지고 있느니라."

"압니다. 제발 저에게 마지막 기회를 주십시오."

산천지령을 제대로 쳐다볼 수 없을 정도로 그는 심한 부상을 당했다. 지금 목숨을 부지하고 있는 것도 모두가 산천지령의 힘인 줄 그는 알고 있었다. 자신이 필요하기에 지금 살려두고 있다는 것도 말이다.

산천지령이 똑바로 앉지도 못하고 엉거주춤하게 앉아 머리를 숙이고 있는 12령을 찬찬히 쳐다보았다. 산천지령이 드디어 그 속내를 보이려고 하고 있었다.

"내가 너에게 마지막 기회를 주겠다. 이번에도 실패를 한다면 너는 다른 여우령들처럼 한 줌의 재가 될 것이다. 만약에 성공을 한다면 너는 나와 함께 예전보다 더한 부와 권력을 손에 쥘 것이다."

"네."

"눈을 감고 집중해라. 이것이 내가 너에게 주는 마지막 기회니라."

12령이 눈을 감자 산천지령이 빛으로 그를 감싸더니 온몸의 상처를 치유해서 예전의 모습으로 돌려놓았다. 아니, 예전보다 더한 힘이 온몸으로 느껴지고 있었다.

12령이 자리에서 일어나 자신의 몸을 쳐다보았다. 붉은빛이 다시 돌아와 자신을 감싸고 있었다.

"너는 예전보다 더한 힘을 가졌다. 세상에 나가 나의 여우구슬을 찾아라. 다만 섣불리 상대를 건드려서는 아니 될 것이다. 기회를 살펴서 저들을 공격하거라."

"네."

12령의 대답을 들은 후에 산천지령이 다시 소나무 사이로 들어 갔다. 완벽하게 봉인이 해제된 것이 아니기에 그는 오랜 시간을 나무 밖으로 나올 수가 없었다. 하지만 10개의 여우구슬의 힘은 작은 것이 아니었다. 12령에게 완벽하게 힘을 줄 수는 없었지만 다시 12령의 빛은 찾아줄 만한 힘은 있었다.

12령은 다시 천공을 만들어 인간들의 세상으로 향했다. 자신의 빛 때문에 묘나 호에게 들킬 것을 대비해서 그는 철저하게 밤에만 은밀히 움직일 생각이었다. 조금 더 교활해지고 조금 더 능력이 강해진 그가 여우구슬을 찾아 다시 움직이기 시작했다.

나무, 수, 묘 그리고 호에게 자신의 모든 것을 잃었다고 생각하 는 12령이었다. 그들만 없었어도 지금의 산천지령에 의지하며 살 아가지는 않았을 것이었다. 이번에야말로 그들을 모두 죽일 것이 다. 아직 12령과 그들의 싸움은 끝나지 않았다.

매일 계속되는 일상이었다. 지긋지긋한 고소장들과 사건 파일 들은 줄어들 기미를 보이지 않고 있었다. 봄은 이 사무관이 집에 서 가지고 온 오미자차를 시원하게 한 잔 들이켜고는 기지개를 켰 다.

"아우~"

"피곤하신가 봐요?"

"아니, 오미자 맛있네, 어머니께 감사하다고 전해 드려."

"네."

나무의 프러포즈를 받고 벌써 한 달이 흘렀지만 서로 바쁜 탓에 요즘은 얼굴 보기도 힘들었다. 매일 자신을 데리러 온다고 해놓고 한 달 동안 약속을 지킨 날이 손에 꼽을 정도였다.

"후~"

어쩌겠는가. 바쁜 사람인데 그래도 고마운 건 아빠와 아주 환상의 콤비처럼 잘 지낸다는 거였다. 그리고 자신의 까칠한 남동생들과도 잘 어울렸다. 집에 사람들의 왕래가 많지 않아서 오 남매만의 방어막이 있었는데 나무가 그걸 뚫었다.

혼자서 히죽히죽 웃고 있는데 양반은 못 되는지 그에게서 데리러 오겠다는 문자가 왔다. 오늘은 피곤한데 마사지 숍 데이트나 찜질방 데이트 둘 중에 하나를 해야겠다고 맘을 먹은 봄이었다.

퇴근 시간에 맞춰서 그들의 접선 장소인 주차장에 간 봄은 나무의 차만 봐도 좋았다. 돈이 있어도 공무원이라는 신분 때문에 늘 국산차를 몰고 다니는 그였지만 그 어떤 외제차를 모는 남자보다 멋있었다. 차 문을 열며 그에게 인사를 하자 어김없이 그가 그녀의 얼굴을 당겨 키스를 했다.

"음~ 우리 너무 아메리칸 스타일 아니에요?"

"그런가?"

그가 다시 봄의 얼굴을 당겨 입술을 벌리고 혀를 집어넣는 딥 키스를 하자 이번에는 웃음기가 사라진 봄이었다. 그는 그녀의 욕망에 불을 지필 줄 알았다.

"당신이 이러니까 오늘 피곤해서 찜질방이나 갈까 했던 마음이 바뀌려고 해요."

"하하하. 빨리 목적지로 출발해야겠네요. 중간에 모텔로 들어가기 전에."

"뭐라고요?"

"우리 최 검사님은 너무 야해요."

"당신이 그렇게 만들잖아요."

"어? 내가요? 난 그런 적 없는데."

"몰라요."

그녀가 삐졌는지 팔짱을 끼고 창밖만을 바라봤다. 그래도 아랑곳하지 않고 그는 말없이 운전만 하고 있었다.

"우리 어디 가요?"

"글쎄요."

"우리 오늘은 찜질방이나 마사지 숍에 가면 안 돼요?"

"피곤해요?"

"그런 데이트도 즐거울 것 같아서요."

"그러죠 뭐."

"아는 데 있어요?"

"네, 둘 다 할 수 있는 최고급 마시지 숍이죠."

봄은 들뜬 마음으로 나무를 바라보았다. 그리고 자신도 모르게 나무의 얼굴을 쓰다듬었다.

"잘생겼다."

"그걸 이제 알았어요?"

"아니요. 오늘은 특히 더 잘생겨 보이네요. 왜 그러지?"

"……."

나무가 자신의 얼굴을 쓰다듬는 그녀의 손을 잡고 운전을 했다.

"우리 일주일 만에 보는 거죠?"

"네."

"너무 조금 보는 거 아니에요?"

"그야 최 검사님께서 많이 바쁘시니까 그렇죠."

"그런가요?"

"저도 바빴고요."

"아, 좋다. 그런데 멀었어요?"

"다 왔어요."

그가 산길을 오르고 있었다. 그녀가 알기로는 이쪽은 주택들만 있지 찜질방이나 사우나는 없는 걸로 알고 있었다. 성북동 고급 주택가에 그런 것이 있을 리가 만무했다.

그가 갑자기 차를 돌리더니 우리나라의 부자들만이 다닌다는 길상사를 지나고 있었다. 그리고 얼마지 않아 한 저택의 차고를 리모컨으로 열더니 그 안으로 들어갔다.

"여기가 어디예요?"

그가 차에서 내리더니 그녀를 차에서 내리게 하고는 손을 꼭 잡고 차고를 빠져나왔다. 차고를 나오자 넓은 정원이 보였고 소나무들이 가득 심겨져 있었다. 아름다운 정원이었다. 그의 손에 이끌려 들어간 집은 심플하게 꾸며져 있었다.

"어때요?"

"뭐가요?"

"우리들이 살 집이요."

"……."

"예쁘죠? 디자이너들을 닦달해서 빠르게 꾸미기는 했는데 마음에 들지 모르겠어요."

"마음에 들어요. 이거 준비하느라고 그동안 시간이 없었던 거예요?"

"네, 사랑하는 아내는 몸만 들어오면 되는 거예요."

"나 형사님."

"그동안 동생들 뒷바라지하느라 고생했어요."

"자꾸 이렇게 멋있는 말만 할 거예요?"

나무가 그녀의 손을 잡고는 이층으로 이끌었다. 기대하는 마음으로 쫓아 올라간 이층은 전체가 서재였다. 작은 도서관을 방불케

하는데 아마도 그녀를 위한 공간인 것 같았다.

"와, 도서관 같아요."

"구경은 다음에 해요."

그의 손에 이끌려 이층의 구석진 방으로 가자 커다란 하노키탕이 있었다. 그리고 작은 사우나실도 갖춰져 있었다.

"안마는 내가 해줄게요."

그가 뒤에서 그녀를 안으며 그녀의 단추를 하나씩 풀러 내렸다. 그리고 브래지어의 후크를 풀고 그녀의 몸에 걸쳐진 옷을 남김없이 벗겨냈다. 그의 손길이 닿을 때마다 봄은 온몸에 소름이 돋는 쾌감을 느꼈다.

"들어가요."

그의 잠긴 목소리가 그녀의 흥분지수를 올리고 있었다. 뜨거운 물이 발끝에 닿자 봄은 온몸의 피로가 풀리는 느낌이었다. 발에서 발목 그리고 다리, 배를 지나 그녀가 앉자 그 열기가 그녀의 온몸을 감쌌다. 이게 열기 때문인지 그를 향한 열망 때문인지 구분이 가지 않는 봄이었다.

"나 형사님도 들어오세요. 따뜻해요."

그가 그녀의 눈앞에서 옷을 하나씩 벗었다. 구릿빛 피부에 잔근육으로 뒤덮인 그의 몸은 영화 300의 전사 같았다. 부드러움이라고는 없는 그의 몸이 그녀의 신경을 원초적으로 자극하고 있었다.

그가 그녀에게로 한 발씩 다가올 때마다 열이 후끈 달아올랐다.

물이 뜨거워서인지 그녀가 욕망으로 들떠 있어서 그런 건지 도저히 알 수가 없었다.

첨벙!

그의 발이 물 안으로 들어오는 소리에 그녀의 심장이 터질 듯이 뛰었다. 위풍당당한 그의 남성에 그녀는 자신도 모르게 시선이 갔다.

그가 그녀의 손을 잡아당겨 그의 앞에 앉혔다. 그리고는 그녀의 풍만한 가슴을 잡았다. 물과 같이 미끄러지는 그의 손길에 그녀는 자신도 모르게 신음 소리를 내뱉었다.

"오늘은 마음껏 소리쳐도 돼요."

그가 봄의 귀에 입을 맞추며 속삭였다. 간지러웠다. 하지만 그가 이렇게 다정하게 굴 때면 봄은 더욱 흥분됨을 느꼈다.

"사랑해요."

자신도 모르게 툭 하고 튀어나왔다. 항상 그녀가 먼저 사랑한다고 말하는 것 같아 불만이었지만 그가 바로 답해주니 불만도 오래가지 않았다.

"나도 사랑해요."

그의 손이 점점 아래로 내려가더니 그녀의 여성을 감싸고는 주무르기 시작했다. 투박한 감촉에 부드러운 터치가 대조를 이루며 그녀를 자극하고 있었다.

"아~"

그녀가 몸을 뒤로 젖히며 그의 목을 한쪽 팔로 감았다. 둘의 간격이 한 치의 틈도 없이 맞닿았다. 그녀가 그의 페니스에 엉덩이를 비비자 단단해질 대로 단단해진 그의 물건이 이제는 터질 듯이 부풀어 올랐다.

"더 이상은 못 참겠어요."

그가 그녀를 돌려 앉히고는 그의 페니스를 그녀의 질에 단번의 동작으로 넣었다.

"아흐~"

그녀의 입에서 절로 신음 소리가 흘러나왔다. 그가 허리를 움직이며 그녀가 움직이기를 유도하자 뭐든지 빨리 습득하는 그녀가 그의 위에서 그를 대신해 피스톤 운동을 시작했다. 봄은 그가 자신의 몸 안에 있는 느낌이 너무나 좋았다. 빼고 싶지 않을 정도로.

그가 그녀가 움직이기 편하도록 허리를 잡아주었다. 그녀의 가슴이 그의 눈앞에서 출렁거리고 있었다. 그때 가슴의 붉은 점이 그의 눈에 띄었다. 그녀는 화연의 환생임이 분명했다. 그녀를 안으면 안을수록 그는 느끼고 있었다. 그녀가 화연의 환생이기에 그의 몸이 그녀를 기억하고 흥분하는 것이었다.

산천지령의 말대로 그는 300년 전의 사랑을 다시 만난 것이었다. 조금 더 적극적이 된 화연의 환생을 말이다. 하지만 최 검사에게는 끝까지 말하지 않을 생각이었다. 그녀 스스로 알게 될 때까지 말이다.

그녀의 현란한 움직임에 나무의 표정이 점점 일그러졌다.

"내가 마녀를 키운 것 같아. 도저히 못 참겠어요."

"참지 마요."

그가 그녀의 말이 끝나기가 무섭게 그녀를 일으켜 세우더니 그녀를 코너에 앉히고는 다리를 벌리고 자신의 페니스를 넣었다. 격렬한 몸놀림이 그가 얼마나 참고 있었는지를 말해주고 있었다. 그녀의 몸이 두 동강이 날 것같이 거센 몸짓이었다. 얼마나 움직였을까. 그가 격하게 한번 허리 짓을 하더니 그의 분신을 그녀의 안에 쏟아냈다.

"우리도 다섯을 낳았으면 좋겠어요."

나무의 말에 봄은 사색이 되었다.

"싫어요. 너무 많아요. 둘이 적당하지 않아요?"

"아니, 다섯이 딱 좋은 것 같아요."

"잠깐 이건 아니에요."

"내가 잘할게요."

"뭘요?"

"다요. 집안일, 바깥일, 애들 학교 보내는 것까지. 최 검사님은 아이만 낳아요."

"내가 애 낳는 기계예요?"

"아니죠. 내가 사랑하는 사람이죠."

봄이 몸을 굴려 그에게서 벗어나려고 하자 그가 그녀를 붙잡아서 탕에 앉혔다.

"나 당신이랑 결혼 다시 생각해 볼래요."

그가 미소 지으며 다시 그녀의 입술에 키스를 하기 시작했다.

"이건 반칙이에요."

"아니, 사랑의 표현이죠."

"나는 둘만 낳을 거예요."

"우리 노력해 봐요."

"안 돼요."

그의 손이 그녀의 가슴을 주무르자 그녀의 몸이 타오르기 시작했다. 아마도 이 남자의 말처럼 그녀는 다섯을 낳게 될 것 같았다. 어쩜 이리도 그녀의 성감대를 잘 아는지 지금 봄은 나무에 의해 봄눈 녹듯이 녹아내리고 있었다.

오늘 그들에게 첫째 아이가 찾아왔다. 환이가 환생해서 그들을 찾은 것이다. 300년 전에 못다 한 행복을 찾아서.

THE END···